FANGET

KAMP – Biobrikken Bok 3 (2019)
FANGET – Biobrikken Bok 2 (2019)
JAKT – Biobrikken Bok 1(2019)
Selvmordet (2018)
Utskudd (2015)
Petter fra Oslo / Jævla Flytting! (2013)
ZODOK - Ulvdemonen (2001)

BEN ORMSTAD

FANGET

Biobrikken Bok 2

dystopisk thriller

unum

Få epost når jeg lanserer nye bøker

G'dag!

Bare tenkte å nevne at hvis du har lyst til å få en epost når det (en sjelden gang) kommer en ny bok fra meg, så fyller du enkelt og greit inn navn og epostadresse under «Nyhetsbrev» på forfatterbenormstad.no.

Da hyler jeg neste gang det skjer noe spennende på bokfronten fra denne kanten!

Biobrikken

JAKT – Biobrikken Bok 1
FANGET – Biobrikken Bok 2
KAMP – Biobrikken Bok 3

Biobrikken-bøkene er én lang historie.

Les første boka først.

1

Ali Khalil våknet fra intetheten.

Kroppen skalv av smerte. Han var i live. Lukten av skog og noe svidd fylte neseborene. Han stønnet og snudde hodet for å skaffe seg overblikk. Bilvraket, den dyrebare mustangen, lå veltet fire-fem meter unna. Blodspor gikk fra vraket og bort til ham. Han gned noen verkende fingre i de ømme øynene, hostet og heiste seg opp med albuene. Stirret rundt. Han rykket bakover og tumlet over på ryggen da blikket fanget det blodige liket like ved.

«June,» sa Ali med rusten stemme. «Er du her?»

Men ingen June svarte.

Vaklende reiste Ali seg på beina. Skjærende pine pulserte i ryggen, og han fant fort ut at en mengde glasskår stakk ut av kjøttet som sløve knivblader. Gjennom sammenbitte tenner bannet han på somalisk. Begynte forsiktig å nappe ut skårene én etter én. Smerte skjøt ut for hvert skår; forplantet seg oppover ryggraden. Plutselig kvalme og svimmelhet hogg tak i bevisstheten hans, og truet med å sende ham rett i bakken.

«June!» prøvde han igjen.

Kun skogens hånlige ekko svarte.

Etter å ha plukket glassplinter i flere minutter trodde han kanskje det var tomt, selv om hele jævla kroppen kjentes ut som en nålepute. Han tørket av blodet på buksen og haltet bort til bilvraket.

Kjære mustangen min. Faen for noe drit.

Stakk hodet inn og fant bare en av pistolene. Sjekket antallet kuler.

Én.

«Får håpe du er den eneste jeg trenger,» sa han og stappet magasinet tilbake inn.

«Og du, da?» sa han, henvendt til den tydelig døde kroppen som lå noen meter lenger vekk. «Hvem er du?»

Det vrengte seg i magen da han fikk sett ordentlig på typen. Ansiktet var forslått, nesten knust etter mange slag, og to kulehull penetrerte pannen hans. Opprevne klær. Det ene beinet bøyde seg i en unormalt skrå vinkel. Ali antok dette var den av forfølgerne som overlevde skuddvekslingen under biljakten. Han bøyde hodet, lukket øynene og sendte et håp om at June fortsatt levde.

Ved siden av liket lå en knust mobiltelefon, en fyllepenn uten kork, og en lommebok med innholdet strødd utover. Ali sjekket alt av betydning. Liket het Viktor, noen og femti år gammel. Med unntak av et par hundrelapper – som Ali diskré la i sin egen lomme – fant han ingenting annet av interesse. Kanskje mobilen, selv om skjermen var knust og den ikke lot seg skrus på. For sikkerhetsskyld dyttet han den ned i den andre lommen sin. Da han tok hånden ut igjen fulgte en sammenbrettet, blodflekkete lapp med ut. Papiret falt og flagret mot bakken.

«Hm.» Han plukket opp lappen. Ruglete bokstaver skrevet med ustø hånd:

Ali!
Prøver å finne hjelp.
Iflg. den døde mannen ved siden av deg
er det en hytte i nærheten.
Drar for å se.
Håper du våkner igjen.
Beklager at jeg går,
men du er altfor tung!
Hvis vi ikke ses igjen nå snart,
vær så snill å ta kontakt.
Jeg vil si ordentlig takk
for at du reddet livet mitt,
June.

Ali krøllet arket og kastet det på bakken. Forsøkte å klarne tankene. Snakk om å sende lille Rødhette hjem til den store stygge ulvens familiehjem. Han lukket øynene noen sekunder, kjente varmen fra solen som fortsatt sto høyt på himmelen.

Jeg rekker å finne henne før det går skikkelig galt.
Sikkert.

2

Jonas Bittman spyttet de siste restene av oppkastet på plenen bak boligblokken han bodde i. Sittende på gresset, vurderte han situasjonen. Hundrevis av spørsmål uten svar floket seg sammen til en mareritt-aktig umulighet. Hvorfor ham? Hvordan var det i det hele tatt mulig? Og hvem var *de*? Var han blitt nøye utvalgt, eller var det ren tilfeldighet? Kom han til å dø nå? Kom de til å drepe Silje? Og, enda mer skremmende: Ville de drepe henne uavhengig av om han adlød ordrene? Eller var alt bare en syk, syk kødd? Et nytt, morbid reality show som Silje hadde meldt ham inn i fordi hun visste han ville takle det, og fordi det ventet en klekkelig sum i enden av løypa? Umulig å vite. Han bet tennene sammen. *Ingenting annet å gjøre enn å spille etter reglene.* Det fantes ingen garantier, og heller ingen alternativer.

«Det eneste jeg veit, jenta mi,» hvisket Jonas, «er at jeg elsker deg. Mer enn noe annet.» Ustø på beina reiste han seg. Høstsolen krøp mellom snart bladløse greiner og blendet ham.

Vika kino, altså. Okay.

Han passerte en liten gruppe folk da han forlot uteområdet bak blokken. Kjente trangen til å rive tak i den nærmeste og fortelle alt om hvilken grusom situasjon han befant seg i. Trygle om hjelp, eller i det minste en utstrakt hånd som på en eller annen måte kunne støtte ham. I stedet streifet han forbi dem uten øyekontakt; blikket i asfalten.

Tok snarveien mellom flere blokker, svippet over gatekryss og endte opp i enden av Grønland. Stille, nesten elektrisk atmosfære dynket Oslo. Til og med fargene virket merkelig skarpe. Om det var han selv som projiserte det på byen, eller om alt faktisk *var* merkelig, visste han ikke. Likevel antok han at de fleste som nå trasket rundt i gatene på en eller annen måte hadde fått vite om 'samfunnsoppgraderingen' som sto for døren. Merkelig nok så de fleste rolige ut – holdt på med sitt som de små, velfungerende maurene de tross alt var.

Jonas spyttet på asfalten. Forsøkte å kvitte seg med spysmaken, men den klamret seg fast fra tungespissen og helt ned i magesekken.

Brugata nærmet seg, og jo nærmere byens sentrum han kom, jo mer rastløs ble stemningen blant folk. Flere og flere einstøinger dukket opp, holdende i hjemmesnekrede skilt. Han passerte en som med rød sprittusj hadde skrevet:

Endelig!
Biobrikken er
løsningen på ALT

På andre siden av butikkhjørnet så han en annen som viftet med en papplate hvor det sto:

Dommedag er her!
Flykt mens du kan ...

Med unntak av enkelte ildsjeler som kretset rundt dem, så det ut til at disse personene ble ignorert av forbipasserende. Ved andre gatehjørner sto boder som så ut til å gi et mer avbalansert bilde av biobrikken og dens samfunnspåvirkning. Jonas la kun delvis merke til alle de forskjellige budskapene. Hjernen hans spant for å grave en løsning ut av sin egen knipe. Å unnslippe og *samtidig* redde Silje var det eneste som sto i hodet på ham. Men ingen løsninger fantes.

Idet han passerte Strøket fikk han øye på en gruppe som danset og sang. Umulig å høre ordene, men tydelig en feiring av samfunnsoppgraderingen. Han stoppet. Bare stirret på disse entusiastiske menneskene, som med full glede slang kroppene sine rundt hverandre i pur ekstase. Så lykkelige, så uhemmede. Han svelget noe som minnet om et sagblad. Håndflatene glatte av svette. Synet slørete. Pusten ujevn. Glimt fra en glemt barndom flashet for hans indre øye. I noen evige sekunder ble han dratt tilbake til en fordums tid, glemt, fortrengt, *fortært*. Hadde ikke moren hans danset sånn en gang, med samme uhemmede glede? Han ante svingende bevegelser, lykke, fjerne ekko av farens latter. Sorgfrie år, omringet av rolige jorder innrammet av trær.

Tankene hans brøt inn i dagdrømmen: *Jonas? Fortsett!*

Som hypnotisert hadde han stått og stirret på de dansende menneskene. Umulig å vite hvor lenge. Revet ut av transen fortsatte han mot Oslo Domkirke.

Folkemengden tetnet ytterligere. Til slutt måtte han skvise seg mellom alle som fylte fortauene og veiene. Nesten ingen biler kjørte rundt, men menneskene presset seg fram overalt som en esende deig.

Framme ved domkirken så han hundrevis av politi stående skulder mot skulder, tilsynelatende hele veien langs Karl Johan. De hadde stilt seg på rekke og rad, og dannet en vegg demonstrantene ikke kunne passere. De var derfor nødt til slange seg nedover Oslos hovedgate, som en sulten og opprørsk jumbo-anakonda.

Igjen stoppet han, ute av stand til å forstå hvordan denne menneskemassen hadde samlet seg så fort. På under en dag hadde Oslo forandret seg.

Demonstrantene var mange. Tusenvis. Kakofonien av stemmer blandet seg med den dempede buldringen av skosåler mot asfalt. Jonas opplevde det som at den digre demonstrant-anakondaen var en direkte refleksjon av hans egen frykt, eller usikkerhet, rundt biobrikkens inntog.

Så mange er det, altså, som er imot oppgraderingen. Sykt.

Alle disse trampet i gatene for å få politikerne til å endre mening; trekke tilbake dette sinnssyke opplegget som ingen engang hadde stemt fram. Likevel sto politiet der med sine skjold og batonger, og rørte seg ikke av flekken. De lignet roboter programmert til å følge Herrens ordre, koste hva det koste ville.

Hjertet hamret i brystet, og han fikk plutselig intenst lyst til å gå inn i rekken av demonstranter. Marsjere for denne inhumane frihetsberøvelsen av menneskeheten. Impulsivt ropte han ut til demonstrantene: «Dere gjør en god jobb! *Keep it up!*»

Enkelte politimenn snudde seg og så på ham. Noen nikket anerkjennende, mens andre bare blåste av det, ristet på hodet.

Nå må du gå. Du veit ikke hvor god tid du har.

Jonas nikket til seg selv. Tørket de svette håndflatene på buksen. Fortsatte opp Karl Johan. Det var fullt i gatene, og umulig å komme seg forbi massen av demonstranter. Etter mye anstrengelse klarte han å klemme seg mellom folk, og fikk bedre plass ved å gå tett inntil butikkene oppover.

Da han passerte Stortinget så han at demonstrasjonen startet der. Mengder av folk klumpet seg rundt de store steintrappene. I enkelte små øyer innimellom hadde det brutt ut slåsskamper. Politiet blandet seg ikke. Demonstrantene var for mange, meningene for sterke, og emosjonene for eksplosive. Folk hang ut av vinduer i bygningene rundt, viftet med bannere. De tøt ut av kafeer og puber. Ropte og skrek.

Målløs fulgte Jonas veien mot Paleet, og tok til venstre. Skviste seg mellom svette mennesker. Ble dyttet fram og tilbake mellom dem. Dyttet dem tilbake og fortsatte bortover, mot sin destinasjon.

«Ligg unna,» sa han. «Må forbi.»

Flere gneldret tilbake, som innelåste dyr.

Han sikksakket forbi dem og kom seg til National-theatret, hvor mennesketettheten letnet litt. Fortsatt klynget de seg sammen, men han fikk i det minste plass til å gå utenom. Løp til trikkestasjonen, inn mellom bygningene. Forbi Narvesen og 7-Eleven.

Vika kino åpenbarte seg. Bygningen badet i det gylne lyset fra høstsolen. Bladene på trærne så ut som bladgull der de svaiet i den svale vinden. Galskapen i gatene og det nydelige høstsynet var en merkelig miks med spysmaken som satt stramt i gapet hans. Jonas hadde ikke mer spytt å svelge med, og hånd-flatene svettet og svettet uansett hvor mye han tørket de av på buksen. Det bare rant som en lekk kran. Han var svimmel, hadde vondt i hodet, og ville bare forsvinne fra jordens overflate.

Lyden av Silje som gråt i telefonrøret og sa at han ikke måtte hø-høre på ha- ... uten å fullføre setningen før den kjølige mannen snappet røret fra henne. Jonas strammet musklene og håpet inderlig jævelen var, som han påsto, en mann av sitt ord. At ingen la en hånd på henne så lenge Jonas fulgte ordrene til punkt og prikke.

Han hoppet unna noen ungdommer som løp forbi, og nådde Vika kino. Kikket rundt seg. For det meste folketomt. En røykende pakistaner lente seg mot dørkarmen i butikken sin. Noen måker flakset rundt en søppelkasse. Ellers virket det som resten av butikkene og bygningene var tomme – alle var på Karl Johan.

Jonas fant mobilen. Ingen melding. Ingen tapte anrop. I stedet satte han seg på fortauskanten. Knuget mobilen mellom hendene. Stirret intenst på skjermen, og merket at hjernen fortsatt spant etter å finne en vei ut av marerittet.

Det *måtte* være en måte å kontakte politiet uten at kidnapperne fikk vite det. Å ringe var selvfølgelig umulig; de ville garantert registrere det i samme sekund han tastet første sifferet til nødsentralen. Hvis svina bare hadde hacket seg inn på smartfonen hans ville det kanskje funke å ringe fra en kiosk – eventuelt låne telefonen til en tilfeldig forbipasserende. *Med mindre de er så høyt på strå at de faktisk registrerer alle politiets innkommende samtaler.*

Han kunne heller ikke utelukke at de hadde tilgang på live-streamen til alle overvåkningskameraene i byen. *De så meg i hvert fall utafor blokka mi.* Dermed ville de kunne følge med uansett hvor han gikk og hvem han kontaktet. Da hjalp det heller ikke å snike seg inn på en internettkafé og sende krypterte SOS-meldinger til nødsentralen. De ville se ham gå inn, se ham sette seg ved pc-en. Så ville de hacke seg inn på *den* maskinen også, samt ta opp alt som foregikk på skjermen.

Jonas gnisset tenner. Slåss mot angsten i mellomgulvet; det knugende, svarte vakuumet av frykt. Igjen hørte han den hese stemmen som rolig fortalte at de kom til å *sende deg små biter av din kjære i koselige kilospakninger* hvis han prøvde på noe faenskap. Han kunne ikke risikere det.

Klokka viste at han ankom Vika for femten minutter siden. Kanskje han egentlig skulle ringe tilbake etter å ha kommet fram til kinoen?

«Jenta mi,» sa han til smartfonen. Den ringte Silje.

Og det ringte og ringte. Det ringte helt til det sluttet å ringe.

Null svar.

3

Ettermiddagssolen sprikte mellom bladverket over June Nylund. En anelse kjøligere i luften, og flere skyer dannet seg på den tidligere klare himmelen. Skog, skog, skog. Og enda mer helvetes skog. På alle kanter, i alle retninger og alle fasonger. Knasende grus under de verkende føttene. Buksa som stinket gammel urin og svette. Øyelokkene var stive etter tårene; synsfeltet uskarpt. Hodet banket som en evinnelig techno-basstromme, og hennes dårlige samvittighet gnaget i tankene.

Hun hostet så kraften røsket i lungene. Likevel hadde en sigarett vært himmelriket. Kanskje ville det fått situasjonen til å virke en smule bedre. Ikke objektivt sett, selvfølgelig. Men likevel. Hun hostet igjen. Ribbeina kjentes brukket.

«Skal det ingen ende ta?» spurte hun trærne rundt seg. Hvor lenge hadde hun haltet bortover denne evinnelige skogsveien nå? En time? To? Skulle det ikke være en hytte her et sted?

For femtiende gang fisket hun opp nøkkelen hun fant i lommen til den avdøde Viktor. Bilnøklene hadde hun logisk nok etterlatt ved ulykkesstedet, etter å ha sjekket om forfølgerbilen fungerte. Etter å ha blitt totalknust i et tre klarte den ikke å lage så mye som ett lite brum. Den siste nøkkelen var en slik typisk, gammeldags bygdehusnøkkel. Hun la den tilbake i lommen.

«Jaja,» sukket hun, «tiden vil vise.»

Ørene hennes oppfattet bilduring i det fjerne.

Heller enn å hoppe i dekning bak en busk på siden av veien, eller helhjertet gjøre seg klar til å vinke og hoie om å få hjelp, ble June stående paralysert mellom de to impulsene. Det ene beinet ville løpe – det andre ville stå.

Bilen nærmet seg som en galopperende veddeløpshest.

Til slutt konkluderte hun med en slags mellomting, og endte opp stående halvveis i grøften, nesten skjult, men likevel synlig, bak en busk. Én hånd tviholdende i pistolen bak på ryggen, mens den andre gjorde seg klar til å vinke.

Bilen var nå rett rundt svingen.

June tvang seg til å smile, i tilfellet det viste seg å være en vennligsinnet sjel. Bet tennene sammen og pustet konsentrert.

Hun behøvde derimot ikke se mer enn et kvart millisekund før hun gjenkjente *sin egen bil*. Og i det neste millisekundet åpenbarte ansiktet *hans* seg i frontvinduet.

Trangen til å flykte inn i skogen rykket i lårmusklene, men hun motsto og lot i stedet pistolen gli fram. Grep den med begge hender. Siktet på det forslåtte, hovne trynet hans.

Tretti meter.

June lukket det ene øyet for å sikte bedre.

Tyve meter.

Jason James gapte da det tydeligvis gikk opp for ham hvem som sto der, halvveis skjult av en busk.

Ti meter.

June begynte å skvise avtrekkeren. Hun hørte skrensingen fra hjulene da Jason slang seg på bremsene.

Fem meter.

Med snikskytteraktig fokus avfyrte hun begge de siste kulene i hurtig suksesjon.

Den ene forsvant rett ut foran bilen, mens den andre penetrerte frontruten – rett *bak* hodet til Jason. Han var vill i blikket og hadde et sykt grin klistret over munnen.

Null meter.

Bremsene skrek, bilen skled på grusen, forbi June i en virvlende støvsky.

Bildøren åpnet seg i fart. Jason hoppet ut før bilen rakk å stoppe skikkelig.

«Juuune,» brølte han. Trampet mot henne med hendene strukket ut framfor seg som en dødssulten varulv.

Hun ble overrumplet av frykten av å se ham igjen, hylte klisjéaktig og tok beina på nakken. Skled på en mosedott i skråningen, rullet ned bakken. Kavet seg på beina igjen, plukket med den nå tomme pistolen, rotet seg forbi busker og videre innover.

Like bak hørte hun pesingen til Jason. Han grep etter genseren hennes, men hun smatt unna.

«Nytter ikke å løpe,» pustet han. «Det er håpløst!»

«Dra til helvete,» ropte June og virret mellom grantrær og furutrær og bjørk og sikkert alle andre slags faens trær. Igjen kom en helning i bakken. På ny snublet hun, denne gangen i en fordømt rot som stakk opp som en knoklete hånd fra en urolig grav. Et stønn presset seg ut av gapet hennes idet hun traff bakken og veltet overende.

Verden gikk rundt. Kroppen verket. Hodet dunket, og pågangsmotet fantes ikke lenger. Det virket som hele Finnskogen lo hånlig av henne for det patetiske rømningsforsøket.

Hvorfor i all videste verden kastet du bort de to **siste** *kulene på en bil i bevegelse?* sa tankene. Men de fikk ikke tenkt ett eneste ord til før Jason var overalt. Han bykset over henne der hun lå på ryggen i krattet, sugde tak i genseren og dro henne opp fra gresset.

I ren dødsangst spyttet June ham i ansiktet, tok sats og sparket ham vekk med begge beina. Fortørnet tumlet han bakover.

«Jeg sa *dra til helvete*,» ropte hun og kastet pistolen midt i trynet hans. Våpenet smalt inn i nesebeinet; en tynn stripe rødt skjøt ut av neseboret.

Jason sverget et eller annet uforståelig, famlet med armene i det omkringliggende buskaset for å løfte seg opp. Han hektet foten inn i Junes, så da hun prøvde å løpe vekk ramlet hun i stedet over på magen, med nesen i bakken. Håndflatene begravd i knudrete jord. En negl brakk. Hun stønnet av utmattelse, lot ansiktet dynkes i plantemateriale.

Orker ikke mer.

Som en ustoppelig Energizer Bunny krabbet Jason over henne, grep tak i det lange, svarte håret og rev hodet hennes opp fra bakken. Med hjelp av den andre hånden, som holdt genserryggen, slet han henne opp i knestående.

«Sånn, ja,» peste han. «Snart over nå.» Bendte armene hennes bak på ryggen, fant fram en strips og bandt de sammen. Gikk rundt foran henne og satte seg i lotusstilling, øye mot øye. «Jeg beklager alt dette, at det måtte bli sånn.»

Hun bare hatet ham lydløst.

Han nikket forståelsesfullt, nesten trist. «Det hadde vært så mye enklere om du bare spilte etter reglene.»

«Så dere kan drepe meg.»

«Nei, selvfølgelig ikke. Det var aldri planen.»

«Planen var å hjernevaske meg i biobrikkens favør.» Hun ristet bort luggen som klistret seg fast rett over øyet.

Jason humret, hostet, humret litt til. «Dramatisk ordvalg, men ja, noe sånt.» Han fingret fram en ruglete røykpakke fra innsiden av jakkelommen. Flippet ut en. Fikk fyr på den og blåste røyk mot den nå overskyete himmelen. Solen hadde trukket tilbake de siste solstrålene for i dag.

«Du skjønner det ikke finnes noen vei utenom, ikke sant? Jeg antar ditt hellige professorat gjør deg i stand til å innse såpass.» Jason pattet på sigaretten som en smokk – June stirret lystent på giftpinnen, men sa ingenting – og nøt den i lange drag. Han hostet mer. «Det er allerede for seint, veit du, søta.»

«Kanskje for meg,» hvisket hun.

«Nei. For absolutt alle.» Nytt trekk fra røyken. «Samfunnsoppgraderingen skjer dagen etter i morgen. Hele verdens befolkning fikk i dag vite, via SMS, epost, brev, alt mulig, at de skal chippes på torsdag.»

Øynene hennes sperret vidt opp, før de smalnet. «Du lyver.»

«Overhodet ikke.» Lot sigaretten henge i munnviken mens han rettet ut hestehalen som lå som en viltvoksende slyngplante spredt utover skuldrene. «Du har vært på skogstur, veit du. Nå finnes det ingen vei utenom.»

«Og hvordan vet *du* dette?»

Jason klappet hånden på lomma. «Mobil, veit du.»

«Vi drepte kameratene dine.»

En røyksøyle sprøytet ut av munnen hans da han lo. «De er ingenting for meg. Hør her, søta, som jeg har sagt flere ganger allerede, jeg liker deg. Personlig liker jeg ikke biobrikken noe spesielt mer enn de fleste andre, men, og dette er et stort men: Jeg er optimistisk fordi jeg jobber for de som styrer spillet. De som får brikkene til å bevege seg. Alt handler om penger. Med nok penger kan man forsvinne under radaren samme hva. Vend om og *join* oss. Du blir tildelt en utenkelig god sum for samarbeidet. Dette er et ikke-valg; det er allerede for seint. Du kan like godt tjene på det, ikke sant.» Han snudde sigaretten og førte filteret inntil munnen hennes. «Så, hva sier'u? Venner?»

June stirret på røyken, deretter på ham, og på sigaretten igjen. Med leppene omfavnet hun filteret og trakk den grå tåken dypt ned i lungene. Lot den sige ut igjen, sakte, for å nyte det som guddommelig essens. Hun bøyde seg mot røyken igjen. Med en kobras hurtighet snappet hun kreftpinnen ut av fingrene hans med leppene, og spyttet den rett i øyet hans med gloen først.

«*Aldri,*» hveste hun.

Jason skrek, gned seg hysterisk og ukontrollert i det brente øyeeplet. «Faen!» På ett sekund kylte han tak i halsen hennes, og klemte til hun ikke klarte å trekke pusten.

Hun kjente halsen, pusterøret, skvises sammen. Sekundene ble lenger. Flere ganger blunket hun for å få vekk tårene som plutselig spratt ut og dugget til synet. Prøvde å snakke, men ingen lyder kom. Lungene klarte ikke å utvide seg. Panikken vokste.

«Nå skal du dø,» hvisket han. Strammet hardere.

4

Silje Skaug satt fastbundet til en hard kjøkkenstol. Etter at hun hadde funnet adressen til mannen som skulle tipse henne om hærværk av biobrikke-relatert propaganda i Oslo, ble hun først bedt med inn i et falleferdig bygg i Hausmannsgate, før en mann og en dame hoppet på henne bakfra. Deretter hadde de høflig presentert seg som Tony, Min-Yun og Miriam.

Nå gikk de rastløst rundt i rønnen av en stue. Siljes telefon var nettopp blitt oppringt av Jonas, men Tony – sjefen – nektet å svare før han var klar for neste del av oppdraget. Dette ville bli gitt ham av en av gruppens støttespillere. En dame beæret med oppgaven å føre Jonas inn i sin nye, ufrivillig valgte posisjon som anti-biobrikke-soldat – 'Abs' for kort. Riktignok hadde Jonas alltid vært skeptisk til biobrikkens inntog i samfunnet, men drømte neppe om å rekrutteres som en av dens fiender.

«Dette er galskap,» sa Silje, vred seg rundt i stolen. «Jonas er ingen soldat. Seriøst, han droppet til og med militæret for å ta siviltjeneste isteden.»

Miriam satte seg på huk ved siden av Silje, la en hånd på låret hennes, og smilte. «Du vet kanskje ikke så godt hvem Jonas er og hva han er i stand til. Vi ser stort potensiale.»

«Nei, vi har jo bare vært sammen i ti år!» Silje ristet på hodet så håret flagret. «Vi vet alt om hverandre.» Hun svelget unna trangen til å gråte mer. «Han var opprinnelig en bondegutt som flyttet til en fosterfamilie i Oslo som femåring fordi foreldrene døde i en bilulykke. Jeg vet til og med om alle vennene og kjærestene han har hatt, og alle hans interesser, og ... og,» sa hun, men stoppet brått i det det gikk opp for henne at det kanskje ikke var så lurt å bare blottlegge livet hans sånn uten videre.

Miriam og Min-Yun vekslet blikk, men forble tause.

«Kjære Silje Skaug,» sa Tony og satte seg i sofaen. «Vi er ikke nybegynnere i å grave fram gode kandidater. Kanskje vet verken du eller han hva dere duger til. Ikke før dere settes på prøve.»

5

Han så henne så fort hun rundet hjørnet. Lyst hår bølgende i skulderlengde, og rammet inn det avlange ansiktet. Kledd i svart skinn fra topp til tå, som hentet rett ut av *The Matrix*. Først da hun kom nærmere så han nettverket av tynne rynker som klamret seg rundt de brunmalte leppene og omringet øynene.

«Jonas Bittman, antar jeg.»

Han nikket.

«Først, gi meg den der.» Hun vendte den smale nesetuppen mot mobilen i hånden hans. Automatisk ville han stritte i mot, men de gnistrende oransje pupillene spiddet ham.

«Får jeg den tilbake?»

«Selvsagt. Men inntil videre forblir den i min trygge varetekt.»

Motvillig ga han den fra seg. Det stakk langt inn i sjelen, som å gi fra seg oksygentanken under vann.

«Kom her,» sa hun.

I ti minutter gikk de, beveget seg mot Akershus festning. Kontinuerlig snudde hun diskré på hodet i alle retninger. Innimellom kikket hun mot kameraene i høyden. Jonas innbilte seg at hun nikket til dem, men spurte ikke.

Ikke langt fra Aker brygge satte hun seg på en av benkene vendt mot sjøen. Gjorde tegn til at han skulle slå seg ned. Med et oppgitt utpust slapp Jonas kroppen ned, mens hun gransket ham som en drapsetterforsker.

«Tyggegummi?» spurte hun til slutt. Rakte fram en pakke.

«Heh,» sa han. Spysmaken hadde bodd så lenge i kjeften hans nå, at han nesten trodde det skulle være sånn.

«Jeg vet du trenger det,» sa hun uten å bevege en eneste ansiktsmuskel.

Taust tok han den.

Å kjenne tyggisens sprøhet knase mellom tennene, for så å spre jordbærsmak utover, skapte en følelse av rus i ham. Deretter begynte munnen å produsere spytt igjen. I noen sekunder ble de sittende i stillhet, mens han tygde tyggis som om det skulle vært guddommelig mana. For en kort periode lot han seg nyte smaken uhemmet, mens hjernen tok pause fra all frykten, grublingen, sorgen. De så utover Oslofjordens milde krusninger. Solen speilet seg i overflaten og minnet om glinsende kvikksølv. Lav skvulping fra bryggekanten. Det var jo egentlig en nydelig dag. Og en nydelig tyggis.

Men illusjonen varte kun *så* lenge før hjernen ikke klarte å slappe av mer. Silje var fanget et eller annet sted, for helvete. Jonas vendte seg mot den svartkledde dama.

«Når får jeg se Silje igjen?»

«Du får se henne igjen.»

«Hva gjør jeg her, egentlig? Hvorfor skjer dette?» Han slo armene ut, pekte på seg selv. «Hvorfor *meg*?»

Hun snudde seg mot ham. Hektet det ene beinet over det andre. Albuen hvilte hun på benkens rygglene. Så ham dypt inn i øynene. Tristhet, kanskje. Noe beklagende. Vanskelig å tyde, men uansett hva det var virket det ikke som hun heller syntes situasjonen var spesielt morsom.

«Det er svært lite jeg kan dele, men kan si så mye som at du er nøye plukket ut på bakgrunn av din kompetanse.»

Jonas hevet øyenbrynene. «Hæ? Kompetanse?» Han nærmest spyttet det ut. «Jeg er bare et ubetydelig null!»

Leppene hennes formet et smil, nesten moderlig. «Vi tror både du og Silje vil gli rett inn med oss.»

Han klasket hendene mot lårene, og sa: «Dette er bullshit! Jeg kan ingenting, og kan'ke hjelpe noen med noe som helst.» Svette piplet fra pannen hans. En økende desperasjon fylte ham. Han reiste seg, klar til å løpe. Pekte på henne. «Du kan fortelle de forbanna gjøkene at de tar *feil*, og jeg er ikke interessert i dette jævla opplegget!»

«Jonas,» sa hun og klappet den hanskekledde hånden på benken. «Sitt.»

Han trampet foten i bakken. «Faen!» Men tanken på Silje tvang ham til å adlyde. Datt ned på benken igjen.

«Åh, det glemte jeg helt,» sa hun og lo en kort latter, som for å unnskylde seg. «Mitt navn er Linnea.»

«Å ja,» mumlet han, nedslått av håpløshet.

«Ta deg sammen,» sa hun. «Tenk på Silje hvis du er i tvil. La henne fylle deg med motivasjon.»

Øynene hans fant hennes som varmesøkende missiler. «Tror du det er noen *annen* grunn til at jeg gjør dette?»

«Godt.» Linnea foldet hendene på fanget, stirret utover Aker brygge. «For hvis du *ikke* samarbeider, er det slutt på dere alle tre.»

Han skulte på henne. «Alle ... tre?»

«Du skal i første omgang ekstrahere sønnen din, og bringe ham til oss.»

Øynene til Jonas ble like store som urskiven til Big Ben. «*Sønnen min?*»

«Ikke vær så dramatisk. Vi vet begge at du stakk av fra ansvaret som 19-åring da Linda ble gravid.»

«Men ... men,» sa han, holdt ufrivillig på å le. «Jeg var sikker på at hun aborterte det lille kreket.»

«Nei, det var du ikke,» sa Linnea, en anelse strengere i stemmen. «Du stakk av *fordi* hun sa hun ville ha barnet. Innse det, Jonas. Du feiget ut.»

En ny type frykt vokste fram i ham. «Jeg trodde jo det faktum at jeg stakk av ville få henne til å innse hvor tåpelig det var at en jentunge på 16, som ikke engang var ferdig med fuckings videregående, skulle få seg kid!» Leppene begynte å dirre. Han pustet tungt ut til lungene var tomme for luft, stirret utover vannet mens tankene spant. Ristet på hodet. «Trodde aldri hun ville gjennomføre det uten meg.»

«Rasjonaliseringer hjelper ingen.»

«Må jeg seriøst rippe opp i dette?»

Linnea snøftet. «Vil du ikke møte din egen sønn?»

«Jeg ...» begynte han, men fant ikke det neste ordet. «Faen.» Begravde ansiktet i hendene. «Det er ikke det at jeg ikke vil møte han, men sånn alt har blitt skjønner jeg ikke hvordan det skal funke. Hva skal jeg si til Silje?»

«Det er helt opp til deg.» Den svartkledde dama plukket opp en pakke Lucky Strike. Fisket fram en liten jævel, stakk den mellom leppene og tente den med lighteren som lå sammen med sigarettene. «Har ikke du og Silje et ærlig og fortrolig forhold, da?»

Han gravde fingrene hardt inn i ansiktet. «Jo, men enkelte ting har vært vanskeligere å fortelle enn andre. At jeg ditcha min store ungdomsforelskelse fordi hun blei gravid er liksom ikke noe jeg er så fryktelig stolt av.»

«På tide å betale for dine synder, med andre ord.» Linnea blåste perfekte røykringer ut i luften.

«Kan ikke Linda og den såkalte sønnen min bare fortsette sine sikkert nydelige liv uten meg? Hvorfor må dette rippes opp i etter alle disse årene, og akkurat *nå* oppå alt det andre faenskapet som skjer?»

«Til din informasjon heter 'den såkalte sønnen din', som uten tvil er ditt ekte biologiske avkom, Robin, og nei, de kan ikke fortsette sine liv uten innblanding. Vi trenger ham også. Tiden er kommet. Det kan ikke vente.»

«Robin,» gjentok Jonas, svelget klumpen i halsen. «Robin.» Varmebølger presset bak pannen. Tårer begynte å trille ned kinnene hans. «Jeg har en sønn, og han kjenner ikke den jævla faren sin.» Han svelget igjen, men det hjalp ikke; tårene presset på. «Jeg er et rasshøl. Stakkars Linda. Hun hater meg sikkert.» Han tørket de sildrende tårene med ermet. «Og Silje kommer til å klikke. Faen.» Hodet til Jonas sank fra hendene og helt ned mellom knærne. «Åh, helvete for en jævla fuckings drittsituasjon.»

Flere røykringer unnslapp Linneas lepper.

Fire-fem måker hadde samlet seg noen meter bortenfor benken. De var nå i full gang med å rive opp en HappyMeal-eske fra McDonald's. Hakket på hverandre og rev og slet i esken for å få ut innholdet.

Til slutt løftet Jonas hodet. Tørket flere tårer fra kinnene. Han svelget. «Kan jeg spørre hvorfor Robin er viktig, når det er *meg* dere er så himla interessert i?»

«Selvsagt kan du,» sa Linnea, og blåste ut en søyle av røyk som løste seg opp til ingenting et lite stykke unna munnen hennes. «Men du får ingen svar før oppdraget er i boks.» Hun kastet sigaretten på bakken og knuste den med den lange hælen på skoen. «Nok koseprat. Vi vet nøyaktig hvor Robin befinner seg akkurat nå. Din første oppgave er å ta ham med hjem til deg selv, forklare at han er din sønn, og at det er et veldig, veldig viktig oppdrag han må være med på for å redde hele menneskeheten.»

«Virkelig?» sa Jonas og hevet brynene. «Er det så voldsomt? Er jeg ... øh, vi, *så* viktige?»

Hun himlet med øynene. «Hør, Jonas, jeg blåser i hva du sier til ham, så lenge han blir med deg hjem og du forklarer at han er et meget viktig element i kampen mot biobrikken.»

Igjen gjorde Jonas store øyne. «Jobber dere mot biobrikken? Er det *det* dette handler om?»

Og igjen himlet Linnea med øynene. Utålmodigheten begynte å bli synlig. «Er det ikke åpenbart? Uansett, velkommen som Abs.»

«Abs?»

«Anti-Biobrikke-Soldat,» sa hun, som om det var det vanligste akronymet i verden. «Ta denne,» sa hun og rakte ham en gammel type mobiltelefon. «Den kan ikke spores. Det er lagret ett nummer på den. Med mindre vi ringer deg, bruker du den kun til å ringe dette nummeret når første del av oppdraget ditt er ferdig.»

De masete kråkene klarte endelig å rive HappyMeal-esken i småbiter. Alt innholdet var nå dratt utover asfalten, og de skrek hest og kranglet om en halvspist cheeseburger. Noen stakk av med de resterende pommes frites-ene. Til slutt var det ingenting igjen, annet enn søppel.

Jonas tok mobilen.

Linnea dro en pistol ut fra innsiden av jakken, rakte den til ham.

«Seriøst?»

«Absolutt.» Hun rakte ham den.

«Hva om jeg bare skyter deg her og nå?»

Halve munnen hennes smilte. «Gjør du det blir dine kjære til hakkemat,» sa hun, uanfektet. «Det er en Beretta MOD 92, 9 mm. 15 kuler i magasinet. Ikke bruk den med mindre du er absolutt nødt for å gjennomføre oppdraget.»

Jonas svelget. Veide pistolen i hånden. «Beretta, faktisk.»

«Legg merke til at sikringen er relativt hard på denne modellen.»

«Denne?»

Linnea nikket.

Han presset opp den lille bryteren, og dyttet den ned igjen. «Sånn?»

«Det kom ingen klikkelyd. Er det ingen klikkelyd er den *ikke* sikret. Husk det.»

Jonas måtte bruke den andre hånden for å dra sikringen helt ned til den klikket. «Sikra.» Han tok et dypt pust til. «En jævla gønner ...» Han byttet på hendene som holdt den, siktet, tok ut magasinet, inspiserte det, dyttet det tilbake inn. «Og hvor er Robin?»

Et subtilt smil kledte Linneas ansikt. «Akkurat nå står han og en kamerat ved en reklamekampanje for biobrikken utenfor Oslo City. Det er et relativt stort opplegg med mye interessant informasjon, så han kommer sannsynligvis til å være der en stund til. Gå – eller løp – dit og få ham med deg.» Linnea ga ham en lapp. «Her er adressen til Linda. Rekker du ikke Robin i byen er du nødt til å dra dit.» Hun smilte, ikke uten undertone. «Det er et stykke, så du bør nok kjappe deg før det blir for sent.»

Jonas reiste seg, stappet pistolen ned bak i buksen slik de alltid gjorde på film, og memoriserte adressen.

«Og Jonas ...»

«Hm?»

«Vi ser deg.»

Han skar en grimase og løp.

6

Rolig, romantisk musikk fylte kinarestauranten. Aromaen som smøg ut fra den halvåpne kjøkkendøren røpte de utsøkte delikatessene som ventet gjestene. Tente stearinlys sto som små soler på pinne overalt, og atmosfæren var kledt i en slags meditativ ro.

To vinglass klinket. Den mørkerøde væsken skvulpet og forsvant ned halsene til Linda Linsen og Roger Ments.

«For livets mysterium,» sa Roger og tok en slurk til på rappen.

«... for livets mysterium,» gjentok Linda, som også tok en sup til av det røde.

Han tok inn synet av henne, og måtte innrømme for seg selv at rødvinen sto perfekt til hennes røde negler, hår og leppestift. Det så til og med ut til at hun koste seg.

«Takk for dette,» sa hun. «Tror egentlig jeg trengte en liten overraskelse.»

Roger hevet det avlange vinglasset som en profesjonell vinkjenner. «Gleden er på min side.»

Servitrisen kom nærmest svevende med to dype tallerkener med kylling, ris og grønnsaker. Møysommelig plasserte hun maten på korrekte plasser, og sa: «Håper det smake!» Smilte bredt, neiet, og forsvant ut på kjøkkenet igjen.

«Det lukter nydelig.» Linda stakk gaffelen i kyllingen og begynte jobben med å dele opp det godluktende kadaveret.

«M-m,» mumlet Roger, og noterte seg at hjertet hans, som han til vanlig knapt visste om eksisterte eller ikke, dunket fortere enn på årevis. Linda var på en måte annerledes enn de andre kjerringene. Han stirret på henne. Hun lignet en jævla engel der hun satt og parterte maten med forsiktige, feminine bevegelser

Det er sikkert noe dritt med hu og. Ikke selg skinnet før børsa er kjøpt.

De rødmalte leppene hennes holdt seg nøye forseglet mens tennene kvernet maten. Svelget den med rødvin. Hikket, og fniste med hånden for munnen.

I ro og mak spiste de, lyttet til den atmosfæriske musikken, så hverandre inn i øynene og smilte nesten forlegent innimellom. Delte noen ord nå og da. Når de begge hadde spist opp, og satt med sitt *n*-te glass rødvin, sa Linda:

«Så, Robert, jeg skal være ærlig med deg. Jeg liker deg.»

Roger gliste. «Ditto.»

«Men – og sorry for å si dette – men jeg virkelig *hater* å bli jugd opp i trynet, og da spesielt av noen jeg liker.» Linda satte fra seg glasset, foldet armene som en ugjennomtrengelig knute over brystet. Hennes gode humør tilsynelatende borte. «Du får én sjanse til å droppe falskspillet, og hvis du virkelig liker meg gjør du det uten å blunke.»

Roger kjente øynene sine smalne. Nikket svakt. Sjelden hadde det foregått så mange ting på én gang i hodet hans. Så mange variasjoner av tilgjengelige svar. Likevel var det kun ett svar som ville tilfredsstille vitebegjæret hennes hvis han ønsket å komme noen vei i dette påbegynnende ... forholdet?

«Greit, Linda, hør ...» Blikket hans vek fra hennes og gled ned i matrestene på tallerkenen. «Jeg heter ikke Robert.» Han så opp på henne igjen. «Jeg beklager at vi ble kjent på denne måten. Jeg heter egentlig Roger.» Skuldrene sank sammen. De røffe leppene dro seg i et slapt smil, men han følte seg bare tung, sliten.

«Det er jeg klar over,» sa hun, fortsatt med den ugjennomtrengelig armknuten beskyttende over brystet. «Men *hvorfor*?»

Kinnene hans bulet ut og inn idet tennene gnisset mot hverandre. Svakt ristet han på hodet, hevet skuldrene. «Jeg ... jeg veit ikke.»

Øynene hennes spiddet ham. «Unnskyld meg, tror du jeg er dum?»

Han slo ut med armene. «Faen da, hva er det du vil fram til?»

Linda svarte ikke.

«Okay, greit. Det var bare frykt. Rein frykt.»

«Frykt?» snøftet hun. «For hva?»

«Akkurat!» sa han, lo nesten, og kjente ansiktshuden bli varmere. Han svelget. «Frykt for nettopp *dette*, for at du skulle finne ut hvem jeg er. Frykt for at du ikke ville møte meg igjen.» En merkelig følelse kom over ham, en følelse han hadde opplevd så få ganger at han ikke forsto ordentlig hva det var. På en måte følte han seg *liten*, og ville helst løpe fra hele situasjonen. Ikke siden tidlig barndom hadde han opplevd noe lignende.

«Så,» sa hun, noe mildere. «Fortell meg hvem du er, da. Du kan være ærlig – og tro meg, det er det eneste jeg vil du skal være. Og for all del,» sa hun, tok en slurk av vinen, «bare anta at jeg allerede veit alt om deg. Du trenger bare å være ærlig.»

Øynene hans smalnet igjen. Aggresjon holdt på å krype fram fra den emosjonelle hulen sin, men han tvang seg til å forbli i følelsen av å faktisk like denne dama. Tok derfor et dypt åndedrag, blåste sakte ut, dro hånden gjennom barbusen og endte med å klø seg i skjeggstubbene. Begge føttene hans trippet lydløst på gulvet, skjult av bordet. «Du er en tøffing, veit du det?»

«Hold deg til saken.» Mildheten borte.

«Så du vil vite sannheten?» Aggresjonen var nær ved å blusse opp likevel. Han kremtet den bort før han fortsatte med rolig stemme: «Vel, *sannheten* er at jeg er litt ... ustabil. Helt siden tenårene har jeg utnytta damer. Du veit, bruk og kast. Manipulert dem for å få det jeg ville ha, og deretter *vanskeliggjort* livet dems med ...» Stemmen døde. Igjen kjente han denne merkelige følelsen synge i legemet. Og da skjønte han hva det var.

Skam.

En ukjent, nesten personlighetssplittet opplevelse rev og slet i ham. Han kjente ansiktsuttrykkene gikk gjennom en hel skare av forskjellige emosjoner som han ikke kunne gjøre noe med – og var heller ikke vant til å oppleve noen av dem. På den ene siden skamfull og trist, på den andre siden forbannet og drittlei. Årevis med psykopatisk atferd prøvde å kontrollere ham til å gi dette kjerringkreket det hun fortjente, og deretter stikke av. Men noe annet ... som satt et eller annet sted dypt inni ham, *respekterte* Linda. Hun satt der tross alt fortsatt. «... vanskeliggjort livet dems med, vel, hersketeknikker,» fullførte han setningen til slutt.

Linda trakk pusten så langt ned at det virket som den ikke kom til å komme ut igjen. Armene hadde sklidd ned i fanget. Hun stirret vantro på ham. «Og nå skal du bruke og kaste meg akkurat som alle de andre.»

Roger stirret på den blendende stearinlysflammen i noen sekunder. «Ja ... eller nei,» sa han og så opp igjen. «Eller ja, opprinnelig var det planen, men ...» Han smilte tafatt og ristet stillferdig på hodet. «Men nå, vel, det kommer aldri til å skje nå. Jeg liker deg. På ordentlig. Og jeg skjønner hvis du bare vil løpe vekk herfra.»

«Wow,» sa hun. Dro håret bak ørene og la hodet på skakke. «Du har til og med vært lagt inn for dette, har du ikke?»

Et ørlite øyeblikk ble han overtatt av det indre villdyret og hveste: «Hvordan i *hælvete* veit du det?!» Han slo knyttneven i bordet så bestikket skranglet.

Restaurantens andre gjester snudde seg forskremt i retning lyden.

«Internett, Roger,» sa hun med vidt oppsperrede øyne. Hev lynraskt i seg resten av rødvinen, snappet opp vesken sin, reiste seg og sa: «Kan ikke tro at jeg faktisk hadde håp om at det fantes en skikkelig mann i deg, men du har helt rett – du er ustabil!» I full hastighet skrittet hun mot utgangen.

«Linda, jeg mente det ikke, sorry!» ropte han etter henne, men det var for sent. Hun hadde allerede forsvunnet ut. Han plantet ansiktet i hendene, kjente en klump i halsen som blandet seg med et merkelig trykk som presset mot innsiden av øyelokkene. «Faen.»

Deretter løp han ut etter henne.

7

Pupillene til June forsvant opp innunder øyelokkene, tungen tøt ut av munnen. Bevisstheten rant unna som sand i et timeglass. Fingrene kroket seg der de var stripset fast ved håndleddene bak på ryggen.

«Jas-» forsøkte hun. «Jaso-» Men det var ikke mulig å snakke uten lufttilførsel.

«Mine ordre er klare.»

«Me-, men ...»

«Du har fått nok sjanser,» sa han og klemte enda hardere rundt halsen hennes. De ru fingrene hans gled inn i kuttet der sytråden hadde gnagd seg inn et døgn tidligere. Nå raknet den tynne huden som en fillete genser.

Bevisstheten hennes rant vekk; svarte kanter etset seg innover synsfeltet. I det gryende mørket vokste fantasier om datteren og ektemannen fram. Alt hun ville var å nusse Sofia tusen ganger på kinnene, i pannen, på hodet, og kile henne til hun lo med den smittende, nydelige latteren sin. Så ville June legge seg i fanget til Eckhart. Bare lukke øynene og bli liggende der for alltid og alltid; i visshet om at alt var i skjønneste orden, mens han holdt hardt rundt henne med de store, trygge armene sine.

«Slipp dama,» ljomet det gjennom skogen.

Grepet rundt halsen hennes løsnet en anelse idet Jason snudde seg mot lyden. «Hva faen ... *du?*»

«Hører du dårlig?»

Jason knurret lavt, løsnet grepet rundt halsen enda litt mer, men ikke nok. «Er du smart, ser du en annen vei og blander deg utafor. Dette har ikke noe med deg å gjøre.»

Bevisstheten til June samlet seg igjen. Hun hev pusten inn i et langt drag. Snudde hodet så vidt det var og ble fylt av glede over å se den mørkhudede redningsmannen sin i hvit, rødstripete hettegenser. «Ali!»

«Dette har alt med meg å gjøre.» Med pistolløpet siktende på Jason, nærmet den store norsksomalieren seg i rolig tempo. Tørr mose knaste under skoene hans for hvert skritt. Buskblader rislet. Insekter virvlet rundt. «Slipp henne.»

«Og hvis ikke ...?»

June klynket da grepet rundt halsen strammet seg igjen.

«Vil du dø?» Ali var nå under ti meter unna dem. «Her og nå, vil du dø?»

Et svakt flir strøk over Jasons smale, forslåtte ansikt. «Du bløffer.»

«Gjør jeg?»

De opprettholdt blikkontakten mens Ali skrittet nærmere og nærmere.

June prøvde å si noe, men klarte ikke.

«Siste sjanse. Slipp eller dø.» Han krummet pekefingeren rundt avtrekkeren.

Jason slapp taket og dro i stedet June opp foran seg som et levende skjold. «Ikke så fort nå.» Gjemte seg bak henne mens hun gispet etter luft og slåss for å holde tilbake den boblende spyfornemmelsen.

«Gjør det,» sa hun. «Skyt svinet!»

«Skyter du meg, skyter du henne,» sa Jason, gjorde seg så liten som mulig bak den tynne kvinnekroppen. «Er det verdt det?»

«Bare gjør det,» gjentok hun.

«Hør her ... Ali,» sa Jason. «Dette er unødvendig. Vi kan alle bare gå herfra. Ingenting trenger å skje. Lar du meg gå skal jeg fortelle mine overordnede at de kan la deg, øh, *dere* gå fri.» Han klappet June på hodet. «Hun også, selvfølgelig. Ingen har lyst på mer problemer. Vi er alle slitne. Hva sier'u?»

Ali så fra Jason til June, og tilbake igjen. Trakk pusten i små stakkato rykk.

«Ikke hør på han,» sa hun. «Skyt meg i skulderen, så går kulen rett igjennom og treffer han. Jeg bryr meg ikke om smertene.»

«Hold kjeft begge to,» ropte plutselig Ali. Våpenet dirret synlig mellom de skjelvende hendene.

Kom igjen, Ali, kjære deg. Gjør det eneste riktige nå.

«Dette er hva vi gjør,» sa Ali til slutt. «Først lar du henne gå.» Han gikk enda nærmere, til han nesten kunne ta på June. «*Nå.*»

«Okay, okay.» Jason slapp henne.

Ali dro June til seg, la armen rundt skuldrene hennes. Og selv om det ikke var armen til Eckhart, følte hun seg umiddelbart tryggere. Hun hostet, lente seg mot ham. Førte fingrene rundt sytrådsåret. Kjente de ble våte av ferskt blod.

«Kast over mobilen, bilnøkler og lommeboka. Rolig.»

Jason tørket neseblodet med håndbaken før han fant fram tingene, kastet dem foran Ali.

«Jeg har en foldekniv i lomma,» sa June. «Bruk den.»

Uten å slippe Jason av syne, eller sikte, lirket Ali kniven ut av Junes lomme, flippet den opp med den ene hånden og kuttet stripsen.

Hun sukket lettet, gned seg på håndleddene. «Tusen, tusen takk.»

«Takk meg når det er over. Plukk opp tingene hans.» Til Jason sa han: «Strips deg selv fast.»

«Hva? Jeg samarbeider jo.»

Ali gikk helt bort og plantet pistolen i tinningen hans. «Samarbeid *mer.*»

Jason knurret, dro fram en strips fra baklommen. Førte den ene enden inn igjennom den andre, slik at den dannet en stor nok sluttet sirkel til at han fikk dratt den rundt begge hendene. Til slutt bet han tak i ene enden og snurpet ringen sammen rundt håndleddene. En markert *trrrrr*-lyd hørtes mens ringen skrumpet inn, og han var fastbundet.

«Flott,» sa Ali, pekte med pistolen. «Nå går vi tilbake til bilen. Du først.»

June kom nærmere Ali, smilte. «Går det greit om-»

«Så klart,» sa han og lot henne hekte armen sin over skuldrene hans, mens hans samtidig støttet ryggen hennes med sin egen arm.

Med Jason foran seg, motivert av pistolmunningen, gikk og haltet de tilbake mot grusveien. Stadig flere mygg og knott rottet seg sammen rundt dem etter hvert som skylaget tettet for himmelen. Færre fuglelyder, dypere skygger. Skogen lå stille rundt dem, holdt pusten.

For første gang siden hun våknet etter kollisjonen la June merke til kameraene i enkelte av tretoppene. LED-lysenes røde øyne stakk skarpt i det tiltagende kveldsmørket. «Hvorfor har ikke noen kommet for å redde oss ennå?» sa hun da de nærmet seg veien. «Kameraene må da ha fanget opp alt som har skjedd her siden vi kom.»

Ali, taus, glodde skeptisk på de røde prikkene øverst i skogtaket, som betydde intakte kameraer.

«Jeg mener, *to* biler som kjørte rett ut av veien og ble knust i trær, folk som har blitt hardt skadd, drept, avfyrte skudd, og ikke så mye som én ambulanse eller politibil.»

«Så du veit det ikke?» sa Jason.

«Vet hva?»

«Kun kameraer i større byer er aktive.»

«Hæ?» Det kom fra Ali.

Nå var det June som var taus.

«Disse er bare for show.» Jason nikket mot den nærmeste svarte linsen oppe i bladverket. «Det der, for eksempel, er en tom boks med et rødt lys – *ikke* et fungerende kamera.»

«Det kommer bare dritt ut av kjeften din,» sa Ali.

Jason snudde seg et øyeblikk og stirret på ham. «Så si meg, hvor er ambulansen? Politiet?» Likegyldig hevet han skuldrene. «Kameraenes eneste funksjon var å fungere som psykologisk glidemiddel for massene det første året. Når så dagen for biobrikken kom ville de være mer mottakelige for en høyere grad av overvåkning.»

«Det er det kvalmeste jeg har hørt.»

June så på ham. «Hvorfor forteller du oss dette?»

«Hvorfor ikke? Sannheten er sannheten.»

De klatret skråningen til veien. Ikke en eneste bil hadde passert siden biljakten.

«Du skal inn der.» Ali pekte med pistolen på bagasjerommet til bilen som Jason opprinnelig stjal fra June.

«Kødder du?»

Ali gikk bort til bilen, åpnet bagasjelokket. «Nå.»

8

Da Roger kom løpende ut av kinarestauranten fant han Linda sittende på fortauet rundt neste sving, gråtende. Vesken lå veltet ved siden av med mye av innholdet spredt utover. Hodet gjemte hun i hendene, ristet i takt med hikstene.

«Linda,» sa han, la en hånd på skulderen hennes. «Hva skjedde?»

Hun rykket til, som i sjokk. «Ligg unna meg!»

Han slapp skulderen lynraskt. «Beklager, jeg ville bare-»

«Du vil bare ned i buksa mi og bruke meg, som alle de andre jævlene jeg har møtt i livet!» Hun stortutet ned i hendene.

Noen forbipasserende stoppet nesten, men gikk fort videre da han ga dem knivblikket sitt. Påpasselig med å holde fingrene for seg selv, satte han seg på fortauskanten ved siden av henne. «Jeg veit ikke hva jeg kan si ...»

«Bare stikk,» hulket hun. Snufset så det surklet i den rennende nesen. Maskara utover ansiktet, og leppestift gnidd utover som et rødt blåmerke på kinnet. «Jeg må være den teiteste dama i verden som holdt på å falle for deg, din ... din ...» Mer hulking.

Roger trakk pusten dypt, konsentrerte seg om å ikke flippe ut. «Linda, hør på meg, da.» De neste tre ordene tok all hans viljestyrke: «Vær så snill.»

Linda snudde seg mot ham, dro føttene opp og omkranset dem med armene, fingrene flettet inn i hverandre. Ulykkelighet jaget gjennom ansiktstrekkene. «Jeg ville bare ha en snill mann ved min side. En som kunne ta vare på meg og Robin. En som ikke var en enspora skjørtejeger, gærning eller en dust som kom til å stikke av fra alt.»

Hvert eneste ord som kom ut av munnen hennes traff ham hardt og brutalt. Han var alt det, og mer til. Likevel var det ingenting han ville mer akkurat nå enn å bli det totalt motsatte. «Hør, Linda, jeg ...» Dro hånden over ansiktet. «Faen, jeg veit ikke hva jeg kan si. Annet enn at jeg virkelig liker deg, og kan *prøve* å forandre meg. Men om det betyr noe eller ikke er ute av min kontroll.»

«Du klarte ikke å holde deg rolig inne på restauranten engang. Orker ikke sånn galskap i livet mitt. Robin og jeg trenger et stabilt menneske å leve med. Skjønner du hva jeg sier?»

Roger nikket, blikket i bakken. «Ja.»

Han ble bare sittende ved siden av henne til hun sluttet å sippe.

«Hvorfor er du her fortsatt?»

Et klikk lød fra halsen hans. Fortsatt med blikket lenket til bakken. «Fordi jeg ... bryr meg.»

Linda kjemmet fingrene gjennom den røde manken, dro håret bakover, snufset og trakk pusten dypt inn. «Hva er det med meg som gjør at du plutselig vil forandre deg, egentlig? Du kjenner meg ikke. Jeg er jo bare et nytt stykke kjøtt uten forhistorie.»

Musklene rundt Rogers øyne rykket til, men han tvang seg til å ikke reagere. «Veit ikke hva det er. Du er vel annerledes.» Blikket deres møttes igjen. «Det er som om det faktisk er noe godt ved deg. Tror ikke jeg har sett det i noen siden jeg var liten unge. Og jeg veit at *jeg* ikke er en som burde åpne kjeften når det gjelder å bedømme noen som gode eller dårlige.»

Linda studerte ham, prøvde sikkert å finne ut om alt bare var et kjølig beregnet skuespill. Han hatet henne for det, men kunne heller ikke klandre henne for skepsisen.

«Det er bare et eller annet i øya dine som treffer meg på en måte jeg ikke har opplevd før.»

«Faren til Robin forlot meg da jeg blei gravid,» sa hun. «Så Robin har aldri hatt en far. Han innrømmer det ikke, men jeg veit han syns det er skikkelig trist. Og han er veldig skeptisk til deg.»

«Han er en smarting.»

«Som sin far, selv om han var en dust på sin måte.»

«Hvor er'n nå?»

«Aner ikke. Han bare forsvant. Og godt er dét.» Linda fnøs, men det virket halvhjertet.

Roger klarte ikke å styre seg. Forsiktig tok han hånden hennes. «Linda, gi meg én sjanse til. Jeg vil prøve å forandre meg. Trenger å oppleve et ordentlig forhold.»

«Robin kommer aldri til å gå med på å ha deg i livet vårt. Jeg overdriver ikke når jeg sier at han er veldig skeptisk til deg. Det er en gigantisk *underdrivelse,*» sa hun, men dro ikke vekk hånden fra hans. «Hadde han visst at vi er sammen nå, veit jeg ikke hvordan han hadde reagert.»

«Ikke uroe deg for det. Skal ta en godprat med gutten, jeg.» Roger gliste bredt.

Linda smilte matt, fortsatt blank i øynene. «Nå skal jeg hjem.»

«Så du vil ikke gå tilbake til restauranten å spise ferdig?»

«Nei.»

Han skulle til å foreslå at han jo kunne kjøre henne, men kom på at de begge hadde drukket mer enn bitte litt. Ikke at *han* brydde seg, så klart, men så var det denne forandringen han plutselig skulle forsøke å tvinge seg selv til å gjennomgå, da. *Så lenge det funker* ...

Han samlet sammen tingene fra vesken hennes som fortsatt lå strødd utover fortauet. Ga en og en gjenstand til henne slik at hun selv kunne legge de tilbake i den minimalistiske lille greia som umulig kunne romme noe som helst.

«Takk,» mumlet hun. Fiklet fram et minispeil og en pakke våtservietter. Åpnet speilet som en gammeldags klapptelefon. «Herregud som jeg ser ut.» Dro ut en våtserviett og vasket bort leppestiften fra kinnet, og tørket maskaraen som hadde levd sitt eget liv rundt øynene hennes, hvor røde gråteringer prøvde å tyte fram fra den svarte sminken.

Roger kremtet og klødde seg i barbusen. «Jeg kan følge deg hjem? Hvis du vil.»

Linda reiste seg fra asfalten. Rettet på buksa og genseren. Børstet småstein og annet skitt. «Greit, følg meg hjem, da. Men *that's it*.»

9

Robin Linsen vred på kapsen, slik han gjorde kontinuerlig gjennom hele dagen, hver eneste dag. Klødde seg i det røde, krøllete håret. «Men,» sa han til BioChip-reklamemennene Jan og Bob, «hvis det 'gode, gamle privatlivet' blir borte for alltid, hvorfor er dere så happy for det?» Han dro i en rød krøll så den ble lang og rakte ham til øyebrynet. «Jeg mener, er ikke privatliv noe vi *vil* ha, liksom?»

Jan lo mer. Det så nesten ut som om dobbelthakevalken snakket. «Privatliv er fint, det,» gliste han, og pekte på 100-tommers flatskjermen bak seg, hvor animasjoner i realistisk 3D visualiserte hvordan biobrikken ville kunne koble ethvert individ til hverandre via et innebygget, biologisk basert nettverk. «Men det blekner til ingenting sett i forhold til mulighetene som kommer med biobrikken. Hvem bryr seg om sitt tafatte privatliv når alle mennesker på jorda kan knyttes sammen til én levende, bevisst organisme?» Han viftet med armene som en sirkusdirektør. «Er ikke dét en fantastisk tanke, så vet ikke jeg!»

«Og hva med de som måtte ha onde hensikter?» kom det fra en ganske høy, tydelig trent type med kutt og blåmerker i trynet.

«M-m!» Robin nikket og var *helt* enig i spørsmålet.

Kameraten hans Kevin Kipp, på sin side, ristet på hodet.

«Onde hensikter?» Bob flirte. «Hva slags onde hensikter?»

«Nei, du veit,» sa typen, som nå beveget seg framover og stilte seg ved siden av Robin. «Du kan være sikker på at det finnes maktsyke personer der ute som er høyt hevet over mannen i gata, og som har sine egne, lumske agendaer på gang.»

«Vel,» sa Bob. «Vi kan så klart stå her og klekke ut konspirasjonsteorier til vi blir både grønne og blå, men personlig foretrekker jeg å ikke styres av frykt. Bedre å se på de positive sidene ved et teknologisk vidunder som dette.» Smilet holdt seg troverdig.

«Sant, så sant,» sa typen med blåmerker. «Si meg, hvor mye betaler de deg?» Han dultet Robin i skulderen og flirte.

Robin gliste også.

Bob var visst kronisk glad. Totalt uanfektet lo han med. «Jeg tjener ganske godt,» smilte han, «men hadde gladelig stått her gratis!»

Typen ved siden av Robin fortsatte: «Jeg er enig i at det kan komme mye bra med biobrikken. Problemet er at vi tvinges, som om vi er kyr som skal brennmerkes.»

«Ja,» istemte Robin. «Hørte en dude på radioen si at den kommer til å spres som påtvingi influensa!»

Nå lo hele forsamlingen rundt disken utenfor Oslo City.

Men Robin syntes ikke det var noe morsomt i det hele tatt.

«Noen ganger vet ikke folk sitt eget beste, nettopp fordi de er redde for forandring,» sa Jan. Noe skiftet i blikket hans. «Men hvis dere er så voldsomt imot dette framskrittet foreslår jeg at dere lar de som faktisk er genuint nysgjerrig få være her i fred.»

«Heh, greit det,» sa typen, klappet Robin kameratslig på skulderen, før han hurtig dro gutten inntil seg, la armen rundt halsen hans, snappet opp en pistol og siktet mot Robins tinning. «Ingen rører seg!»

Forsamlingen trakk pusten i kor. Stillhet overtok.

Robin stivnet til is. «Hv-hva driver'u med?»

«Hold kjeft,» snerret mannen.

«Bare ta det rolig,» sa Jan og løftet hendene, som for å berolige ham. «Jeg forstår at du er forbanna på biobrikkeinnføringen, men ... men det finnes bedre måter å reagere på enn dette.»

«Hold kjeft, for faen!» Han rettet pistolen fra Robin til Jan og Bob, og sirkulerte den deretter rundt forsamlingen slik at alle rygget bakover og dannet en større ring. «Hvis noen som helst av dere ringer snuten, dør dere. Jeg kødder ikke. Ingen leker helt — for det er det ingen av dere som er.»

«Bare slapp av nå,» sa Bob. «La oss løse problemet sammen før du gjør noe forhastet.» Dobbelthaken hans dirret i takt med skjelvingen; den kroniske oppstemtheten borte som is i peisen.

Pistolmunningen ble brått snudd mot han. «Det er ingenting å løse. Alt er allerede for seint. Ingen kan redde noen. Vi er alle fuckings *slaver*, og politiet er opptatt med demonstrantene borti gata her. Veit dere ikke det? Ingen kommer for å redde dere!»

En av de større mennene i mengden hoppet på ham bakfra, men lynraskt sparket han den digre mannen i kneskålen så han veltet og falt på bakken. Jonas snudde seg lynraskt. Pistolmunningen rett mot ham. «Jeg sa ingen skulle leke helt.»

Mannen på bakken holdt hendene opp foran seg. «Herregud, la guttungen gå. Dette har ikke noe med han å gjøre!»

«Guttungen er *min.*»

«V-vær så snill,» stammet Robin. Kjente øynene bli fuktige.

Kevin måpte. «Robin ...»

Pistolmunningen rettet seg mot kameraten også. «Ikke bland deg, kid,» sa gærningen. Han rygget bakover holdende fast i Robin, som ikke hadde noe annet valg enn å subbe etter i samme retning. «Hvis noen av dere følger etter meg ...» Han siktet på den overdimensjonerte flatskjermen bak reklamemennene, fyrte av et skudd. Det sa *bzzzt!*, spraket og skjermen døde. «... er det over.» Til Robin sa han: «Det samme gjelder deg, hvis du lager så mye som en *lyd.*»

Hele forsamlingen spredte seg for alle kanter, som en fiskestim idet en hai stormer mot dem. De fleste løp i hver sin retning.

Ingen helter å se.

Han grep tak i armen til den livredde Robin, slepte ham med seg og forsvant i folkemengden.

10

Kidnapperen med kutt og blåmerker i ansiktet førte Robin inn i en leilighet. I frykt for ulydighet hadde han holdt seg i ro hele veien; verken skreket eller ropt.

«Slå deg ned.» Mannen gestikulerte mot sofaen i stuen.

Robin adlød. Satte seg i sofaen, med ryggen mot de store vinduene med planter i, og lot blikket gli rundt i den lille leiligheten. Det luktet røkelse. «Skal du drepe meg nå?»

Uten å svare dyttet mannen pistolen ned i buksebaken, gikk inn i kjøkkendelen av leiligheten. «Vil du ha noe å drikke?»

Robin ristet på hodet.

«Nei vel,» sa han, fylte et glass med vann, labbet til stolen og slo seg ned ved siden av Robin. «Jeg kommer *aldri* til å drepe deg,» sa han og nippet litt vann av glasset med skjelvende fingre. «Jeg kommer aldri til å krumme ett eneste hår på hodet ditt.»

«Så hvorfor er jeg her?» Robin stirret mot ytterdøren. Flyttet seg til enden av sofaen, så langt vekk som mulig fra gærningen. «Er'u en sadistisk pedo-jævel som tar med kids hjem for å-»

Mannen avbrøt ham: «Nei! Aldri! Ikke *tenk* tanken engang!» Han dro hendene over ansiktet, sukket høylytt. «Hør, sorry for den brutale oppførselen min. Det var ikke planen. Men der og da slo det meg at det kanskje var den beste måten å gjøre det på, og-»

«Gjøre *hva* på? Hva preiker du om? Jeg vil hjem!» Robin veivet med hendene.

Mannen løftet sine. «Slapp av, Robin. Jeg veit hvem du er. Kommer ikke til å skade deg.» Han tok en slurk til av vannet og skylte det rundt i munnen.

Kroppen til Robin stivnet. Han ville røre seg, løpe, hyle og skrike, men klarte ikke. I stedet var han fastfrosset som en urørlig kjøttklump. Leppene dirret da han spurte: «Veit du hva jeg heter? Hvem faen *er* du?»

«Vær så snill, Robin, slapp av,» sa mannen, og helte i seg resten av vannet. «Jeg veit hvor sykt alt dette virker, men du skal få svar på alt.» Skjelvende banket han hånden på brystet sitt, over hjertet. «Ingenting skal skje med deg, jeg sverger. Stol på meg.»

Kjapt dro Robin genserermet over ansiktet for å tørke tårene på vei ned kinnene. «Vil bare hjem.»

«Og du skal komme hjem. Men dette er jævlig viktig. Jeg har heller ikke noe valg i denne saken. Dette styres av noen som er over oss alle. Vi er begge uskyldige. Se her,» sa han og dro fram pistolen. Stål skrapte mot treverk da han skjøv den til midten på bordet, mellom dem. «Jeg legger denne her, så du ser den. Den er like langt unna oss begge to. Du kan når som helst ta den og skyte meg, hvis du virkelig vil.»

Det ene øyebrynet til Robin heiste seg.

«Jeg lurer deg ikke. Jeg har ingen annen pistol.»

Robin dyttet håndbaken inn i øynene for å fjerne mer av det våte. Stirret på pistolen på bordet. Stirret på mannen. Han så ulykkelig ut, han også.

Du kan når som helst ta den og skyte meg, hvis du virkelig vil.

Med fokuset rettet mot våpenet på bordet, klar til å kaste seg over det når som helst, hvisket Robin: «Okay.»

«Robin, jeg veit hvor skakkjørt dette høres ut, men jeg heter Jonas,» sa mannen, trommet fingrene mot kneet. «Jeg er faren din.»

*

Silje skvatt så voldsomt at hadde hun ikke vært fastbundet i stolen, ville hun falt av. «*Hva* var det han sa?»

Tony hadde rigget til et nettbrett på stuebordet som var koblet til skjulte spionkameraer Abs hadde installert i leiligheten deres tidligere på dagen, mens Jonas var opptatt med å innføres i sitt første oppdrag av Linnea. Nå fulgte de med på direkten mens han snakket med denne 'Robin'.

«Hysj,» sa Min-Yun. «Følg med.»

Hjertet hoppet nesten ut av brystet til Silje. Først hadde han tatt med denne gutten hjem til dem, og nå ... nå. Hun klarte ikke fullføre tankerekken. *Det er for sykt. Altfor sykt.* I målløst sjokk fortsatte hun å stirre med sviende øyne på det morbide showet som utspilte seg på nettbrettskjermen.

*

Munnen til Robin åpnet seg lydløst.

Jonas så i gulvet, mer eller mindre overveldet av motstridende følelser. «Jeg skjønner åssen det høres ut, men det er sant.» Han så opp igjen, møtte guttens vidåpne, blanke øyne. «Fikk vite det i dag, jeg og.»

Sekstenåringen sa ingenting.

«Hadde jeg visst jeg hadde en sønn hadde jeg så klart vært hos deg siden du blei født.» Igjen så han i gulvet – gravde pupillene inn i teppet. Kjente klumpen i magen vokse til et helt fjell. Ujevn pust, skjelvende fingre som tvinnet seg i hverandre. Svelget. «Jeg visste det ikke, Robin. Veit jeg er et jævla rasshøl, og jeg beklager så sinnssykt mye ...» Stemmen døde.

Plutselig hoppet Robin fram, grep pistolen på bordet og siktet på Jonas. «Du juger! Du e'kke faren min. Jeg har ingen fuckings far.»

En bombe av frykt eksploderte i mellomgulvet til Jonas. Han løftet hendene over hodet, klemte seg bakover, så langt inntil sofaen som mulig. «Robin ... ta det med ro. Jeg skjønner hvordan du føler det, men jeg lover – *sverger* – dette er sannheten.»

Flere tårer pushet seg ut av Robins blanke øyne. Han blunket fort flere ganger. Pistolen ustø i hånden, dirret. «Bevis det!»

«Se på deg selv, Robin,» sa Jonas og kjente en gryende glede strømme gjennom kroppen som blandet seg med frykten. «Har du sett deg selv i speilet? Se på meg. Øya dine, nesa di, faen, hele ansiktsformen din er prikk lik meg ... i hvert fall med unntak av hårfargen.»

«Nei,» ropte Robin, veivet ukontrollert med den ladde berettaen med den ene hånden, og vred på kapsen med den andre. «Vi er helt forskjellige.» Han snufset hardt. «Jeg hadde *aldri* sikta en fuckings gønner på sønnen min første gangen jeg møtte'n. Du er sinnssyk og har ingenting med meg å gjøre!»

Jonas ble så lykkelig over å plutselige se seg selv i gutten at han kunne hoppet av glede, selv om han jo samtidig var livredd for å få hodet sitt skutt i fillebiter. «Likevel sikter du en gønner på faren din første gang du møter han,» sa Jonas og måtte nesten stoppe seg selv fra å le av denne totalt absurde situasjonen. En idé fór ned i hodet hans. «Jeg *kan* bevise at det er sant, her og nå. Men … da må du nesten spare livet mitt i noen minutter til?»

Rødsprengt i ansiktet og pusten i hundre, flakket blikket til Robin rundt i leiligheten. Etter noen eviglange sekunder begynte pusterytmen hans å roe seg, og han senket pistolen et par hakk. «Okay.»

«Må bare stikke inn på kottet på soverommet og hente noe, så kommer jeg rett tilbake.» Jonas fanget blikket til gutten han nå visste var sin sønn. «Og slapp helt av; skal ikke hente et våpen eller noe sånt. Kun bevis på at jeg er den jeg sier jeg er.»

«… okay.»

Mens Jonas gikk gjennom stuen og ut i liksom-entreen, kjente han pistolen svi ham i ryggen. Slapp pusten lettet ut da han – fortsatt i live – endte opp på soverommet. Åpnet døren til kottet i det innerste hjørnet. Det var stappfullt av alt mulig slags stæsj som hadde samlet seg i årenes løp. Flere svarte søppelsekker fulle av Siljes gamle sko, bukser, bluser og vesker. Jonas gravde seg nedover lag etter lag med ting som burde vært solgt, kastet eller brent for lenge siden.

Til slutt, helt inn i innerste hjørne, fant han det eneste han eide i hele kottet. En liten flytteeske. Rev den ut og plasserte den på gulvet. Dro av lokket. Lukten av gammel papp, plast og skinn dunstet mot ham. Her var alle minnene han noen sinne hadde tatt vare på, fra barnehagen og fram til slutten av videregående. Utslitte pennaler, fillete kladdebøker, kassetter av band han nesten hadde glemt han digga på den tiden, enkelte Game Boy-spill, men ingen Game Boy, noen slitte Morgan Kane og Stephen King-pocketer, tre-fire penner med multiple farger i én – og så, der fant han det han håpte fortsatt fantes: en skoeske full av bilder fra barndommen og oppover. For det meste tullebilder han og kamerater hadde tatt hvor de poserte fjollete i skogen, på kirkegårder, festningen, og rundt omkring i byen. Og selvfølgelig bilder av han og de forskjellige kjærestene han hadde vært sammen med i årenes løp.

Nostalgien fylte ham som et teppe sammenvevd av glimt fra et glemt liv. Alle disse menneskene som han aldri kom til å møte igjen, og alle disse søte jentene som bragte fram alle mulige slags følelser i ham. Gud skulle vite ingen av forholdene kun hadde vært rolige og koselige. Hvert eneste bilde manet fram flyktige scener av latter og gråt, kjærlighet og hat, humor, alvor, svik, begjær, håp og håpløshet.

I noen stakkede sekunder badet Jonas i ung-dommens galskap av søket etter å høre til, ønsket etter å finne *hjem* – denne idylliske, utopiske troen på at en eller annen tilhørighet til en gruppe eller en spesiell person kunne slukke tørsten etter den sårt behøvde lengselen etter samvær, forståelse. For mange sluttet aldri dette søket, uansett hvor gamle de ble. Og midt i denne tankerekken fant han det han lette etter – bildet av seg selv med *henne*.

Hans største kjærlighet, som selv ikke hans tilknytning til Silje noen sinne kunne overgå, og kanskje nettopp derfor hadde han stukket av fra henne, i pur frykt for de voldsomme, altoppslukende følelsene. Og kanskje *derfor* hadde han heller aldri snakket om henne til Silje. Alle de andre korte og lengre forholdene hans visste hun om, men akkurat *Linda* hadde han holdt for seg selv. Kanskje av frykt for at det skulle synes i øynene hans, denne udødelige kjærligheten han følte for henne som nå var så dypt begravd at den med rette kunne kategoriseres som fortrengt, ikke lenger ekte. Men det fortrengte var aldri borte; det lå lagret dypt under huden og ulmet som glør, en nåværende inaktiv vulkan, som når som helst kunne springe opp fra den tynne hinnen, bryte overflaten, og skape kaos for det velkonstruerte, helt ålreite livet som nå foregikk.

Jonas svelget to ganger og bare måpte ned mot det gamle bildet, før han fikk seg til å plukke det opp. Det var så lenge siden han hadde sett eller tenkt på henne at han oppriktig hadde overbevist seg selv om at det ikke var noen følelser der lenger.

Den gang ei.

Med dirrende fingre fisket han bildet fra esken og stirret på det med noe som minnet om ærefrykt. Et vindu ut mot en stivnet fortid. Der sto han, året før graviditeten, den unge, naive 18-åringen, med armen slengt over skuldrene hennes, den enda yngre – men kanskje allikevel ikke mer naive – 15-åringen. Rødhårede, elskverdige Linda, som så absolutt ville ha ungen. Han svelget igjen, kjente fortsatt den svake bismaken etter oppkastet flere timer tidligere.

Linda.

Og nå, som oppstått fra intet, Robin.

Hans livs største kjærlighet hadde gitt ham et barn, en sønn, som han flyktet fra med lange skritt. Løpt som om Satan selv var i hælene på ham. Svimmelheten overtok. Jonas satte seg på gulvet, lente seg mot sengekanten, kjente verden snurre. De var jo så jævlig *unge*. Dette skulle ikke skjedd. Det skulle faen ikke skjedd. Og betalingen for hans dårlige, bedritne valg var direkte reflektert i at hans sønn nå satt i stuen med en pistol, hatet ham, kanskje klar til å drepe ham, og Silje, som ikke visste noen ting, som jo måtte få vite, før eller siden – hvis hun i det hele tatt overlevde denne galskapen – og Linda, da, som også kom til å få vite, og alt var bare en enorm fuckings feberhet floke. Det svimlet for ham, kjente kvalmen stige hurtig. Han slo en knytt-neve ned i madrassen så dyna skrukket seg til et krater.

Prøvde å ta seg sammen. Dro med seg bildet og gikk sakte tilbake ut i stuen.

I det samme han kom ut løftet Robin pistolen.

«Slapp av,» sa Jonas og gjorde hendene synlige. «Se, jeg fant det jeg lette etter.» Viftet med bildet. Han gikk bort til sønnen. «Sjekk her.»

Robin lente seg over bildet. «Mamma ... Og det der, det er ...» Sekstenåringen stirret vantro på ham. «Det er *deg*?»

Jonas nikket. «Bildet er 17 år gammelt, og ble tatt omtrent ett år før vi, øh, gikk fra hverandre.» Han gned to fingre i øynene for å skjule emosjonen som kom over ham.

«Jeg er 16,» sa Robin og slang pistolen på bordet. «Så mamma hadde rett hele tida.»

«Å?»

«Hu har alltid sagt at faren min ikke takla at hu blei gravid og stakk av fra ansvaret.» Han fanget blikket til Jonas, øynene smalnet. «Du *visste* hu var gravid. Du stakk av fra oss med vilje, fordi du ikke elska henne lenger, og ikke ville ha noe mer med'a å gjøre.» Armene foldet seg til et kryss over brystet hans. Munnen var en bøyd geip.

«Robin, mora di var nettopp blitt 16 når hun blei gravid med deg, og jeg var bare 19. Saken var jo ikke at jeg ikke ville ha deg som sønn, men at jeg jo syns vi var altfor unge til å få barn i det hele tatt!» Jonas tok en pause. Hvordan forklarte man den ukjente sønnen sin at det hadde vært best om han ikke var blitt født – *uten* å få ham til å tro han ikke var ønsket? Magemusklene strammet seg. «Jeg stakk ikke av fordi jeg ikke elska henne, men fordi jeg håpa det skulle føre til at hun ombestemte seg og tok abort. Og jeg veit at det høres jævlig ut nå som du lever, men det eneste jeg mener er at for meg var det viktigste å fikse en god utdannelse og en trygg jobb før jeg satte et barn til verden, men ...» Han ristet på hodet. «... men hun mente fast bestemt at det var viktigere å beholde ungen, tydeligvis.»

Jonas så på sønnen sin, og håpet hans inderlighet ble oppfattet av den unge mannen. «Hadde jeg visst at hun kom til å beholde ungen – deg – samme hva jeg gjorde, så hadde jeg jo blitt værende. Jeg gjorde det fordi jeg elska henne og ville det beste for oss alle. Men jeg beklager, og veit det ikke betyr en dritt fordi vi ikke kan spole tilbake tida.» Blikket søkte gulvet.

«Og nå, da? Hva nå, nå som du veit at jeg finnes?» sa Robin med dirrende lepper. «Forsvinner du igjen, eller kan du ... kan du være ... faren min, på ordentlig?»

Når Jonas hørte dette brast demningen, og alle kreftene hans løste seg opp. Han grep tak i Robin, omfavnet ham, klemte hardt, hvisket inn i øret hans: «Jeg skal være faren din på ordentlig. Jeg *er* jo for faen faren din. Stikker aldri av igjen. Jeg sverger.»

*

Miriam smilte. «Ser ut som far og sønn har funnet sammen.»

«All right!» sa Min-Yun, og løftet den ene armen med knyttet neve som en triumferende salutt.

«Hmf,» sa Tony. «Likte ikke at han dro fram pistolen og lagde kaos utenfor Oslo City. Det var et irrasjonelt, idiotisk påfunn.» Han så på sine medsammensvorne. «Linnea ba ham ettertrykkelig om å ikke bruke den med mindre det var siste utvei.»

«Ta det med ro, Tony,» sa Miriam. «Med unntak av den lille forsamlingen han var i, var det ingen som la merke til det. Og der løp jo alle sin vei.»

Tony gryntet.

«Politiet har hendene fulle med demonstrantene. Det er null problem, for nå.»

«Vel, vi kan late som.» Tony snudde hodet mot Silje som fortsatt satt fastbundet i stolen. «Så dere vet alt om hverandre, hva? Ingen hemmeligheter, var det sånn?»

Silje registrerte knapt at han snakket til henne. *Jonas har et barn,* var alt tankene hennes sa, repeterte det om igjen og om igjen.

*Jonas har et barn. Jonas har et **barn**! Jonas har et barn med en kjæreste fra fortiden som han ikke har fortalt meg om engang. Han har en jævla videregåendeskoleelevunge!*

*

Etter at Jonas hadde fortalt alt om situasjonen, om Silje, om den kyniske, brutale mannen som hadde ringt ham, og om Linnea, satt Robin som forsteinet i sofaen. Blikket rett fram, festet på ingenting. «Så hva skjer nå, liksom?»

Jonas hevet skuldrene. «Aner ikke.»

Mobilen Linnea ga ham, ringte.

Han stirret på den vibrerende plastbiten på bordet. «Vi får vel se nå.» Motvillig plukket han den opp. «Ja?»

*

«Jonas!» sa Tony i en svært hyggelig tone, stikk motsatt fra deres første samtale. «Tony her, som du hører. Det er en glede å fortelle at du har bestått første del av oppdraget ditt.» Han skrudde av nettbrettet slik at ingen i rommet skulle høre hva som ble sagt på andre enden av røret.

Da Jonas ikke sa noe, fortsatte han: «Vel, vel. Som jeg tidligere lovet kommer ingenting til å skje med din kjære så lenge du gjør som jeg sier.» Lenger pause, så, henvendt til Silje, sa han: «Silje, vennligst si noen ord til Jonas.» Tony reiste seg og la mobilen inntil øret hennes.

«Jonas?» sa hun. Pause. «Vit at jeg elsker deg, gutten min. Mer enn noe annet.» En pause til. Øynene hennes ble blanke. «Jeg savner deg så fælt, vær så snill, du må-»

Tony snappet mobilen vekk. «Nok.» Han labbet rundt i stuen. «Som du hører, alt er som det skal.» Gikk inn på kjøkkenet mens han lyttet. «Ha tålmodighet nå.» Åpnet noen skapdører. «Mm, stemmer. I så henseende får jeg vel si gratulerer til både deg og gutten.» Fant skapet med kopper i, tok ut tre stykker. «Slapp nå av, Jonas, dere er som født til dette.» Koppene havnet på kjøkkenbenken. Mens han fortsatte å lytte med den ene hånden holdende i telefonen, skrudde den andre hånden på vannet i springen. «Dere må skjønne at i en tid som dette er det en *ære* å bli integrert i operasjonen som vaskeekte Abs.» Han fylte vannkokeren som sto ved siden av kaffetrakteren. Skrudde av springen og plasserte kokeren tilbake på plass, trykket på knappen. Vannet begynte å leve inni den.

Plutselig slo Tony i benken med åpen håndflate. «Dette er ikke åpent for diskusjon!» Dro den hanskekledde hånden gjennom håret, snerret: «Vel, det *driter* vi i. Du gjør som du blir bedt om, og det gjelder sønnen din også. Dette er et globalt problem og derfor mye større enn oss alle sammen. Om jeg må ta livet av et kvinnfolk for å oppnå noe til det beste for hele forbanna menneskeheten, så er det noe jeg for lengst har akseptert. Det blir ikke første gangen ... og garantert ikke siste.»

Tony åpnet flere skap. Fant et lukket glass med pulverkaffe innimellom pakker med te, knekkebrød og pasta. Med én hånd skrudde han av lokket, tømte deretter på øyemål kaffekorn i hver av koppene. «Det er på tide du aksepterer din posisjon i dette svært intrikate puslespillet.»

Nå kokte vannet.

Tony plasserte lokket på pulverkaffeglasset og la det tilbake i skapet uten å skru igjen. «Når vi sier hopp, så hopper du.»

Kokende vann blandet seg med kaffen i koppene. Tony åpnet et par tilfeldige skuffer. Fant en teskje og rørte rundt. Nå fantes verken kokende vann eller kaffekorn lenger som separate entiteter. Sammen var de blitt varm kaffe.

«Dere blir i leiligheten til Linnea tar kontakt for neste del av oppdraget.» Tony la på, slapp mobilen i bukselomma, plukket opp koppene og snudde seg mot de andre, smilende. «Min-Yun, Miriam, kaffen er nå klar!»

11

Bilen til June spant gjennom Finnskogen.

Finnskogen, som aldri så ut til å ta slutt. Et evig helvete uten ende, som Sahara med trær. En labyrint uten utgang. Skylaget fylte nå den mørke himmelen fra ende til annen. Kanskje regnet det snart. Kroppen til June verket infernalsk av smerte og utmattelse. Hun lå med det bankende hodet lent mot sidevinduet, holdt rundt seg selv for å holde varmen, selv om det ikke var kaldt i bilen.

De kjørte i stillhet.

Ali satt henslengt bak rattet, med en alvorlig fure som kroket seg i pannen mellom de mørke øynene. June hadde videreført Jasons beskjed om at det mest sannsynlig ventet en uhyggelig melding både i postkassen, eposten, på mobilen og sosiale media.

I noen minutter lekte de med tanken på å bare stikke av fra alt; løpe ut i skogen og forsvinne. Men rumling i magen, og en lengsel etter det moderne livs komfort drepte tankerekken. Biobrikken eller ikke – god mat, en varm dusj, og en myk seng var, når alt kom til alt, det viktigste. Dessuten hadde de opplevd nok spenning for resten av livet. Komme hva enn måtte komme.

Ali tok av ut på en større vei. Grusen forsvant og den plagsomme, ruglete bygdeveien ble erstattet med herlig, jevn asfalt. Sikkert ganske greit for Jason også, som knapt fikk plass i bagasjerommet.

Lys i det fjerne.

Da de kom nærmere ble det klart at veien var avsperret. En politibil sto tvers over veien og blokkerte begge filene.

«God timing,» sa Ali. «Kanskje.»

June støttet seg mot dashbordet, reiste seg ordentlig opp i setet. Gned seg i øynene. «Hva i all verden er det de sperrer ute?»

«Eller *inne*.»

«Da kan vi levere Jason,» sa hun. «Forklare alt sammen og bli ferdig med galskapen.»

Ali saktnet farten da en mann i politiuniform vinket dem til veikanten med lommelykten. Bilen kjørte rolig inn til kanten og stoppet. «La oss håpe …» hvisket Ali før han rullet ned vinduet.

«God aften,» sa politimannen. «Beklager detta. Rutinesjekk.»

«Så dere sperrer av hele veien?» sa Ali.

«Noen gonger, som nå, kan det væra nødvendig,» nikket betjenten.

«Gjett om vi er glade for å se dere,» nesten ropte June fra passasjersetet.

Betjenten lo en kort latter. «Jasså?»

«Det er sant,» nikket Ali. «Vi har vært igjennom en jævlig heftig dag i dag.»

«Døkk ser litt slitne ut, ja,» sa betjenten, skulte på dem. «Førerkort og vognkort, takk.»

«Faktisk,» sa June, åpnet døren og gikk ut, «så må du bare komme og se her med én gang.»

«Frue.» Betjenten løftet en hånd. «Vennligst bli sittende i bil'n.»

«Men,» sa hun, «vi har-»

«Én ting om gongen,» sa han og pekte mot passasjersetet.

Med et fnys satte hun seg inn igjen.

Ali fisket lommeboken fram fra baklommen, flippet opp førerkortet, og sa, henvendt til June: «Sjekk om vognkortet ligger i hanskerommet.»

Hun åpnet hanskerommet. Ingenting.

«Sjekk i døra, da.»

Hun gjorde det. Ingenting.

Ali sjekket i sin dør. Like tomt. «Her er i hvert fall førerkortet mitt, men hvor vognkortet til denne bilen er er umulig å vite,» sa han og hevet skuldrene.

«Det er jo helt sykt,» sa June. «Det betyr at han har fjernet papirene fra bilen. Hvorfor?»

Betjenten tok førerkortet. «Sier du det, ja.» Han gransket det lille plastkortet før han stirret på Ali. «Da har vi et problem.»

«Nei, virkelig?!» sa June høyt. Igjen gikk hun ut.

«Sett deg i bil'n, sa je.»

«Nei nå hører du på meg, du politimann, som skulle kommet til unnsetning for mange, mange timer siden!» Hun kjente varme spre seg i ansiktet. Slo håndflaten i taket på bilen. «Jeg sosiologiprofessor June Nylund, og ble kidnappet etter en forelesning på NTNU i går kveld. Kidnapperne bortførte meg til en bortgjemt hytte ikke langt unna her!»

Politibetjenten hadde fortsatt hånden løftet. «Frue, je gjentar, vær vennlig å-»

«Hører du ikke hva jeg sier? Jeg ble bortført! Var det ikke for Ali her, så hadde jeg vært død nå! Skjønner du? Vi har blitt jaktet på i hele dag. Flere har allerede dødd i forsøket og ligger ved noen bilvrak i Finnskogen. I tillegg har vi hovedkidnapperen bakbundet i bagasjerommet!» Igjen slo hun i taket, snufset høylytt. «Så skal du få ut finger'n og hjelpe oss, eller skal du stå der og mase om et forbannet vognkort?»

Politimannen sperret opp øynene. Munnen åpnet seg også, men ingen lyd kom ut.

«Problemer, Thomas?» sa en annen betjent som nå skrittet ut av bilen bak ham.

Thomas, som han het, snudde seg og pekte mot bagasjerommet. «Vi må sjå baki.» Vendte seg deretter tilbake mot June. «Du, frue, *setter deg i bilen.*»

«Nei, jeg tror virkelig jeg skal være med,» sa hun og gikk bakover mot bagasjen. Armene hang stivt ned på hver side av kroppen hennes, og endte i knyttnever.

Ali kom også ut, rett foran betjenten. «Jeg og.»

«Fredrik, vi har visst et problem, ja,» sa Thomas.

«Ja, Fredrik, helt riktig,» istemte Ali, «vi har et stort problem, faktisk. Kom og se.»

«Sett deg inn igjen!» beordret Herr Politimann Thomas.

Ali satte øynene i ham. «Tror ikke det.» Deretter gikk han bak.

Betjent Fredrik jogget bort til dem. «Hva er det egentlig som skjer her?»

«Følg med.» Ali lirket fingrene innunder bagasjelokket, trykket inn knappen og åpnet luken.

«Så du åpner endelig opp, hæ?» sa en hes Jason. Hostet.

Thomas og Fredrik vekslet raske blikk.

«Kom her,» sa Ali, bøyde seg ned, løftet mannen opp fra det trange rommet. Hjalp ham på beina utenfor bilen.

Jason vinglet litt fram og tilbake før han fant balansen. «God dag ... eller kveld,» sa han. «Vennligst få meg vekk fra disse galningene.» Hostet mer.

«Ikke hør på han,» ropte June. Ekko av den skingrende stemmen hennes løp mellom trærne. «Det er *han* som kidnappet meg i Trondheim og førte meg hit!»

Stillferdig ristet Jason på hodet. Hestehalen slanget seg på ryggen hans. «Hun er åpenbart ikke tilregnelig,» sa han og stirret fra Thomas til Fredrik.

«Ingen av dem. Hadde de kastet meg i bagasjerommet hvis *de* var de uskyldige her?»

«Faen er det du sier?» Ali røsket tak i olajakka hans. «Du skal holde så jævlig kjeft.»

«Ja, je trur vi har hørt nok her,» sa han som het Fredrik. «Slipp han.»

Ali adlød, motvillig.

«For alt vi vejt er døkk skyldige alle samma.» Fredrik fiklet med å få fram noen håndjern som dinglet i beltet. Thomas gjorde det samme. «Døkk blir med til stasjonen, alle tre.»

«Dette er uhørt,» sa June. «Han er en agent som jobber for de som har bestemt at biobrikken skal tvangsinnføres i hele verden.» Hun tok tak i armen til Thomas, som på sin side rykket bakover. «De skal kvitte seg med alle i høyere posisjoner som ikke godtar biobrikkens inntog. Dere må tro meg!»

Thomas lo. «Tvangsinnføres, jau, det hadde tatt seg ut. Hit med lankene.»

«Bare vent til advokaten min hører om dette,» sa June, men ga ham hendene.

«Dette er latterlig,» sa Ali, men rakte ut sine egne hender også. «Men for all del, gjør hva dere må.»

Fredrik smilte. «Vi takker for samarbeidet,» sa han og surret håndjernet rundt Alis utstrakte håndledd. «Slapp av, de skyldige skal straffes, itte de *u*skyldige. Men for nå er døkk mistenkte alle samma.»

Da alle var 'sikret' måtte de dele baksetene i politibilen. Jason til høyre, Ali i midten og June til venstre. Bilen begynte å rulle. Etter noen sekunder kjørte den i åtti. Fortsatt skog på alle kanter, men asfaltvei.

«Dere må i det minste sende noen tilbake der vi kom fra,» sa June. «Et stykke innover vil dere finne to bilvrak og to døde menn.»

«Og enda lenger inn, ved det såkalte Multerumpeberget, finner dere to hytter som ligger et par hundre meter unna hverandre. Den ene er en skrivehytte med nedbrutt dør, den andre har et knust vindu,» fortsatte Ali.

Thomas, som kjørte, stakk hodet mellom setene. «Sikker på dette?»

«Ja,» sa June og Ali samtidig.

«Og hva mener du?» Henvendt til Jason.

«Veit ingenting om bilvrakene og de døde, men beskrivelsen av hyttene stemmer.»

Fredrik stirret kjapt på Thomas før han snappet opp politiradioen. «Fredrik her, over ...»

Radiostøy.

«Hallo?»

Mer støy, og like mye ingenting.

«Grete, er du der, over?»

Nada.

«Faen er detta for tull?» sa Thomas.

«Ja.» Fredrik plasserte den tilbake i holderen sin. «Je ringer isteden.» Dro opp smarttelefonen fra en innerlomme, trykket på skjermen, la den til øret, ventet.

«Ja, hei, du, Fredrik her,» sa han, skulte i sladrespeilet, fanget opp de dystre personene i baksetet. «Ser ut til at det er noe feil med radio'n her, men uansett, vi utførte rutinekontrollen, og trur du itte det dukka opp tre rimelig mørbanka folk som har hosta opp de villeste røverhistoriene vi noen sinne har hørt oppi her.» Han lyttet. Nikket. «Vejt itte, men best å væra på den sikre sida. Send en tjenestebil til-»

I det neste nå badet politibilen i flombelysning.

Bråbrems.

Hele verden ristet.

Thomas slo hodet i rattet så politihatten tok en trippelsnurr. Mobilen til Fredrik smalt i vinduet og spratt rundt i bilen som en flipperspillkule, knuste. June og Jasons ansikter ble most inn i seteryggene foran, mens Ali veltet framover og klemtes mellom de to setene, nær ved å slå pannen i girstangen.

Deretter tomrom.

Stillhet.

To intense lyskastere av noen billykter fosset inn politibilens frontrute som en akutt soloppgang. Alle myste mot det skarpe lyset. Kun sjokkerte pust hørtes, øyne stirrende i vantro. Passasjerdøren åpnet seg på den svarte kassebilen foran. En stor skikkelse steg ut. Banket på sidevinduet med en hanskekledd knoke.

Thomas rullet det ned.

Et robust, nesten firkantet ansikt med små stikkende øyne kom til syne. «Mine herrer,» rumlet stemmen, «dere har gjort en god jobb.» Ansiktet så på de tre i baksetet. «Men nå tar *vi* over.»

12

Igjen ringte mobilen Jonas var blitt den heldige bærer av. Linnea. Dårlig tid. Parkert utenfor.

Med drømmeaktige, uvirkelige bevegelser slang Robin på seg skolesekken. Ingenting hang på greip lenger. Verden var snudd på hodet. Flere ganger i uka, mesteparten av livet, hadde han drømt om en pappa. Og her sto plutselig faren hans i levende live og stappet en pistol ned i bukselinningen, før han kledde på seg en mørkeblå hettejakke.

«Klar?»

Robin ristet på hodet. «Nei.»

«Ikke jeg heller.»

Med raske skritt forlot de leiligheten. Jogget ned trappene i oppgangen. Utenfor prikket kjølig høstluft mot Robins stress-varme ansikt. De så bilen med det samme, bak søppelcontaineren ved siden av buss-holdeplassen. Svart med sotede vinduer. På tomgang, i ly fra gatelyktene som farget diffuse, gule ringer på asfalten. Trolig også i ly fra de røde, evig iakttakende linseøynene fra hustoppene.

Småstein knastret mot asfalt under føtter som kjappet seg mot bilen på tomgang. Flakkende blikk, høyre, venstre, ingen tilstedeværende.

Vinduet ved førersetet gled mekanisk ned. «Hopp inn.»

Jonas inntok passasjersetet.

Robin satte seg bak i bilen, stirret med store øyne på den halvgamle dama som kjørte. Kledd i svart skinn, faktisk.

«God kveld, unge mann.» Hun smilte med brunmalte lepper, og rynkene trakk seg sammen rundt øyne med oransje pupiller.

«Øh, god kveld,» sa Robin. *Shit, så gammal og ser så bra ut.* Det var en merkelig tanke som blandet seg med hatet han også var full av. Og frykten, håpløsheten. En skikkelig fin cocktail av surrete følelser. Han tok av seg kapsen, dro alt det røde håret bakover, og plasserte den tilbake på hodet. Hårlokkene krøllet seg umiddelbart tilbake i sin naturlige posisjon på hver side av øynene hans.

«Jeg antar Jonas har satt deg litt inn i situasjonen,» sa hun, liksom altfor hyggelig til å se så røff ut. «Jeg skulle gjerne forklart mer inngående, men dette er ikke tiden for koseprat. Har du ringt noen?»

Robin kikket spørrende på henne. «Ringt noen?»

«Ja, etter at Jonas hentet deg på Oslo City?»

Han ristet på hodet. «Nei, men kompisen min, Kevin, har ringt meg flere ganger. Men Jonas sa jeg ikke måtte ta'n.»

«Godt,» sa Linnea. «Gi meg mobilen din.»

«Hæ, hvorfor det?»

Hun strakk en tynn, knoklete hånd med svartmalte negler mellom setene. «Vi kan ikke ta noen sjanser.»

Robin flyttet seg unna hånden. «Det kan du drite i!»

«Bare gjør det, Robin,» sa Jonas. «Vi har ikke noe valg, husker du?»

Robin surmulte, sendte smartfonen sin fram til dama i svart skinn.

«Du får den igjen, senere,» sa hun og tok den. Satte bilen i revers, rygget og kjørte ut på veien.

Jævla drittkjerring, ass. Med armene i et stramt kors over brystet, prøvde han å fokusere på gate-lyktene som flimret gjennom vinduene. Mennesker i alle aldre gikk rundt i små grupper, snakket og gestikulerte med store bevegelser. Den generelle atmosfæren i byen var amper og intens. *Akkurat som jeg.* De røde kameraøynene lyste ekstra rødt nå.

Bilen passerte en gruppe på fire ungdommer. En av dem hadde klatret opp på en søppelkasse og var nå igang med å kaste tomflasker på overvåknings-kameraet øverst i gatelykten. En av de andre ga den fingeren, ropte et eller annet og hoppet iltert opp og ned.

«Hvor skal vi?» sa Jonas med blikket festet på ungdommene.

«Hovedbasen vår.»

«Kommer dette til å ta lang tid?» spurte Robin fra baksetet.

Linnea humret. «Muligens noen dager.»

«Da må jeg si ifra til mamma.»

«Kommer ikke på tale.»

«Hu tror jeg kommer hjem i kveld.» Han stakk hodet fram mellom frontsetene. «Hvis jeg ikke sier noe, friker'a ut!»

Bilen duret videre, uten respons fra sjåføren.

«Hallo?» Robin tok tak i skulderen den gamle dama. «Mamma kommer til å ringe snuten hvis jeg ikke sier no'.»

«Ok,» sa hun til slutt, sendte ham mobilen. «Men *bare* henne.»

«Seff,» sa han, slapp seg tilbake i setet. Til mobilen sa han: «Mamma.»

Den adlød og viderekoblet. Det ringte. Og ringte. Ringte mer, og enda mer.

Munnen til Robin snurpet seg sammen. «Hu tar'n ikke, ass.» Han så på Jonas. «Hu tar'n *alltid*.»

«Sikkert bare midlertidig opptatt,» sa Linnea. «Alle må på do innimellom, for eksempel.»

Høyblokker til venstre, t-banespor til høyre. De passerte flere grupper hvileløse mennesker.

Robin prøvde igjen. Fortsatt ingenting. Dunket telefonen mot pannen. «Skjønner det ikke.»

Hånden til Linnea dukket opp over seteryggen. «Nok for denne gang.»

«Nei, jeg skal ha den til jeg får tak i'a.»

«Du gir meg den *nå med en eneste gang*.» Stemmen hennes endret seg til en hvesende lyd.

Det gikk frysninger gjennom ryggraden hans, som fresende isbiter i en glohet stekepanne. «Okay, whatever. Da er'e deres problem hvis'a ringer snuten. Erketeit, ass!»

«Å, vi skal nok ordne det, skjønner du, Robin. Det blir *årnings* på alt, skal du se.» Hun forsøkte å være hyggelig, eller noe, men ikke faen om han skulle la seg lure av sånt drit.

Jonas holdt tett der han satt i passasjersetet. Hodet kun vendt ut mot mennesker som skrek og hoiet. Noen klemte hverandre, andre slo. Noen drakk, andre gliste og lo. En og annen politibil putret forbi.

«Kjør inn her,» sa Robin, stakk armen mellom setene og pekte på avkjørselen etter neste lyskryss. «Jeg bor like ved. Kan stikke hjemom på to sekunder og si ifra til mamma at jeg overnatter hos Kevin i natt.»

«Kommer ikke på tale.»

«Kom igjen, à! Du kan stole på meg, jeg lover.»

Hun snudde seg mot ham. «Under disse prekære omstendighetene stoler jeg ikke på noen,» sa hun og stoppet bilen på rødt lys.

«Som du vil.» Lynraskt hoppet Robin ut av bilen, løp som en fange på rømmen nedover fortauet, holdt på å dytte noen unge damer overende i farten, og forsvant inn avkjørselen mot blokken han bodde i et kvartal eller to lenger ned i sidegaten.

13

«Som soldat er du til én og samme tid både mer *og* mindre verdt enn en sivil person,» sa militærsjefen Rino Rask, stirret humørløst på forsamlingen av tjenestegjørende. Uten et snev av glede lot han skyggen av et smil flakke over leppene sine. «Du er *mer* verdt fordi du alltid er beredt og pliktet til å ofre livet ditt for de sivile. Du er klar til å når som helst dø for fedrelandet.»

Flere i forsamlingen delte blikk.

«Paradoksalt nok er det også derfor du er *mindre* verdt enn de sivile, fordi ditt liv kan slettes fra jordens overflate på brøkdelen av et sekund for å redde disse.» Han knipset tørt. «Du er kun en brikke i et stort spill. Du gjør din jobb uten å stille spørsmål. Du setter din lit til at de høyere opp i rangstigen sitter med et bredere perspektiv, og derfor vet hva som lønner seg på de lavere plan. Men husk dette: Uten deg blir det kaos – også for de høyere opp i pyramiden. De sivile er verdt å redde, da de tross alt opprettholder maurtuen. De er blodomløpet, om du vil. Dere, derimot, er selve blodåreveggene. Uten dere vil blodet spres ut i kjøttet og medføre kroppens død.» Rino smilte uten humor. «Og hva med politiet, tenker dere kanskje? Ja, hva med dem? Godt spørsmål. La oss se.» Han trykket på en fjernkontrollknapp.

På et digert lerret bak ham avspiltes filmklipp fra dagens demonstrasjoner i hovedstaden. Etter panoramaklippene i fugleperspektiv kom de mer dramatiske scenene på nært hold. Mengder av mennesker slåss med knyttnever og bein, til og med stokker, flasker og kniver. Politiet holdt vakt med skjold og batonger langs veien, men gjorde ingenting annet enn å hindre demonstrantene i å spre seg.

«Dette er politiet,» sa Rino og lo et kort fnys. «Stillestående. Oppstilt som en apatisk mur av kjøtt, mens demonstrasjonen buldret av gårde fra Stortinget, ned Karl Johan og helt til Østbanehallen. Riktignok ble de beordret om å la menneskemassene prosessere den radikale situasjonen seg i mellom, men merk mine ord,» sa han og viftet den store fingeren i luften igjen, som om den var selve nasjonalflagget. «Hvis alt går ad undas på oppgraderingsdagen, og de store massene motsetter seg biobrikken, vel, ikke tro politiets smale styrker har noe å gjøre i gatene. De kommer til å løpe og gjemme seg under skjørtet til ... hvem? Jo, de kommer til *oss*.»

Forsamlingen lo.

«*Vi* må ta oss av eventuelle samfunnsproblemer på et slikt makronivå. Og det skal vi selvsagt klare. Eller hva?»

Forsamlingen hoiet og applauderte.

Militærsjefen smilte kun med leppene.

14

«Problemet,» sa sjefsoverlege Slatan Estwick til forsamlingen i salen, som utelukkende besto av mennesker som hadde i oppgave å utføre masseoppgraderingen, «er ikke at biobrikken tilgjengeliggjøres, men at den innføres *obligatorisk for alle nå med én eneste gang.*» Fraværende nappet han seg i den svarte barten, som var begynt å nå uante lengder langs hver munnvik. «Var det frivillig kunne befolkningen alltids tatt sitt valg når de måtte ønske, og til slutt tror jeg virkelig de aller fleste ville valgt å implementere den i sin hverdag.» Han bikket på hodet og smilte tamt. «Men det hadde nok tatt en fem-ti år før det skjøt skikkelig i været. Nå, med denne plutselige innføringen, er min teori at selv mennesker som i utgangspunktet er positive til biobrikken, blir skeptiske. Vi spør oss selv, hvorfor slikt hastverk?»

Slatan lot spørsmålet henge i luften en stund før han lente seg mot talerstolen. «Vel, resonnementet er at jo fortere innføringen inntrer, jo fortere kan samfunnet oppgraderes for å nå sine nye, uante, men utelukkende positive høyder. Dette er i og for seg en logisk slutning, men komplett blottet for menneskelig psykologisk forståelse ... kanskje. Alt er mulig. Likevel mener jeg det skaper problemer. Problemer som kunne vært unngått dersom innføringen foregikk på en mer hensynsfull måte.» Han slo ut med armene som den veltalende taleren han nå en gang var. «Bare se her.» Trykket på en knapp på en liten fjernkontrolldings.

De samme dramatiske filmklippene Rino Rask hadde vist sitt publikum en snau time tidligere bølget atter en gang over lerretet. Igjen slanget de urolige demonstrantene i Oslo seg nedover Karl Johan. Kamper brøt ut blant massene. Politiet sto og glodde som utstoppede hagegnomer.

«Som dere vet, mine damer og herrer, har spetakkelet holdt på i hele dag – ja, *fortsatt*, vil jeg tro. Omtrent rett borti gata her.» Slatan dyttet brillene et hakk lenger opp på det fremtredende snyteskaftet. «Vi har alle bevitnet noe av dramatikken i løpet av dagen. Det er lett å se seg selv som en sivilisert person som aldri kan stupe til et nivå hvor man rett og slett flyr på sine medmennesker for å utjevne sine emosjonelle ubalanser. Men la oss nå for all del ikke glemme at vi alle trolig har sterke meninger om saken.»

Blikket hans gled over forsamlingen. «Folkene vi ser demonstrere her er de samme vi går forbi på gata hver dag. *Vi* er dem. Hva da når alle såkalt profesjonelle som skal stå for oppgraderingen *selv* må oppgraderes før alle andre? Vil vi klare det, eller vil det bryte ut opptøyer også blant oss? Og skulle det bli opptøyer blant *oss*, hva da med alle de *vanlige* folkene?»

Mens småprat brøt ut i forsamlingen, tok han en slurk av den lunkne kaffen på talerstolen. Et vift med hånden roet tilskuerne. «Mitt spørsmål er: Er det for mye av det gode?»

Og vel vitende om at politikerne ikke hadde noe som helst med biobrikke-bestemmelsen å gjøre, sa han: «Har politikerne *verden over* tatt seg vann over hodet? Eller rettere sagt: Har de kastet oss alle på havet uten redningsvester?» Ristende på hodet, nappet han av brillene og pusset glasset med en flik av legefrakken. «Eller er dette tvert imot det mest geniale påfunnet i historien, som etter noen skarve bruduljer lynraskt vil optimalisere hele menneskeheten?» Brillene havnet tilbake på plass.

Det kom mange lyder fra forsamlingen.

«Ingen av oss kan vite med sikkerhet, men tenk på det. Og,» sa han, «vær så snill, mine damer og herrer, kjære kolleger, la oppgraderingen gå knirkefritt – i det minste på vår front. Vi er tross alt godt informerte om biobrikkens positive egenskaper, og alt det gode den vil kunne gjøre for menneskeheten. Jeg vet at de fleste her er positive til brikkens inntog, og er også, som sagt, klar over at denne plutselige, obligatoriske innføringen er foruroligende. Men, folkens, la oss fokusere på det positive aspektet og bare flyte med det, ikke sant?» De siste ordene sa han som om han var en hippie fra 70-tallet som mente at fred og kjærlighet er greia, ikke saaant?!

Forsamlingen lo en kort latter, men at situasjonen var ladd var det null tvil om.

«Jaja, da ønsker jeg dere alle – meg inkludert – lykke til,» sa Slatan og klappet. Forsamlingen applauderte med ham, før de begynte å stime ut av lokalet.

Slatan gled ned på stolen og pustet langsomt ut. *Det kommer til å bli så bra, så. Alt er til menneskets beste.*

Han håpte det.

15

Politibetjenten Thomas snøftet overdramatisk. «Hva behager?»

Det firkantede ansiktet til den digre mannen som hadde kommet ut av kassebilen smilte en anelse. «Som sagt, vi tar over.»

«Unnskyld, men *hvem* sa du at døkk var att?»

«Det sa jeg ikke.» Han plasserte den hanskekledde hånden i vindusåpningen. «Vi overtar passasjerene deres. Dere drar tilbake, fortsetter rutinekontrollen og glemmer at dette overhodet fant sted. Vi ses aldri igjen.» Han trommet en rytme på dørkarmen. «Og alt ender godt som i eventyrene.»

June ble kald helt ned i lilletåen.

Jason humret.

Fredrik stakk hodet fram. «Legitimasjon, har døkk det?»

Igjen snevet av et smil i det skyggelagte firkantansiktet

Nå banket det på det andre sidevinduet også. En annen hanskekledd knoke.

Fredrik åpnet. «Hva er detta for no'?»

En like stor mann stakk hodet inn, men dennes ansiktsform var ballongrund. «Overtakelse fra høyere hold.»

Thomas dunket tommelen mot politimerket på jakken. «Vi er politiet, for Guds skyld. Vi *er* det høyere hold!»

Det nye ansiktet fniste nesten. «Hør, vi har ikke tid til dette. Enten gjør vi det på den enkle måten, hvor dere fortsetter bygdelensmannsvirksomheten deres i fred og ro, eller vi blir nødt til å ty til ... ja, dere vet.» Han blunket. «Se på oss som en slags *Men in Black*, om dere vil. Ingen har hørt om oss. Vi finnes ikke. Capisce?»

«Få sjå gyldig, offentlig utstedte bevis, takk,» sa Fredrik, stemmen en anelse lysere mot slutten av setningen.

Pistoler svevde inn fra hvert sitt åpne vindu.

«Dette er våre gyldige, offentlig utstedte bevis. Nå, la disse menneskene gå.»

Begge betjentene sukket i kor, senket både skuldre og hoder.

«Jaja, bare ta dom, da,» sa Thomas, tydelig trist. Ikke redd eller noe videre emosjonelt aktivert, kun trist. «Sida døkk er så *jeløst* overbevisende.»

«Takker og bukker,» sa den firkantede. Til de tre bak, sa han: «Ut av bilen.»

Den med rundt ansikt åpnet bakdørene. Noe krøkkete, grunnet hender i håndjern, vagget de tre ut av politibilen.

June la merke til at det begynte å bli ordentlig mørkt. Skyene som tidligere dekket for en lysende sol, var forvandlet til usynlig, mørk himmel. Sjokkbelysningen fra den svarte kassebilen blendet fortsatt. Folk lignet dunkle skyggeskikkelser i sterk kontrast til lyset.

Hun ville hyle og trygle politiet om å ikke la svina ta dem, men bet det i seg. Når politiet reagerte sånn ville det ikke spille noen rolle fra eller til hva enn hun foretok seg. De hadde allerede overgitt dem. I stedet lente hun seg mot Ali.

«Fra ille til verre,» hvisket han.

«Fokus,» sa den digre mannen med rundt hode, gestikulerte i retning lyset. La hendene sine på ryggen til Ali og June, og dyttet dem som motvillige esler mot de åpne skyvedørene på kassebilen. «Kom igjen. Inn.»

De haltet opp den høye terskelen, subbet bort til hvert sitt motstående sete og satte seg. Bakrommet var separert fra førerhuset. Selv ikke et vindu skilte de to rommene, kun en vegg. Tidligere hadde det vært vinduer på skyvedørene, men var nå erstattet med svart glass. Ingen utenfor kunne se inn – ingen innenfor kunne se ut.

I døråpningen så June den store mannen med rundt hode. Han sto med ryggen til og snakket med den andre.

«Vi må gjøre noe.»

Ali så på June. «Vi sitter rimelig dypt i det.»

Uttrykket hennes forandret seg fra bestemthet til aggresjon. «Jeg orker ikke mer av dette.» Fra aggresjon til ulykkelighet. «Jeg er så sliten, Ali, av all denne sinnssykdommen.» Ulykkelighet til håpløshet. «Vet ikke om jeg klarer å holde ut mer.» Fra håpløshet til den verste; frykt. «Jeg er så redd, Ali. Og bare tanken på at mine nærmeste tror jeg er dø, at jeg ikke finnes mer, og at ... at ...» Stemmen brøt sammen. Hikst erstattet ordflommen.

«Bare prøv å ta det med ro. Prøv å holde ut, okay? I hvert fall litt til?» Håndjernene klirret bak på ryggen hans. «For alt vi veit er det en god ting at vi slapp å sitte på med politiet. Hvem veit, kanskje disse folka kan hjelpe oss.»

June ristet på hodet. Den svarte luggen falt ned over det ene øyet igjen. «Aldri. Så du hvordan Jason reagerte da de kom?»

«Reagerte?»

«Han *smilte*, Ali,» nesten ropte hun. «Skjønner du ikke?»

Og ganske riktig, det neste sekundet stakk Jason hodet inn i døråpningen. «Hellu,» sa han og skrittet inn. «Så, hvor var vi?» Han løftet armene, hendene i været på hver side av hodet, og klappet de triumferende sammen. «Ja, akkurat: Dere er skurker, og jeg jobber for kongene av verden.»

Firkantansiktet kom til syne. «Alt i orden her?»

«I aller høyeste grad,» kurret Jason, veivet med hånden. «Kjør i vei.» Han dro i skyvedøren, lukket den. Flikket på et lys i taket så de kunne se hverandre. Med unntak av benkene på hver side og noe ugjenkjennelig skrot nærmest bakluka, var det tomt.

Motoren brummet igang, og kassebilen beveget seg. June kjente den stødige duringen gjennom kroppen mens veien ble tilbakelagt meter for meter. Umulig å vite hvilken retning de kjørte.

«Forresten, jeg tar gjerne tilbake pistolen min nå,» sa Jason. «Men takk for at du tok vare på den.»

Ali gryntet, reiste og snudde seg. Pistolen stakk opp fra buksebaken.

«Takker og bukker. Rimelig latterlig at politifolka ikke ransakte oss før de tok oss med, hva?» Jason flirte. Våpenet klikket da han løste ut magasinet. «Jøss, kun én kule igjen. Og selvsagt, før jeg glemmer det – mobilen, lommeboka og nøklene mine, takk.»

«Ligger i bilen, langt vekk.»

Jason smilte. «Å ja, jaja, men hva er det som buler ut av den lomma der, da? Du er ikke bare litt for glad for å sitte her aleine med June, vel ... eller *meg?*» Jason kngget. «Ser ut som en mobil, spør'u meg.»

Ali skar en grimase. «Den er ikke din.»

Han lo. «Vi får se, vi får se.» Jason tvang fingrene ned i lomma til Ali. Lirket opp telefonen. «Ah, så den er Viktors, altså. Og hærpa. Så hvorfor ta vare på den?»

«Hvorfor ikke?»

«Moroklumpen. Og du da, søta, har du noe jeg burde vite om? Bortsett fra behovet for en dusj, altså?» Tydeligvis ekstremt fornøyd med tingenes tilstand, knegget han mer.

June motsto trangen til å spytte på ham, og reiste seg. «Venstre lomme, nøkkel.»

«Tusen takk,» sa han idet han rolig skjøv fingertuppene ned i den altfor trange lomma. «Beklager intimiteten. Eller, ja.»

Det jævla fliret.

«Ser man dét,» sa Jason og holdt bygdehus-nøkkelen fram i luften. «Knutepunktet som aldri ble noe av, hah. Vel, vel, samme kan det være. Isteden skal vi et annet sted, som passer mye bedre sånn situasjonen har blitt.»

«Hvor?»

«Hastverk er lastverk, søta.»

16

Flyktige følelser, famlende fingre. Hud. Porselen mot jern. Tankeløst, lett. Et gisp, et stønn. Møtet hvor intethet reflekterte alt. Fortidens brutale tornado oppslukt av framtidens drømmende tåkeland – *nå*. To som én. Glede, sorg. Bankende sitring, intenst ærlig, *ekte*, likevel løgnaktig, ufullkomment. Dugg på vinduene og laken i virvar og bevegelse mot håpet; det umulige. Den lukkede dør, nå åpen. Et sted, lyden av noe som ringte. Brusende hode, susende ører. Bankende hjerte.

Ikke tenk på det. Ikke nå.

Madrasslek, dynegjemsel. Sammenflettede armer, bein. Lepper. Røde negler. Kloremerker. Bølgende former.

Endelig.

En uendelighet av ensomhet; en stakket stund avbrutt. Igjen ringing. Eller ... nei, kanskje ikke. Kun sitrende emosjoner i rytmisk puls. For nå.

Uperfekt perfekt.

17

Hjertet til Robin dunket så kraftig at det virket som det var på randen til å kortslutte. Han hadde neppe løpt så fort i hele sitt liv. Kun få meter igjen til boligblokken. For femte gang stoppet han og kastet blikket bakover; fortsatt ingen å se. Løp de resterende ti-tyve meterne til blokkens utgangsdør. Der ble han stående på huk, armene lent på knærne og blikket festet i bakken. Blodsmak i kjeften etter løpeturen. Lysende prikker flakket over netthinnen som stjerner på en farget himmel.

«Herregud,» mumlet han og klarte ikke annet enn å henge over knærne en stund til. «Må slutte å sitte så mye stille, ass.» Hyperventileringen begynte å avta så han fikk jekket kroppen opp i stående stilling. Dyttet håndbakene inn mot korsryggen og bøyde kroppen bakover. Det knaket i brystet der ribbeina møttes.

Bildur et stykke unna.

Og lys.

Han snudde seg. Umulig å ta feil av.

Linnea.

«Fuck!» Lente seg mot utgangsdøren og gravde hånden ned i venstre bukselomme. Opp kom nøklene. Bilduren økte i intensitet fra enden av kvartalet. Fingrene fiklet febrilsk med de tre nøklene; en til sykkellåsen, en til ytterdøren, og en til leiligheten. Nå kunne det like godt vært førti stykker.

«Kom igjen,» ropte Robin til seg selv idet den svarte bilen tutet, bremset og skrenset opp på fortauskanten bak ham. Som en himmelsk forløsning klarte han endelig å få tak i kun den korrekte nøkkelen, sendte den mot hullet i døren og bommet tre ganger før han til slutt fikk stappet jævelen inn i det trange hullet. Vred om. Låsen klikket herlig.

«Robin, vent.» Jonas var allerede ute av bilen.

Robin røsket opp utgangsdøren, skyndte seg inn.

Jonas spratt over panseret som en politibetjent i en actionfilm og løp mot døren.

Vel inne slamret Robin utgangsdøren igjen til det skingret i automatlåsen.

Jonas hadde så stor fart at han smalt inn i den på andre siden. Rev forgjeves i håndtaket. Ropte gjennom vinduet: «Jeg er på din side.»

Med fingeren pekte Robin mot øret sitt for å vise at han ikke hørte hva Jonas sa. Ren løgn, så klart. Deretter sprintet han opp trappeoppgangen. Klakkingen fra skateskoene blandet seg med dunkingen til Jonas fra ytterdøren, og fulgte ham nesten helt til femte etasje, hvor leiligheten befant seg.

Rillene på leilighetsnøkkelen boret seg inn i tommel- og pekefingerhuden da han dyttet den inn i hullet. *Brrr.* Vred om. Så forsvant han inn i den mørkt

103

belyste leiligheten. Smekket døren igjen bak seg. Med ryggen mot dørkarmen forsøkte han å roe ned hyperventileringen.

Hjemme, endelig.

Men, noe kjentes feil. Robin holdt pusten, vendte øret i retning soverommet til moren. Utydelige lyder, dunking, kanskje. Noe annet?

«Mamma?» Usikkerhet krøp oppover ryggen da det gikk opp for ham at det hørtes ut som hulking. «Er du her?» Uten å ta av seg på beina listet han seg gjennom entreen, mot rommet hennes. Ørene på stilk.

En isende søyle av frykt slo ned i ham da han hørte den dype mannsstemmen *samtidig* som han nesten snublet over et par lærboots lent inntil veggen. *Hva faen?* Hjertet hamret, øynene var vidåpne, og beina visste ingen annen utvei enn å fortsette mot soverommet. Kjappere nå.

Mannsstemmen gryntet mens moren klynket, eller stønnet, eller noe. Hjernen klarte helt enkelt ikke å tolke det. I stedet grep hånden hans hardt om dørhåndtaket, rev opp døren og dundret inn på soverommet.

Synet som møtte Robin ville forfølge ham resten av livet.

Dynene lå sammenkrøllet på gulvet. Alt fra ytter- til undertøy lå slengt skjødesløst rundt sengen. Moren lå på ryggen i sengen, naken og svett, sprikende bein med ... med ... *Roger fuckings Ments* mellom dem.

Han også naken og svett som et vilt dyr, og peiset på mens voldelige gryntelyder tøt ut av barbushodet.

Frykt, hat, angst, håpløshet og galskap blandet seg.

Robin eksploderte.

Uten en eneste tanke løp han skrikende mot den store mannen. Tok fart og hoppet på ham bakfra like før Roger forsto hva som skjedde.

«Faen ta deg!» hylte Robin, kneet Roger i ryggen mens han snurpet armene rundt den kraftige halsen. Kjente huden vrenge seg under neglene sine. «FAEN ta'ræ!!» Robin klemte alt han maktet rundt halsen. Skiftet tak og boret fingrene inn i øynene hans.

«Robin, nei,» ropte Linda.

Roger ristet på den svetteglatte kroppen, bykset seg som en hest opp i knestående, men mistet balansen og veltet utfor sengekanten. Landet på ryggen på gulvet med Robin under seg, som på sin side knapt merket tyngden. Han bare rev og slet i halsen og ansiktet til Roger.

«Din lille ...» hveste Roger, og sendte bakhodet rett inn i pannen til Robin så han mistet taket. Roger snudde seg om, kylte tak i hettegenseren og heiste sekstenåringen opp på beina. Dyttet Robin hardt og brutalt inn i veggen, ristet ham som en filledokke.

«Fuck deg!» Robin sparket Roger i de eksponerte ballene, men Roger reagerte ikke. I stedet ble han om mulig enda mer forbannet, og kastet gutten på gulvet mens han holdt en jernneve rundt den spinkle halsen.

Knyttneven med hvitnende knoker svevde i luften. Den muskuløse kroppen svulmet, og et eller annet sted langt bak i Robins hodet tenkte han at nå var det slutt. Man kødda ikke med Hulken uten å bøte med livet. Men det dreit han i. *Ingen voldtar mora mi!* Han spyttet Roger midt i trynet. «Du brenner i hælvete!»

«Slutt begge to,» hylte Linda i bakgrunnen mens hun famlet rundt i sengen etter trusa si.

Roger filleristet Robin på gulvet. Gjorde knyttneven om til en flat hånd og klasket den inn i Robins ansikt så hardt at ørene hørte fiktive kirkeklokker i det fjerne.

«Mora di gjør det frivillig, snørrvalp,» gryntet Roger gjennom sammenbitte tenner. Fråde klistret seg på strekleppene. På ny klasket han håndflaten i ansiktet så hardt at tårer spratt ut av Robins øyne.

Gjør hu det frivillig?

Effekten av adrenalinet avtok, aggresjonen var på vei til å byttes ut med pur frykt. Kreftene – etter alt kjøret bare noen få minutter tidligere, og som hadde holdt på mer eller mindre sammenhengende siden Jonas kidnappet ham utenfor Oslo City – forsvant fortere for hvert passerende sekund. Robin kjente utmattelsen tære på viljen til å redde moren sin fra den helvetes psykopaten. Han ville mest av alt lukke øynene, synke inn i mørket, forsvinne stille, mens den ulevelige virkeligheten kunne seile sin egen jævla sjø.

For hver gang Roger ristet ham smadret bakhodet inn i linoleumen, og all luft presset seg ut av lungene. Langt vekk oppfattet han at moren ropte fra sengen, men alt han hørte var Rogers opphissede grynting, og alt han så var de bulende musklene som strammet seg i sammentrekninger hver gang bakhodet traff gulvet. Han forsøkte å si stopp, men verken tungen, kjeven eller hjernen var i stand til å gjøre noe som helst annet enn å åpent motta behandlingen.

«J-jeg ... skal ...» tvang Robin fram, «... drepe deg.»

18

De svarte kassebilvinduene gjorde det umulig å orientere seg, men June antok de hadde kjørt i to-tre timer – selv om det kjentes uendelig mye lenger ut. Kun evigvarende motorveiduring, enkelte svinger, noe stopping, og mer kjøring. Jason satt i sitt eget hjørne av lasterommet og halvsov med ansiktet begravd i den ene hånden, og pistolen i den andre. Ali lente seg mot veggen med hendene dyttet mellom lårene på motsatt side av June, pustet i rykk og napp, avbrutt av lett snorking. Med jevne mellomrom nappet det i ansiktet hans. Fingrene beveget seg i korte spasmer så det klirret i håndjernene, som om han hjemsøktes av vonde drømmer. Fullt forståelig, forslått og nedbrutt som han var. Som henne selv.

Hun visste alt om mareritt. Kroppen verket fortsatt – faktisk nesten mer enn tidligere, fordi adrenalinet ikke lenger pumpet i årene og bedøvet smerte- opplevelsen. Om igjen og om igjen gjenopplevde hun øyeblikket da hun hadde bikket over terskelen og skutt denne mannen, Viktor. Aldri i sine villeste drømmer kunne hun forestilt seg å drepe et annet menneske. Urinstinktet tok overhånd. Hun skalv. *Vær så snill, jeg har barn-* avbrutt av hennes egen stemme: *Det skulle du tenkt på før du valgte dette motbydelige yrket!* De tårevåte øynene hans ... *jeg har barn* ... Ingenting sved mer enn å berøve barns foreldre fra dem.

Men hun hadde ikke hatt noe valg. Dessuten stoppet hun jo! Hun ga seg. I et øyeblikk hadde hun tenkt til å la ham gå. Hun hadde jo det. Men så dukket dyret i *ham* opp igjen, og han kastet seg over henne. *Du skulle gjort det mens du hadde sjansen, di fitte!* Og kniven mot strupen hennes. ... *di fitte!* ... Kanskje han løy for å slippe unna. Kanskje det ikke fantes noe barn. Kanskje var han bare enda et av jordens motbydelige avskum. Det fantes uansett ingen annen utvei. I det avgjørende sekundet var det hennes liv eller hans. Og det ble han. Kanskje var det riktig. Kanskje ikke. Hun svelget tørt, la ansiktet i hendene, gråt stille. For hvert hikst sved det i ribbeina. For hvert hikst gjenopplevde hun sparkene hun hadde trampet på brystet hans, slagene med pistolen i ansiktet, igjen og igjen. Djevelen som våknet i henne – umulig å kontrollere. Det hadde vært rent selvforsvar, men ingenting forandret brutaliteten i handlingene. Helvete.

Kassebilen sakket farten i en slakk sving, før en svak oppoverbakke. Deretter stoppet den igjen mens en metallisk lyd vibrerte gjennom lasterommet. Trolig en mekanisk port som åpnet seg. Etter ti-tjue sekunder stoppet den med et *klunk*. I lav hastighet kjørte de over noe som minnet om lyden av en ferist. Den metalliske dørlyden sang sin robotaktige låt enda en gang og et nytt *klunk* da den var ferdig.

Ali bråvåknet. «Hva skjer?» Stirret rundt seg i det dunkle lasterommet.

Jason strakk seg så det knakk i leddene, gned fingre i øynene og sa: «Vi er framme.» Han skjøv opp sidedøren. Hvitt lysstoffrørlys snek seg inn i lasterommet og jaget mørket vekk. «Følg meg.» Jason hoppet ned på bakken utenfor, strakk inn hånden for å ta imot June.

«Jason,» lød stemmen til firkantansiktet. «Ikke enda.»

«Hva?»

«Vi har fått beskjed om at de må være i bilen inntil videre.»

Til June og Ali sa Jason: «Sorry, dere må visst vente.» Han skjøv igjen døren. Automatlåsen klikket.

Mørket overtok atter en gang.

June falt sammen på gulvet, ved siden av sitteplassen, la ansiktet i hendene. Det klirret i håndjernet. Hun gråt. Igjen. Dritten ville jo ingen ende ta. «Jeg orker ikke mer,» hulket hun. «Orker ikke mer av dette.»

«June ...» sa Ali, men det kom ingen flere ord. I stedet la han seg på gulvet ved siden av henne. Forsøkte å legge armen rundt henne, men på grunn håndjernene ble det bare klumsete og rart. Lente seg

110

heller forsiktig inntil. «Jeg veit,» hvisket han, la hodet mot skulderen hennes.

«Kanskje jeg bare skal gi opp,» sa hun, snufset hardt. «Bare gå ut dit og bøye meg og gjøre som de vil ... uansett hva det måtte være.» Hun lente hodet sitt mot pannen til Ali. «Det kommer jo ikke til å slutte uansett. Herregud, det har vel knapt begynt!» De siste ordene blandet seg med hikstene hennes. Hun kjente den varme pusten til Ali i nakken da han sukket med åpen munn.

«Du sier noe. Jeg vil bare sove og glemme hele greia,» sa han.

«Skulle ønske alt bare var et ekstremt realistisk mareritt, og at jeg egentlig har ligget hjemme i sengen min hele tiden. Skulle ønske jeg aldri møtte opp på forelesningen i Trondheim.» Kraftløs og håpløs skled hun lenger ned, til hun lå på det harde, kalde gulvet.

Ali fulgte etter. Snart lå de ved siden av hverandre, forslåtte, utmattede og triste, som to bortkomne barn i en stor, skummel skog.

«Kanskje vi sovner og aldri våkner igjen,» sa han. «Så når Jason kommer tilbake finner han bare to tomme kropper uten noen hjemme.»

«Og hvor er vi?»

«Veit da faen, jeg,» sa han, tygde på noen ord, la til: «Vi har vel våkna opp, da.»

«På et bedre sted?» spurte hun og snufset.

«Så klart, på et helt perfekt sted. Så får Jason og alle de andre brødgjøkene bli værende i dette møkkahølet med den jævla biobrikken sin.»

De humret litt, noe som var godt midt oppi alt det tragiske.

«Men jeg kunne ikke gjort det,» sa June. «Ikke egentlig.» Hun tørket bort bekkene etter tårene. «Kunne ikke dratt fra familien min.»

«Ser den,» hvisket han. «Personlig har jeg ingen familie lenger.»

«Ikke?»

«Nei, men det er en annen historie.» Han svelget. «Og den endte for mange, mange år siden, så nok om det. Er du gift eller har barn eller noe sånt?»

«M-m,» mumlet hun gjennom lukkede lepper. «En datter på syv, og verdens beste ektemann.» Magen snørte seg sammen da hun hørte den nydelige barnestemmen til Sofia for sitt indre øre. Akkompagnert av tankelyden boblet bilder av Eckhart som bar datteren på ryggen rundt i huset, mens de begge lo og skrålte slik de så ofte gjorde. June hadde alltid verdsatt å observere den helt spesielle humoren dem i mellom – på avstand, i smug, mens de koste seg ekstra mye sammen. Det var det beste i verden.

«Fortell mer,» sa han. «Hva heter de?»

«Hun heter Sofia, og er den beste lille skøyerungen du kan tenke deg. Eckhart er mannen min, og, vel, jeg kan ikke for alt i verden forstå hva jeg har gjort for å fortjene kjærligheten hans.» Hjertet hennes svulmet av savn. Hun nær sagt *kjente* hvordan det presset mot ribbeina.

«Høres fint ut,» sa Ali med fjern tonelyd, som om han befant seg langt borte. «Noen andre – foreldre, for eksempel?»

June lente hodet sitt mot hans, og kjente de myke afrokrøllene hans mot pannen. I sitt stille sinn takket hun universet for at hun i det minste hadde ett godt menneske å dele denne grusomme tiden med. «Mor forlot livet for over ti år siden, men jeg har en far på gamlehjem. Han bruker som regel dagene på å spille bondesjakk med de andre gamlingene.»

«Bondesjakk?»

«Ja, du vet, vanlig sjakk er altfor komplisert for de gamle skrottene.» Hun forsøkte å presse fram et smil.

«Mm,» sa Ali, stemmen enda lavere nå, nesten uhørlig. Hodet veide med ett mer mot skulderen hennes.

«Fortell meg litt om deg og, da,» hvisket hun.

Han svarte ikke.

«Ali ... ?»

Da intet svar kom, lot June være å grave mer. Forsøkte i stedet å sende sterke tanker til sine kjære.

Mamma lever fortsatt, engelen min.

19

Jonas stablet seg oppover trappene i blokka så fort at for hvert trinn virket det som han holdt på å snuble i trappetrinnkantene. Etter at Robin låste og forsvant måtte han ty til det gamle ringe-på-alle-ringeklokkene-i-hele-blokken-trikset. Til slutt svarte to stykker. Jonas løy og sa han var sønnen til Linda Linsen som hadde glemt nøklene hjemme, og moren så heller ikke ut til å være hjemme akkurat nå, men han ville nødig vente ute helt til hun kom hjem, *liksom*. Etter noen sekunders tenketid ble låsen avkoblet og han stormet inn. Etter å ha studert ringeklokkene utenfor visste han at de bodde i femte. Likevel stoppet han og leste navneskiltene på alle dørene – bare i tilfellet.

I fjerde etasje hørte Jonas roping, dunking, og kanskje hyling fra en kvinne i etasjen over. Han svelget; ba en kjapp bønn om at det ikke var Linda som friket ut over fortellingen sønnen hennes kom med.

Magen snurpet seg sammen. Bare tanken på å ikke bare se, men å faktisk måtte *møte* Linda ansikt til ansikt etter alle disse årene, etter det han hadde gjort, etter ... Jonas klarte ikke å fullføre tankerekken før klumpen i halsen vokste seg for stor. Og alt dette skulle skje *nå* med én eneste gang. Herregud. Faen.

De lange beina bar ham opp til femte etasje. Ingen tvil; bråket kom fra døren med messingskiltet hvor det med innrisset løkkeskrift sto:

Linsen

Jonas grøsset. Hodet kokte. Han stålsatte seg.

«Briste eller bære,» mumlet han og grep tak i dørhåndtaket, dyttet det ned. Døren åpnet seg. Mildt overrasket over at Robin ikke hadde låst, skrittet han rolig inn i den mørklagte entreen.

Med det samme hørte han damestemmen rope.

Linda.

Toneleiet var om mulig noe dypere enn seksten år tidligere.

Lydløst lukket – og låste – Jonas døren bak seg, og listet seg innover. Ørene fanget opp romstering og rumling, som om noen rullet rundt på gulvet. En mannsstemme med for mye bass til at Jonas klarte å tyde ordene. Frykten stakk ham i solar plexus som et spyd av glovarm is. Instinktivt krøp hånden bak på ryggen, løftet genseren og grep tak i pistolen. Den andre hånden dro han over ansiktet, forsøkte å roe seg og kontrollere pusten. Tankene gjentok de samme tre ordene om igjen og om igjen *Dette skjer ikke. Dette skjer ikke. Dette skjer ikke.* mens han rundet hjørnet og fikk se døra som sto på gløtt inn til rommet der rabalderet foregikk. Han lente seg flatt mot veggen, smøg seg nærmere. Hele eksistensen dirret av høyspenning idet Jonas bikket øyeeplet forbi kanten og fikk se ...

Først kom bølgen av svimmelhet. Automatisk stabbet han bakover, holdt seg fast i veggen for ikke å falle. *Dette skjer ikke. Dette skjer faen ikke!*

Linda.

Naken i senga.

I sjokk.

Robin liggende på gulvet. Ble filleristet av en stor mann som også var naken. Det måtte være han gærne Roger Ments-typen som Robin fortalte om. Tett, innesperret luft. Endorfiner blandet med adrenalin.

Dette skjer ikke!

Deretter kom en bølge av så dyp frykt at Jonas nesten løp ut av leiligheten. Bare gi faen i alt og pingle helt ut. Situasjonen var overveldende. Altfor mye på én gang. Han knakk sammen der han sto; måtte støtte seg mot veggen, mens helvetet ustanselig holdt på i rommet ved siden av. Selv med pistol i hånden maktet han ikke å bevege seg.

Silje. Robin. Linda. Linnea. Biobrikken. Abs. Kaos. *KAOS!*

Neste bølge var kvalme. Jonas brakk seg, men klarte på nød og neppe å holde det nede. Og så, i et kvart sekunds lammende stillhet hørte han Robin si:

«J-jeg ... skal ... drepe deg.»

Som om noen flikket på en bryter i hjernen hans forandret alt seg.

Sønnen min.

Kvalmen forsvant.

Sønnen min blir banka opp av en voksen mann og jeg står her og pingler ut som en jævla jentunge, hva faen?!

All frykt forsvant. Kun Robins trygghet betydde noe. Han avsikret berettaen, røsket opp døren med pistolen på strak arm, siktende på mannen som hang over Robin.

«Slipp sønnen min,» sa Jonas, «eller dø.»

*

Den allerede overveldede Linda snudde hodet fra Robin og Roger på gulvet, til soveromsdøra som åpnet seg for andre gang på under et par minutter.

En mann trampet inn med pistol i hånden. Rødsprengt i ansiktet og villskap i øynene. Uten å engang ense henne strenet han inn til midten av rommet, siktet på Roger og sa: «Slipp sønnen min, eller dø.»

Og først *da*, når denne kroppen fikk stemme, gikk lyset opp for henne, og hun forsto hvem han var. En surrealistisk følelse flommet over henne.

Jonas ... ?

Hadde hun sanndrømt natten før?

Eller hadde hun sovnet og drømte nå *dette*?

En lammelse som minnet om rigor mortis naglet henne fast i senga. Hun maktet ikke annet enn å stirre forsteinet på det morbidbisarre showet som utspilte seg som på en scene foran øynene hennes.

Uten å løsne bjørnegrepet rundt halsen til sekstenåringen, snudde Roger hodet mot stemmen. Blodårene i pannen til Robin svulmet; pupillene hadde forsvunnet opp i hodet.

«Hva faen ...?» sa Roger, som om han visste hvem Jonas var. Roger slapp sekstenåringen, reiste seg og vek ikke en centimeter fra blikket til Jonas. «Sønnen din?»

Begge så på Linda.

Hun skalv og stirret fra den ene til den andre, fra den andre til den ene. Ikke ett ord kom ut av den halvåpne munnen. Hun var ikke lenger klar over at hun var naken, og heller ikke at hun engang var våken. *En drøm*, virvlet tankene hennes. *Dette er en drøm. Det må være en drøm.*

«Linda?» sa Roger. «Er det sant – er dette faren til guttungen?»

Øyeballene rullet i soklene idet hun flyttet fokuset fra Roger til Jonas.

«Linda,» sa Jonas. «Jeg ...»

Underleppen hennes dirret. Intetanende boret hun pekefingerneglene inn i tomlene og strammet alle musklene i kroppen, som om hun frøs helt inn i ryggmargen. «Jonas,» fikk hun fram. Det snørte seg sammen i nedre del av magen hennes. Atmosfæren i rommet var så tett at å trekke pusten virket umulig. «Jonas Bittman?» Blunket vekk de oppsamlede tårene i øynene. Gransket ham med hodet på skakke.

«Linda, herregud,» hvisket Jonas halvt gråtkvalt, ristet svakt på hodet. Pistolen sank noen hakk. «Jeg ... Alt har en forklaring.» Villskapen var borte. Håpløsheten viste seg.

Uttrykket til Roger forandret seg fra overraskelse og tilbake til aggresjon. «Linda, er dette jævelen som stakk av fra dere?»

I noen sekunder var stillheten så trykkende at rommet måtte ha vært på vei til å implodere.

Så, til slutt, ristet hun stillferdig på hodet. «Nei,» hvisket hun mens hun svømte i øynene til det som hadde vært hennes største kjærlighet. «Det er ikke han.» Snufset. «Faren til Robin finnes ikke.» Det kjentes ut som kroppen skulle rives i stykker av smerte idet disse kalde ordene, som umulig kunne være hennes, snek seg ut mellom leppene. «Han er død for meg.»

*

Er jeg død for henne? Noe inni ham, som hadde ligget i trygg forvaring omtrent som en person nedfryst for senere tilbakebringing, ble nå brutalt tråkket og spyttet på. Jonas visste intellektuelt sett at ordene ikke burde ha så stor innvirkning på ham, han hadde jo Silje nå, men likevel ... Den synkende følelsen kom så brått at de skjelvende beina fikk en knekk. Armene ble slappe. Pistolen gled nedover og kom til ro inntil kroppen, pekende i gulvet.

«Linda,» sa Jonas, forsøkte å penetrere den skuddsikre barrieren hun tydeligvis hadde satt opp. «Jeg er så jævlig lei meg for hvordan livet har blitt, og alt kan som sagt forklares. Men akkurat nå,» sa han, kikket på Robin, som var i ferd med å reise seg fra gulvet. «Akkurat nå er det saker som bare *må* skje først ... før noe som helst annet.»

Linda satt bare forsteinet på kne i senga og så rett igjennom ham.

Ved hjelp av sengekanten heiste Robin seg i knestående. Røde merker kveilet seg rundt halsen hans etter Rogers kvelertak. Kritthvit i ansiktet, og mørkeblå ringer omkranset de nå innsunkne øynene. «Mamma ...»

Hun skvatt ut av den transcelignende tilstanden og stirret storøyd på sønnen sin.

Robin hostet. «Jonas snakker sant.»

Det var tydelig at tusen tanker tumlet tett rundt i hjernen hennes, men ingen så ut til å feste seg. Igjen streifet blikket hennes over de to mennene. «Snakker sant,» gjentok hun. «Hva er vel noen sinne sant?»

«*Mamma!*» ropte Robin. «Er du helt borte el'? Ta deg sammen!»

En ringelyd lød fra bukselommen til Jonas. Han kvakk til. Det første som slo ham var at Silje ringte, men det var umulig; mobilen kom jo fra Linnea. Faen. Han flyttet pistolen til den andre hånden. Idet han stappet hånden i lommen for å hente telefonen, spente Roger fra og dyttet ham.

Overrumplet ramlet Jonas over på siden, dunket skulderen i sengekanten på vei ned og mistet berettaen. Den spratt bortover linoleumen til den traff dørkarmen på andre siden av rommet. Jonas holdt seg fast i det ene sengebeinet og sparket føttene vekk fra under Roger.

Den store mannen mistet balansen. Med hendene framfor seg snublet han på gulvet så rommet ristet. Neste sekund var han over Jonas, og tvinnet fingrene rundt halsen hans med begge hender. Jonas ynket seg under følelsen av at adamseplet ble klemt inn mot bakveggen i halsen. Vel vitende om at han kun hadde noen få sekunder på seg før bevisstheten forsvant, samlet han håndflatene og skjøt dem opp mellom Rogers armer og presset de fra hverandre med eksplosiv styrke. Men Roger var sterk og forbannet, så kun den ene armen slapp taket. Jonas prøvde å rulle seg rundt, men forble fastlåst mellom de muskuløse,

121

nakne lårene. Panikk blusset opp i mellomgulvet hans, og han sprellet, men jernneven slapp ikke taket. I stedet prøvde han å skyte kneet inn i de dinglende ballene, men til ingen nytte. Roger satt for høyt opp, var for stor, for sterk – generelt altfor *monster*.

«Her ender det,» snerret Roger.

Linda ropte noe, men det suste for mye i ørene, og det var for mye *Roger* hengende over ham, til at Jonas klarte å forstå hva hun sa.

Fingre med lange, røde negler omkranset plutselig barbusskallen til Roger, rev hodet hans bakover. Kloremerker vokste fram på kryss og tvers over den svetteblanke pannen. Han brølte som et vilt dyr og slo henne med den ledige armen. «Vekk, kjerringfaen!» Baklengs ramlet hun på gulvet og ble borte bak ham et sted. Enda en gang klinte han knyttneven inn i ansiktet til Jonas. «Jeg er ikke ferdig m-»

Et skudd overdøvet alt.

Roger ga fra seg en slags oppgitt lyd idet kula penetrerte toppen av hodeskallen hans og gravde seg langt inn i hjernebarken. Den digre kroppen rykket til, ble slapp, livløs, og falt sammen som en pløsete mannekeng over Jonas.

«I helvete,» gurglet Jonas, veltet den nakne kroppen av seg og rullet opp i knestående. Da fikk han øye på Robin, stående skjelvende med pistolen i hånden.

Robin slapp våpenet på gulvet; la hendene foran munnen. «Åh, shit ...»

Alle stirret målløst på den livløse kroppen til Roger Ments. Blod sildret ut av hullet i hodet hans. En klissete dam samlet seg rundt skallen som en morbid, rød glorie.

Mobilen ringte igjen.

20

Kassebildøren skranglet, gled opp. June Nylund og Ali Khalil myste mot det skarpe lyset som splittet mørket og spredte seg i lasterommet. Hodet til Jason stakk inn.

«Titt, titt, mine barn, opp og stå.» Han hoppet inn og så ned på de to vrakene på gulvet. En svart skinnlapp var klistret over det høyre øyet hans, som jo hadde blitt så god venn med sigarettgloen dagen før. «Næmmen ligger dere der, dere da?» sa han og blåste en røyksøyle mellom sprekken i leppene.

«Hvordan er øyet?» sa June mens hun krøkkete flyttet seg opp i stående stilling.

En kort pause fulgte.

«Dette er en stor dag for dere,» sa han. «Beslutninger som må tas, meninger som må endres, klær som må skiftes – ja, i det hele tatt mye som må gjøres.»

Med fingrene tvinnet rundt et kveilet tau på veggen klarte Ali så vidt å komme seg på beina.

«Dette klarer du, storegutt,» kvitret Jason. «Så vondt er det vel ikke?»

Med en slanges hurtighet snappet Ali tak i skjortekragen hans, rykket ham til seg, aggresjonen tordnet. Øynene deres var få centimeter fra hverandre.

«Hvis blikk kunne drepe, og så videre,» sa Jason i en munter tone, men i lyset fra hallen utenfor skimtet June frykten som flakket over ansiktet hans. «Du husker de to der?» Jason bikket hodet i retning mennene rett utenfor varebilen; de som hadde 'arrestert' dem dagen før. «Du gjør klokt i å oppføre deg.»

Ali gryntet, slapp skjortekragen. Håndjern klirret da June la hånden på skulderen hans.

«Flink gutt,» sa Jason, pattet på sigaretten. Gloen lyste og reflekterte et rødlig skjær i øyet uten lapp. «Nå, følg meg.»

De fulgte haltende etter ham.

Dressmennene på størrelse med bjørner satte seg i kassebilen og forlot stedet.

«Da var det bare oss,» smilte Jason. Stemmen ga gjenklang i den tomme hallen. Diskré løftet han på skjorten og blottla pistolen i beltet. «Men det betyr selvfølgelig ikke at dere kan gjøre som dere vil.»

June så seg rundt. «Hvor er vi?»

«Konfidensielt, søta.»

«Vi finner det ut uansett, så hvorfor ikke si det?»

«Hvem veit. Kom.» Jason tråkket mot en solid metalldør fem-ti meter unna. Over dørkarmen hang et skilt som illustrerte et overvåkningskamera. Side om side med dette hang et Adgang forbudt-skilt.

Klakkingen fra skoene deres ekkoet seg gjennom hallen som tunge vanndråper fra stalaktitter i en gigantisk grotte. Europaller lå stablet langs veggene, søppeltønner og containere plassert ved siden av. I et av hjørnene var det en flere meter høy haug av pappesker, både sammenpressede og tilsynelatende nye, skuffet hulter til bulter. En slags bitter-søt eim syntes å blande seg med lukten av bensin og annet ugjenkjennelig skrap.

Fra et kjede rundt halsen dro Jason fram et ID-kort. Kastet røyken på betonggulvet og sveipet kortet i kortleseren på høyre side av metalldøren. Kortleseren ga fra seg et klikk. Han åpnet døren og gikk inn. De fulgte hakk i hæl.

«Vi er nå i underetasjen.»

«Underetasjen til hva?» spurte June.

«Ja, ikke sant.» Han blunket fjollete og ledet dem innover korridoren, forbi et dusin dører på hver side, før de til slutt endte opp foran en heisdør. Entret. På innsiden av den trange personalheisen lyste allerede etasjeknappen med tallet 0.

Jason trykket inn 3, 1, 0, og 2. Heisen begynte å bevege seg nedover. Dypere og dypere. Og enda dypere. Ingenting tydet på at de passerte andre etasjer i mellomtiden.

«Ja, det måtte jo være et sånt type sted,» mumlet Ali.

Jason smilte.

Etter omtrent ett minutt små-humpete heiskjøring mot jordens indre, stoppet de. Et par automatiske dører gled opp bak heisdøren, og Jason åpnet den, gikk ut.

De kom inn i et middels stort rom konstruert i steinhard, gråmalt betong. Hvinende luftventiler var installert øverst på alle de fire veggene. En ny dør ventet i enden av rommet, hvor en klumpete vakt i en type uniform June ikke hadde sett før, satt på en kontorstol bak en pult og leste Times Magazine. Nå så han opp, gransket dem med vaktblikket sitt.

«Greetings, Bobby,» sa Jason. «Got a few subjects ready for action.»

Vakten la fra seg avisen, glodde alvorlig på dem. «I see. And how's the weather?»

«Oh, you know, as usual. Green, blue and a tiny bit of yellow,» sa Jason, blunket og viftet med ID-kortet.

June og Ali delte blikk med hevede bryn.

«Very well,» sa Bobby. Han skrev på tastaturet til laptopen som putret velvillig, før hånden forsvant under bordet. Et klikk hørtes og døren skled opp med en metallisk *tsshhh*-lyd. «Please continue.»

«Thanks a bunch,» bukket Jason teatralsk, gjorde tegn til at de skulle følge etter, og valset gjennom døråpningen og videre innover.

Like før June haltet seg forbi døråpningen så hun at vakten sendte et slengkyss etter henne, men ansiktsuttrykket viste ingen interesse. Hun grøsset og fortet seg etter de andre, fant armen til Ali og holdt seg fast i den. Håndjernene deres klirret sammen.

Gangen delte seg.

«Hitover,» sa Jason og strenet av gårde til venstre.

Etter flere meter og enda et par dører med tilsynelatende ingenting i mellom, kom de til et kontorlokale fullt av små, firkantede skrivebord med PC-er, printere, scannere, og et utall personer kledd i hvit skjorte og svart bukse, menn såvel som kvinner. Enten satt de ved skrivebordene, eller de labbet hvileløst rundt med papirer i hendene. Hundrevis av fingre tastet på tastaturer. Overalt plapret stemmer i telefoner. Alle virket hypnotisert opptatt med sine spesifikke oppgaver. Ingen så ut til å legge merke til de hinkende, mørbankede og møkkete nyankomne.

«Hva skjer her?» sa Ali.

«Klargjøring av diverse informasjon til massene for biobrikkens inntog.»

June klemte seg tettere inntil Ali, hvisket: «Dette skjer virkelig.»

Jason nikket mot andre siden av lokalet. «Men vi skal dypere inn enn noen av disse kontorrottene noen sinne har vært.» Han snudde seg mot dem. «De er ikke høyprioriterte som dere ... eller, i hvert fall ikke like høyt prioritert som *deg*, søta.»

21

Jonas gned noen stive fingre inn i øynene, svelget og sa: «Okay, ingen panikk ...» Han så på Robin, snudde seg og kastet et blikk på Linda, som hadde krøpet helt inn i hjørnet på soverommet med beina dratt inntil seg, og armene som omkranset dem. Med unntak av en stringtruse som så vidt skjulte hennes edlere deler, var hun naken. Blodskutte øyne, nesten like røde som det krøllete silkehåret og de rødmalte neglene på hender og føtter.

«Linda,» sa Jonas, «jeg har ingen ord. Men jeg lover deg ... alt skal bli bra.»

Hun sa ingen ting. Bare stirret tomt rett fram.

«Ta på deg noen klær,» sa han og gestikulerte mot plaggene som lå strødd. «Vi må dra nå med én gang.»

Mobilen ringte fortsatt, som en helvetesmaskin som ingen ende ville ta.

Han snudde seg tilbake til Robin, som fortsatt sto i den samme posisjonen med hendene foran munnen. Glodde mistroisk på liket av Roger. Han skalv. Tårer rant nedover kinnene. Det krøllete rød håret, bustete som et viltvoksende buskas, var uregjerlig.

«Jeg ville bare,» sa han gjennom fingrene. «Jeg ville bare at han skulle slutte å plage deg ... eller oss, alle sammen.»

Jonas reiste seg, omfavnet sønnen sin. «Jeg veit, Robin. Takk for at du redda meg.»

«Men, hva gjør vi nå?» sa Robin inn i brystet til faren.

Jonas slapp pusten. «Jeg aner ikke.»

Linda fant singleten på sengekanten, dro den forsiktig på seg. Deretter dro hun på seg olabuksa og en tynn genser.

Jonas slapp Robin, hentet pistolen fra gulvet, og studerte Roger. Han fortjente ikke å dø. Livet var brutalt. «Tror kanskje det er best å bare la han bli liggende her.»

«Hva?» utbrøt Linda. «Vi må ringe politiet.»

Jonas så på henne. «Funker ikke. Har ikke tid. Du må faktisk bare stole på meg og bli med.»

«Vi kan ikke bare la han ligge her! Vi må jo-»

Men Jonas løftet hånden avvergende. «Stol på meg, Linda. Please. Ting ingen av oss kunne forutsett har skjedd. Vi må dra nå med én eneste gang.»

«Det er sant, mamma.» Robin subbet bort og klemte henne hardt. «Alt er så sykt,» sa han med ansiktet begravd inn i den røde manken som rant som flytende lava nedover skuldrene hennes. «Alt er helt umulig å tro på, men det er sant.» Han løftet hodet, møtte øynene hennes. «Vi *må* dra nå.»

«Hva er det dere snakker om?» sa Linda, dyttet Robin litt vekk fra seg, stirret på ham, så på Jonas. «Hva er det som skjer her? Og hva er det *du* gjør her?

Jeg skjønner ingenting.» Hun datt ned på senga så fjærene i madrassen knirket. Plantet ansiktet i hendene. «Endelig hadde jeg kanskje funnet en som kunne få plass i livet vårt, og så ... og så.» Flere hulk.

Jonas satte seg på huk ved siden av henne og la hånden forsiktig på skulderen hennes. «Sikker på at det var en mann du ville hatt i livet deres?»

«Hva veit vel du?» sa hun og knuffet ham hardt bakover. «Du veit ikke en dritt. Du bare stakk av, forbanna idiot.» Hun snufset og tørket tårene. «Stakk av når jeg trengte deg som mest.»

Jonas klarte ikke annet enn å se i gulvet. Hennes ord var sannhet, og sannheten var tortur. Tennene gnisset i munnen hans.

«Men mamma, han har rett nå,» sa Robin. «Herregud, har'u blitt helt hjernevaska el'? Husker du ikke hva vi snakka om i går? Du lovte at du ikke skulle blande deg med han der.» En skjelvende finger pekte på den døde Roger, som nå hadde fått en så stor blodglorie at den lignet en svartrød sky. «Du fuckings *lovte*!»

«Åh, Robin,» sa hun, la hånden på kinnet hans. «Du aner ikke hvordan jeg har det. Hvor ensom jeg er. Og bare for et lite øyeblikk klarte jeg å glemme alt. Og det var så bra. Så godt. Og nå er det borte igjen.»

Mobilen i bukselommen til Jonas ringte på ny. «Jeg beklager, men vi har ikke noe valg. Vi må dra.

131

Foreslår at vi bare legger dyna over liket, så fikser vi det seinere.»

«Jeg går ingen steder før jeg har snakka med politiet,» sa Linda inn i hendene sine. «Og jeg kommer til å si at det var *din* skyld,» sa hun og spiddet Jonas med et hatefullt blikk.

Det var som å bli slått med slegge rett i hjerterota. Trampet og spyttet på. Munnen hans åpnet seg, og haken datt nesten helt ned i etasjen under. «Selvforsvar ...» hvisket han.

«Tull! Du brøyt deg inn her.»

«*Mamma*,» sa Robin, grep skuldrene til moren sin. «Han er med meg, okay? Det er ting du ikke veit om her. Dette er for stort. Vi ha'kke no' valg. Må dra *nå*!»

Hun skar en forvridd grimase.

«Stoler du ikke på meg?» spurte Robin.

Linda pustet tungt, bikket hodet ned i et nesten usynlig nikk. «Jo.» Reiste seg fra senga. «Ja vel. Vi går. Samme kan det være.»

22

Etter en brutal kattevask av en dusj hvor June og Ali ble kastet nakne sammen inn i et sterilt vaskerom og spylt med harde stråler fra vannslanger som om de var spedalske, fikk de nye, rene klær.

Ali mottok den samme habitten som de såkalte kontorrottene de passerte en times tid tidligere; svart bukse, hvit skjorte. June, på sin side, fikk en kvinnelig versjon av den ukjente uniformen dørvakten utenfor heisen brukte. Det så ut til at den eneste forskjellen mellom den mannlige og kvinnelige uniformen var at den kvinnelige hadde knekort skjørt heller enn langbukser – selvfølgelig måtte kvinnenes bein blottlegges. Til slutt ble Ali bortført av en vakt.

Jason dro med seg June til et kontor som minnet om en blanding av lege- og advokatkontor. En mann i svart, gråstripete dress som matchet det svarte, gråstripete halvlange håret hans satt nå og betraktet June fra bak den overdimensjonerte kontorpulten. Med den butte pekefingeren sin snurret han fippskjegget rundt og rundt. Jason sto rakrygget foran døren og, antok June, holdt vakt.

«Jaså, ja ja ja, June Nylund i egen høye person,» sa han til slutt med uventet pipete stemme. «Tenk at jeg allikevel skulle få se deg i levende live.» Humret kort. «Vet du hvorfor du er her?»

«Jeg antar dere ønsker min profesjonelle assistanse,» sa hun toneløst, holdt blikkontakten stødig.

«Korrekt, korrekt,» sa han. «Og vet du hvem jeg er?»

June ristet så vidt på hodet.

«Egon Kruz. Én av svært få på denne planeten som har direkte kontakt med representanter for Toppen.» De små, stumpete hendene gned seg mot hverandre. «Jeg er med andre ord en *big deal*, frøken Nylund.»

«Frøken?»

«Jaja. Poenget, June, er at jeg er en person som kan få ting til å skje for deg, både profesjonelt og privat,» sa han og smilte så de ujevne, men skinnende hvite tennene kom til syne. «... sett at du samarbeider, selvsagt.»

«Hvor har det blitt av Ali?» June stirret bak seg, fanget blikket til Jason, som kun fulgte med på Egon.

«Ali?» Egon snurret fippskjegget rundt pekefingeren. «Å, du mener den norsk-afrikanske herremannen du kom sammen med.» En pause. «Han som hjalp oss med å gjøre din bortførelse ekstremt mye mer, skal vi si, *interessant* enn først planlagt.» Igjen det ekle smilet. «Han tas godt hånd om. Ta det helt med ro. Han er ikke lenger ditt ansvar, eller du hans, for den sakens skyld.»

«Hva betyr det?» spurte hun, fektet klumsete med de håndjernfangede hendene. «Hvor er han?»

Egon la pekefingeren foran de uvanlig rød leppene sine. «Fru Nylund, om jeg får be deg ta deg sammen, vær så snill. Ali valgte å kjøre sin egen løype da han heltemodig brøt seg inn i hytten vår og stjal deg fra oss. Men uroe deg ikke, vi får nok bruk for en som han, også. Nå, vær snill å fokuser.»

Fingeren snurret rundt og trykket inn ON/OFF-knappen til en stor flatskjerm ved siden av skrivebordet. Tusenvis av mikroskopiske sommerfugler i 3D-grafikk fløy over skjermen og blandet seg med hverandre til de forsvant og dannet Stand By-skjermbildet.

Egon humret. «Jeg elsker disse introduksjonsanimasjonene alle duppedingser med skjerm har for tiden.» Fippskjegget vippet opp og ned mens han snakket. «Jason, er du vennlig og kobler til nettverket.»

«Ja visst.» Jason fant fram smarttelefonen sin. Tomlene sveipet over mobilskjermen. «Lokaliserer nettverk.»

«Fantastisk,» mumlet Egon med smilerynker stikkende ut på hver side av øynene.

På flatskjermen lyste levende bilder fra et pasientrom på et sykehus. En gammel mann med tuber ut av neseborene lå i sengen, med en dyne dratt over seg og to skrøpelig armer hvilende over den. Han hadde veneflon i hånden, og et apparat ved siden av sengen registrerte hjerterytmen.

June lente seg helt ut på kanten av stolen. «Pappa?»

«Ja.»

«Men, hva har skjedd?»

«Nei, du vet,» sa Egon, klappet hendene sammen og holdt de foran ansiktet som om han ba en bønn. Gullringene på hver av langfingrene gnisset mot hverandre. «Da han fikk vite at du omkom i den grusomme trafikkulykken etter foredraget på NTNU, ble det rett og slett for mye for ham.» Øynene møtte hennes. «Hjertet skranter på med alderen, vet du.»

Hun sank sammen i stolen, hodet hengende, det svarte håret dekket over øynene hennes. Skuldrene beveget seg i korte rykninger. Hun foldet hendene, klemte dem hardt sammen, løftet dem og bet seg i knokehuden.

«Jeg beklager, jeg gjør virkelig det,» sa Egon. «Ingen kunne forutsett noe slikt.» Han pustet liksom beklagende ut. «Verden er hard, og det smerter meg å si dette, men for øyeblikket befinner han seg altså i koma. Kun en maskin holder kroppen i live. Ingen vet foreløpig når han kommer til å våkne, men *hvis* det skjer antar jeg du vil være der for å hilse på. Har jeg rett?»

June løftet hodet sakte, så på ham mellom panneluggen. «Kan jeg det?»

Egon slo ut med de korte armene sine. «Selvfølgelig kan du!» De kom fort ned igjen. Smilet forvandlet seg til en beklagende, nedovervridd geip. Han knipset og veivet en finger mot henne. «Det er bare én liten ting du må gjøre først ...»

«Ja?»

«Det forholder seg nemlig slik at siden dette er dagen før dagen med stor D, har flere av landets største nyhetsdistributører – aviser så vel som tv – samlet seg for å organisere et tv-program med biobrikke-informasjon og intervjuer med aktuelle personer.» Fingertuppene hans trommet mot hverandre. «Jeg har personlig sørget for at programmet går *live* i beste sendetid, både på nettet og på vanlig, gammeldags fjernsyn.»

En ubestemmelig svimmelhet krøp fram i hjernen hennes.

«Jeg og mine rådgivere har selvfølgelig også sørget for å ha en ganske stor finger med i spillet hva angår programmets tilkalte talspersoner og diverse gjester.» En kjapp tungespiss fuktet de ildrøde leppene før han reiste seg fra stolen, rundet skrivebordet og skrittet mot henne. Ansiktet, kulerundt og rødmusset, kom altfor nær. «Og June, det er vel ingen hemmelighet at du i aller høyeste grad er en aldri så liten gullklump i denne sammenhengen?»

«Jeg?» Hun rygget bakover, som om han stinket, noe han ikke gjorde. Faktisk luktet han særdeles nydusjet og sprayet med en luksuriøs herreparfyme. Likevel rygget hun bakover. Avsky. Hun krympet seg som smeltende plast da en av de lubne, små hendene omkranset skulderen hennes.

«June, da, du er jo en av landets mest populære og lærde sosiologiprofessorer. Ja, en nær utømmelig kilde til kunnskap om hvordan biobrikkens inntog teoretisk sett vil påvirke menneskeheten,» sa han muntert, klemte og gned godselig på skulderen hennes.

Håndjernet raklet da hun ristet seg løs fra grepet hans. «Hva hjelper det når dere uansett hater mitt syn på saken?»

Egon lo. Fippskjegget hoppet opp og ned. «Sant, så sant! Heldigvis er det jo nå en gang slik at en feillært, men *smart* bikkje, ikke nødvendigvis er en *bortkastet* bikkje. Den må bare omlæres.»

Svimmelheten i hjernen hennes begynte nå å renne ned hodet og bre seg utover kroppen. *Ditt forbannede svin.*

På et eller annet plan må han ha lagt merke til reaksjonen hennes, for han klappet igjen hendene sammen foran ansiktet, smilte fandenivoldsk og sa: «Og jeg forsikrer deg, frøken Nylund, at det *er* mulig å lære en gammel hund nye triks, selv om historien som kjent forteller at det er vanskelig. Jeg har derimot erfart at med korrekt insentiv kan man oppnå rene mirakler selv med eldgamle, sta tisper. Eller hva, James?»

«Å ja, null stress,» flirte Jason bak dem.

«Kom til saken,» sa June, ristet på hodet for å slenge vekk den svarte panneluggen. Stemmen forholdt seg *nesten* stødig.

«Om et par timer skal du til NRKs studio på Marienlyst,» sa Egon og lente seg bedagelig som en katt mot skrivebordskanten. «Der skal du intervjues av en av Aftenpostens utvalgte biobrikkefokuserte journalister. En viss ... ja, hva het hun igjen?» Stubbefingrene dro fraværende i fippskjegget mens han tenkte seg om. «Jeg husker dessverre ikke navnet på dama, så du får unnskylde min skrantne erindringsevne, men samme kan det være. Uansett,» sa han og stakk trynet sitt opp i Junes ansikt igjen. «Uansett skal du der fortelle med full innlevelse hvordan du angrer dine tidligere feilaktige uttalelser, og har derfor de siste dagene innsett hvilken gudegave biobrikken i realiteten er. Du skal med total troverdighet på direkten fortelle hele Norges befolkning *hvorfor* dine tidligere biobrikkekritiske teorier – i lys av ny informasjon fra tidligere ukjente kilder – ikke er korrekte.»

«Du vil jeg skal lyve?»

Alle de kritthvite, ujevne tennene hans blottla seg i en slags udefinert triumf. «Ja, kjære!»

«Og hva om jeg nekter?»

Skuffelse formet de grove ansiktstrekkene. «*Må* vi gjennomgå dette enda en gang? Glemmer du faren din?» Kruz begynte å labbe rundt i rommet. «Og hvis ikke dét er insentiv nok for deg, så får du prøve å ofre din ektemann Eckhart en tanke fra tid til annen. Ja, for ikke å snakke om yndige, lille Sofia som jo har hele livet fora-»

«Du *ligger unna dem*, syke faens svin,» hylte June, spratt opp fra stolen og hoppet på Egon som en puma og snurpet fingrene rundt halsen hans. «Hold dere unna!»

Umiddelbart kom Jason bakfra og trakk henne vekk fra Egon. Låste en arm over halsen hennes, mens han klemte de ustyrlige hendene fast over magen.

Egon dro hånden gjennom det halvlange håret, og kjente etter på halsen. Smilerynkene blomstret rundt øynene hans. «Som sagt, gamle tisper kan lære nye triks, så lenge rikelig med motivasjon eksisterer.»

«Vi kan trygt si denne tispas motivasjon er på topp, i hvert fall,» humret Jason, mens han strevde med å holde henne rolig.

«Jeg *håper* Eckhart ser meg på TV og finner ut at jeg ikke død.» June vred ustyrlig på seg. «Da blir det månelyst!»

«Neida, det blir det nok ikke,» sa Kruz, uanfektet. «Du eskorteres herfra og til NRK-studioet, og deretter tilbake hit etter endt sending. Tvert imot *bør* du håpe, frøken Nylund, at jeg er fornøyd med opptredenen din. Hvis ikke skal vi nok snakke om månelys, skal du se.» Egon veivet med hånden så alt fingergullet

140

glimtet i lyset fra LEDlampene i taket. «Før henne vekk.»

Jason slet June med seg ut av kontoret.

23

For første gang denne dagen lot Rino Rask alt det indre trykket pustes helt ut av kroppen. Han skled ned i en nesten liggende stilling på den harde benken i treverk. La bakhodet mot rygglenet og stirret opp i taket, hvor det med store bokstaver sto:

GLORIA IN EXCELSIS DEO

Gud i det høyeste. Han sukket. Følte seg tom, nedbrutt. Hard utenpå. Myk inni. En skuespiller i feil rolle. Selveste Norges militærsjef, en rustning av kevlar fylt til randen med puter på innsiden. Tennene gnisset hørbart i munnen. En ordreavlydende robot uten håp om å noen sinne *virkelig* kunne utgjøre en forskjell i verden. Hvordan kunne han? Toppen var Makten på Jorden.

Men sjelen min får dere aldri.

Det var tomt som i en død kropp i Oslo Domkirke nå, hvilket var merkverdig tatt i betraktning galskapen som foregikk ute i gatene. Var det ingen igjen i denne gudsforlatte verden som søkte støtte i sin Himmelske Fader i kaotiske tider? Med unntak av fanatikere som valset rundt med hjemmesnekrede skilt og hylte ut om 'dommedag' og 'antikrist', selvsagt. Igjen sukket han.

I så mye som femten år, helt siden den dagen hans nydelige bestevenn og kone, Helene, døde av akutt hjerneblødning, hadde han holdt sterkere på sin kristentro enn noen gang før. Hvorfor? Etter kun tre års ekteskap ble hun stjålet fra ham, tilsynelatende uten grunn. Hun var jo for helvete et symbol på sunnhet. Ville det ikke vært naturlig at han heller enn å bli knyttet sterkere *til* Gud, ville skjøvet denne usynlige makten lenger *vekk*?

Rino rettet seg opp på benken, kikket bakover for å forsikre seg om at ingen plutselig hadde kommet snikende inn. Han foldet hendene og bøyde hodet.

Min Far i Himmelen, jeg har syndet, synder fortsatt, og kommer nok for alltid til å synde. Jeg beklager det, og vet det er mitt eget ansvar å kontrollere mitt liv, men det som nå foregår er, som du vel vet, langt, langt utenfor min – og noen andres, for den sakens skyld – kontroll.

Dette er første gang siden Helenes død jeg virkelig føler meg hjelpeløs. Og da det er like greit at det er meg det går utover, kan jeg ikke gi opp nå. Jeg har aldri hatt noe problem med bruk av vold for å utrette noe som til slutt vil gagne så mange som mulig, men det jeg nå har blitt dratt inn i er forkastelig. Jeg er helt imot det. Likevel har jeg et minimalt håp om å inspireres underveis, slik at jeg kan finne løsninger som til en viss grad – om enn liten – vil kunne minimere omfanget av disse meningsløse grusomhetene.

Men jeg vet ikke.

Personlig er jeg positiv til biobrikkens inntog. Derimot alt dette andre Toppen gjør ... jeg vet som sagt ikke. Jeg vet bare at det er barbarisk. Disse uskyldige menneskene. Herregud. Jeg beklager sutringen, men sånn er det altså. Samtidig, på en uforståelig måte er det noe inni meg som vet at alt som nå skjer er riktig, helt etter Din plan. Derfor, ikke som jeg vil, men som Du vil. Takk for at Du alltid forstår, alltid er her, alltid lytter, selv når jeg tror Du er borte og har glemt meg.

Igjen, takk.

Rino kremtet, tørket fort bort fukten i øynene, og stirret seg nok en gang rundt i kirken. Trakk pusten dypt, nikket svakt.

«Amen,» hvisket han og lot blikket hvile et minutts tid på maleriet av den korsfestede Jesus over alteret. All denne pinen. Med sirkulære bevegelser masserte han tinningene, før han reiste seg fra benken.

Rino Rask forsvant ut av domkirken like fort som han var kommet, og like usynlig.

24

Linnea stoppet bilen på parkeringsplassen utenfor Tveitasenteret. Kjøpesenteret var stengt, mørklagt. Ensomhet omkranset området, selv om flere grupper mennesker også her labbet hvileløst omkring. Svermer av møll flappet intenst med vingene mens de sirklet rundt gatelyktene som kastet sine oransjehvite refleksjonsringer på asfalten. Jonas og Robin stirret spørrende på Linnea, mens Linda ikke så ut til å ense hvor de befant seg i det hele tatt.

Etter at Jonas var kommet ut av leiligheten med både Robin og guttens sjokkerte mor, forsøkte Linnea å overtale ham til å la Linda bli igjen. Men da Jonas forklarte at en mann var blitt skutt og drept under et uventet basketak på soverommet, mørknet det allerede lugubre humøret hennes ytterligere. Til slutt nikket hun kort, ba dem sette seg inn og holde kjeft. Ingen ord var blitt delt i løpet av resten av turen. Fortsatt sa ingen noe.

Linnea gikk ut og smalt igjen bildøren.

De tre steg ut.

Linnea veivet den hanskekledde hånden mot inngangen til Tveita t-banestasjon, som lå under senteret. «Denne veien.»

Da de passerte skyvedørene vislet et kjølig vinddrag forbi. Sigarettrøyk gjemte seg i luften.

Linnea ignorerte billettautomatene og fortsatte videre. De høye hælene hennes sendte ekkoer gjennom korridoren og blandet seg med stemmer i det fjerne.

Lysrør i taket blinket. Malingen på veggene var helt eller delvis slitt bort så muren bak kom til syne. Enkelte steder vokste tagging fram og tok dens plass. For det meste uforståelige kråketegn. I sine yngre dager hadde Jonas selv tatt seg noen kveldsturer og sprayet kråketegn for å markere sin eksistens i byens jungel av identitetsløse ansikter.

Igjen gled hånden hans over bukselinningen, der pistolen egentlig skulle ligget skjult i trygg forvaring – men nei. Selvfølgelig fortsatt borte. Han presterte å glemme igjen selve *mordvåpenet* på soverommet hvor Roger nå lå og ble kaldere og grønnere for hvert passerende minutt. Man trengte ikke være Einstein for å skjønne hva som ville skje med Robin – eller ham selv – hvis naboene ringte politiet på grunn av nabobråk, og de kom seg inn i leiligheten. Kaldsvette sildret nedover ryggen hans. Munnen var tørr som en hel åker av visne planter. Faen i helvete.

Robin vred på kapsen, stirret rundt seg. «Skal vi ta banen?»

Intet svar.

De rundet enda et hjørne og påbegynte den siste tunnelen ned til ventehallen hvor t-banesporet fant sted. Automater med småsnacks og mineralvann sto lent mot veggen ved inngangen. De fremmede stemmene hørtes tydeligere da perrongen åpenbarte seg. Tre ungdommer satt henslengt på den nærmeste benken. Glør fra ulovlig tente sigaretter lyste som ildfluer i hendene deres. Idet Jonas passerte dem skiftet informasjonen på skjermene som hang i taket, og forkynte at neste bane ble tretten minutter forsinket.

«Denne veien,» sa Linnea igjen, kaldt og toneløst. Gikk mot enden av perrongen, lengst vekk fra benken med ungdommene.

Far og sønn vekslet blikk, men forble tause. Linda var langt vekk i sin egen verden.

Linnea stoppet foran en dør med et skilt som illustrerte vaskebøtte og mopp. Under sto det:

Renhold

Linnea kremtet og gjorde tegn til at de skulle se i kameraet øverst i hjørnet. «Smil, dere er på TV.»

En kort fnyselatter unnslapp Jonas' lepper. «Kvalmt.»

Bak renholdsromdøren kom et høyt dunk, som om noen slo en planke inn i den. Deretter rasling, som fra en eller flere kjettinger, og sikkert en lås eller to.

Døren knirket opp.

Skulende øyne mellom en volumøs, rød hårmanke og skjegg bikket ut.

«Det er meg,» sa Linnea, «og *de*.» Hun nikket mot de tre. «Som vanlig gikk ikke alt etter planen. Derfor er hun med også. Men det ordner vi.»

«Sjef,» sa hårmanken. «Godt å se deg. Stig på.»

Hun sørget for at Jonas, Linda og sønnen gikk først, før hun selv fulgte etter. «Har de andre ankommet?»

«Ja.» Vakten med alt håret låste døren møysommelig. Og ganske riktig, kjettinger var inkludert, samt to feite hengelåser.

«Godt.» Hun klemte skuldrene hans. «Du er en god mann, Arvid.»

Arvid smilte et sted langt inni skjegget. Nikket. «Stol på det.» Han holdt hardt rundt automatgeværet sitt. Jonas så med et halvt øye at det var et AK-47. Det så splitter nytt ut og skinte i lyset fra det grønne *Exit*-skiltet over døren.

«Hold posisjonen din.» Hun slapp skuldrene hans. «Og be Min-Yun møte oss i sentralkorridoren.»

«Selvsagt, sjef.» Arvid bukket, plukket fram mobilen og tastet et nummer.

«Dere blir med meg.»

«Åpenbart,» sa Jonas, og ønsket han hadde hatt berettaen tilgjengelig så han kunne tømt hele magasinet inn i dem begge to. Dra med seg Robin og Linda og bare løpe til helvete vekk fra all denne galskapen. Umulig, selvsagt. Silje trengte ham mer enn noe annet.

De fulgte Linnea innover den vindusløse korridoren, som så ut til å strekke seg flere hundre meter innover. Hver femte meter hang en ledning fra taket med én enkelt sparepære i. Møkk som lignet sot og jord krydret betonggulvet. Kun klakk-akkingen til Linneas støvelhæler hørtes. Bakfra så hun tjue år yngre ut. Spesielt i de svarte skinnklærne.

Etter langt og lenge og helt sikkert lenger enn dét kom de til slutt til en dør. Denne av kraftig metall. Displayet festet til høyre for den lyste matt grønt, og et kamera hang som en gribb over det, voktende i hjørnet.

Linneas hanskekledde fingertupp trykket et par ganger på displayet. Deretter bøyde hun seg og stirret rett på det. Da analysen av øyeeplet hennes var ferdig hørtes en liten trudelutt. Ordet *Adgang innvilget* suste over skjermen.

En datastemme sa: «Velkommen, Linnea Lunde.»

Etter at låsen klikket åpnet hun metalldøren. «Snart framme nå.»

På innsiden forandret interiøret seg fra shabby, møkkete undergrunn til høyteknologisk sterilt og blankpolert. Korridoren de nå entret spredte seg ut i multiple rom på begge sider, alle med svære vinduer som viste hva som foregikk på innsiden. Forskere jobbet. Uniformerte menn og kvinner som satt rundt runde bord og diskuterte. Klasserom med voksne studenter og lærere ved tavlene.

«Wow,» sa Jonas, ufrivillig imponert. «Penger er ikke noe problem, eller hva?»

«Vi klarer oss.»

Robin gapte med både munn og øyne, dagens grusomheter glemt i noen sekunder. «Dette er helt sykt.» Kapsen hadde allerede rukket å ta en 360 på hodet hans siden de entret det såkalte renholdsrommet noen minutter tidligere. «Som å være i en film ... eller et jævla *spill*.»

«Vel, jeg kan forsikre deg om at det i aller høyeste grad er virkelig,» sa Linnea tørt.

Linda gikk med begge armene foldet i hverandre, som om hun frøs. Øynene fortsatt glassaktige, men munnen åpnet seg. Leppene formet uhørlige ord. Hun stirret skrekkslagent til alle kanter.

«Hvordan har en undergrunnsorganisasjon som *dere* klart å ordne lokaler som *dette*?» Jonas ristet på hodet.

«Enkelte svært velstående sympatisører sponser oss.» Linnea fortsatte innover gangen uten å snu seg. Menn kledd i ukjente uniformer passerte med stive bevegelser. Ingen sa noe, men nikket til Linnea. «Utad er de selvsagt BioChip-elskere.» Kort latter. «Vi skal inn her.» Hun fisket fram et slags ID-kort, sveipet det i nøkkelkortleseren ved siden av døren. Den skled automatisk opp.

En relativt ung mann med asiatiske trekk, kledd i svart dress, sto allerede klar på andre siden av døren.

«Min-Yun,» sa hun, ristet hånden hans. «Godt å se deg.»

«Takk det samme, sjef,» svarte han. «De andre er klare i briefingrommet.»

«Bra.» Linnea snudde seg mot de tre. «Vennligst før gutten og kvinnen inn på isolatet, og kom dernest tilbake til briefingen.»

Min-Yun bukket. «Selvfølgelig.»

Jonas strakk en beskyttende arm ut foran Robin og Linda. «De blir med. Punktum.»

Linnea trakk pusten dypt. «Jonas, forstår du ikke at det ikke er *du* som bestemmer her?»

Den asiatiske mannen gikk helt opp i ansiktet hans. «Jeg skal personlig sørge for at ingenting skjer med dem,» sa han og vek ikke en millimeter med blikket.

Hundrevis av kung fu-filmer flashet forbi det mentale rommet til Jonas. Han visste det bare var tulletanker, men bet seg i underleppen og mumlet: «Mm.»

Min-Yun smilte fra øre til øre. «Flotters!» Til de to andre sa han: «Kom her, så skal jeg vise dere rommet deres.»

«Pappa ...?» Robin så bedende på faren sin. Linda holdt rundt ham. Hun sa fortsatt ingenting, men blikket hennes var nok i stand til å eksplodere planeter og gråte tsunamier.

«Jeg får dere ut av dette. Før eller siden, okay? Jeg lover.» Tomme ord, men ektefølt intensjon.

«Dere er sikkert tørste,» sa Min-Yun mens han geleidet dem rundt et hjørne og forsvant.

Jonas stirret langt etter dem.

Linnea klappet hendene sammen. «Tid for briefing.»

«Jeg vil snakke med Silje først,» sa Jonas. «Du kan faen ta meg i det *minste* gjøre det for meg.»

«Absolutt,» sa Linnea i kveldens første muntre tone. «Hun sitter allerede i briefingrommet.»

*

Silje åpenbarte seg som en engel bak himmelporten der hun satt på andre siden av vinduet til briefingrommet. Hjertet til Jonas begynte å sprette rundt i brystet hans av lykke både over å se henne, og det faktum at hun så like hel ut. Hun hadde ikke sett ham ennå; hang med hodet, armene i fanget, usynlige under bordflaten. En mann i svart dress sto over henne, viftet med armene og snakket iltert – eller kanskje ivrig – om et eller annet. En dame med indiske trekk lente seg mot veggen i bakgrunnen og observerte.

«Nå,» sa Linnea, «oppfør deg.» Hun blunket påtatt humoristisk. Deretter åpnet hun døren og gikk først inn.

Jonas strenet forbi Linnea og de andre i rommet. «Silje.»

Han som sto foran henne snudde seg. Silje reiste seg med øyne som strålte. «Jonas!»

«Jeg er så glad for å se deg, jenta mi.» Han omfavnet henne. «Elsker deg noe helt for jævlig mye,» sa han, og det var først da han ble klar over at hun satt i håndjern.

«Elsker deg og, gutten min,» sa hun med hes stemme.

Jonas holdt henne hardt inntil seg før han til slutt slapp taket, glodde ned på de sammenbundne hendene hennes. Deretter stirret han på Linnea. «Er det der virkelig nødvendig?»

Den skinnkledde damen nikket. «I aller høyeste grad.»

«Dette er bullshit!» utbrøt han så kraftfullt at alle i rommet, inkludert Silje, tok et skritt bakover. «Er det ikke nok at jeg faens *er* her?»

Døra åpnet seg. Han som het Min-Yun kom inn, stilte seg ved siden av dama ved veggen.

«Jonas,» sa mannen med dressen som få sekunder tidligere hang over Silje, med en stemme han husket så godt at frysninger raste nedover ryggraden. «Vi har ikke blitt skikkelig introdusert.» Dressmannen strakk ut hånden. «Tony.»

Jonas så med avsky på hånden. «Veit hvem du er.»

Hånden hang urørlig i luften en stund, før den til slutt ble puttet vekk og ned i bukselommen. «Nei vel,» sa Tony. «Bare vær vrang.» Han så på Min-Yun og hun andre, bikket på hodet og gjorde en bevegelse med fingeren.

De nikket, gikk bort til Silje, og tok hver sine arm. «Du blir med oss.»

«Hva faen?» Jonas hugg tak i Min-Yun. «Nå er det nok.»

På under ett sekund rev Tony armen til Jonas løs og bøyde den bak på ryggen hans, dyttet den opp til den truet med å brekke. Med kneet dyttet han baksiden av Jonas sitt kne utover slik at han ufrivillig gled ned på gulvet i knestående. «Vær smart nå, boksekongen,» hvisket Tony. «Tenk på dine kjæres beste.»

Jonas ynket seg under presset, den skytende smerten.

«Klarer du det, tror du?»

Motvillig nikket Jonas.

«Før henne ut,» sa Tony. «Og Min-Yun ...»

Han snudde seg.

«Dere slipper henne ikke av syne før jeg gir beskjed.»

«Selvfølgelig.»

De forsvant.

Da de ikke lenger var synlige i vinduene utenfor slapp Tony ham. Jonas reiste seg, holdt seg for skulderen hvor den største smerten fortsatt bet hardt.

Tony børstet usynlig støv fra ermet, rettet på dressjakken. «Skal vi prøve å komme oss gjennom resten av oppdraget uten mer meningsløs motstand?»

Jonas lukket øynene for å kontrollere aggresjonen sin. Bet tennene så hardt sammen at kinnene bulte ut, og nikket langsomt. Leppene hans dirret. «Du lovte at jeg skulle få snakke med henne.»

«Sett deg,» sa Linnea og låste døren. Gikk bort til tavlen på veggen foran konferansebordet, hevet seg på tå og rullet ned lerretet. Uten å si noe mer dumpet Jonas ned i en stol.

Mens Linnea fiklet med fjernkontrollen til projektoren, sa Tony: «Av hittil ukjente kilder, selv for oss, har vi mottatt informasjon om hvordan prosedyrene for masseinjeksjonen skal foregå, både i morgen og dagen etter. Derfor er det en smal sak å, skal vi si, sette kjepper i hjulene for oppgraderingen.»

Projektoren fikk liv og badet lerretet i sin flerfargede lyssøyle.

«Korrekt,» istemte Linnea. «Planen er å bryte inn i de viktigste delene av programmet, og gi befolkningen en formidabel realitetssjekk.» Hun bøyde seg mot laptopen på bordet, trykket på knapper og klikket med musen. «Vi skal igangsette en umiddelbar revolusjon mot styresmaktene, hvor flest

155

mulig av populasjonen gjør opprør og regelrett *nekter* å oppgraderes.»

Oversiktsbilder av Oslo og omegn flashet fram på lerretet i høyoppløselig satellittbildekvalitet, før et kart med stedsnavn overtok.

I sidesynet enset Jonas stadig folk som hastet forbi vinduene. Uniformerte og med alvorlige miner. *Åssen skal jeg klare å bryte oss ut herfra når stedet er bevokta som et jævla fengsel?* Jonas bet seg på innsiden av kinnene og trommet fingrene på bordflaten. «Og hvordan planlegger dere å gjennomføre dette stuntet?»

«Det kommer,» sa Linnea. «Vær tålmodig.» Hun fiklet med laptopmusen og trykket på noen knapper. Satellittbildekartet zoomet inn på Gardermoen flyplass. «Omtrent her havner de siste leveransene med biobrikker, samt tilhørende utstyr for utføring av samfunnsoppgraderingen. Dette foregår akkurat nå, og fortsetter utover kvelden og natten til alt er pakket og klart for levering hos DVV.» Et smil strøk over ansiktet hennes. «Pakkingen skjer selvsagt ikke *på* Gardermoen, men i et hotell ved E6 som fungerer som skalkeskjul et snaut kvarter unna flyplassen. Deretter videresendes pakkene med vogntog til gjennomsyn og kontroll ved et topphemmelig knutepunkt, før de til slutt havner på DVV.»

På lerretet illustrerte en lang, blå pil veien fra Gardermoen til skalkeskjulhotellet, og videre nær

Oslo til det topphemmelige knutepunktet – her ble imidlertid detaljene utydelige – før pilen forflyttet seg til DVVs lokaler i Oslo, ikke langt fra Stortinget.

«Som du ser,» sa Linnea og pekte med fingeren på lerretet, «vi aner ikke nøyaktig hvor knutepunktet befinner seg, og vi vet heller ikke hva som skjer der. Hvorfor det er nødvendig å ta enda et mellomstopp før pakkene havner på DVV sier informasjonen ingenting om. Vår anonyme kilde vet kun *at* knutepunktet eksisterer, men ikke nøyaktig hvor, hva, hvem eller hvorfor.»

Jonas la ansiktet i hendene. Kroppen verket, hodet kjentes ut som en tikkende bombe, og beina var ømme etter all løpingen gjennom byen. «Faens galskap, alt sammen,» hvisket han.

Tony knipset et tørt popp. «Fokus, Jonas.»

«Vi må derfor,» fortsatte Linnea, «først finne ut hvor knutepunktet er.» Hun la armene i kors. «Hvilket er den andre delen av oppdraget ditt.»

«La meg gjette,» mumlet han. «Jeg må stikke til skalkeskjulhotellet og skygge en av trailerne til knutepunktet?»

«Kjempebra, Jonas. Nesten.» Den spinkle fingeren til Linnea pekte på kartet. «Du skal slippe å dra helt dit. Vogntogene kjører E6 og passerer først Skedsmokorset. Derfor er det nok at du venter på bensinstasjonen ved motorveien til du ser de passere.»

«Hva om jeg ikke rekker det?»

«Det gjør du.» Hun bøyde seg over laptopen igjen og klikket med musen. Et bilde av en motorvei med to tettkjørende trailere i fokus poppet opp på lerretet. På tilhengerveggene var det delikate bilder av salat-mikser, fruktblandinger og milkshaker i høye glass med sugerør. «For å ikke tiltrekke seg unødig oppmerksomhet kjører de to og to av gangen med omlag et kvarters opphold mellom hver ladning.»

«Så jeg skal følge etter frukt- og salattrailere som kjører to av gangen, én gang i kvarteret.» Jonas himlet med øynene.

«Korrekt.»

«Og det er alt?» Han stirret fra den ene til den andre. «Når jeg har lokalisert knutepunktet slipper dere Silje og de andre fri, og jeg kan dra hjem og fortsette livet mitt? Er det sånn?»

Munnen til Tony fortrakk seg i et skjevt smil. «Vel.»

«Vel?» sa Jonas, kjente varme bre i brystet og ansiktet. «*Vel?*»

«Det er over når vi sier det er over.»

Jonas forsøkte å kontrollere pusten, og sa så rolig han kunne: «Jeg forstår ikke ... er jeg den eneste som skal gjøre dette? Linnea? Hva med de uniformerte typene som driver og går forbi her hele tiden? Skal ikke *de* være med å forhindre biobrikkedritten?» Stemmen hans ble høyere og mer skrikete for hvert ord. «Herregud, dere eier en hel undergrunnsbase til sikkert hundrevis av millioner av kroner, skjult under fuckings *Tveitasenteret*, og jeg sitter her med følelsen av å være den eneste jævla personen som faktisk skal ut å gjøre noe?» Nå ropte han. «Hva faen skjer her? Bullshit!» Han slo knyttnevene i bordplaten så smellet ljomet i briefingrommet.

Linnea viftet med armene for å roe ham ned. «Du er ikke alene. Det er mange, mange Abs inkludert i dette, og d-»

«Og hvor er de, hæ?» avbrøt Jonas. «Hvor i helvete er alle disse såkalte Abs-ene?»

Rødfarge hadde spredd seg i ansiktet til Tony, og leppene lignet tynne streker. Men han forholdt seg taus.

Linnea rundet kateteret og satte seg i stolen ved siden av Jonas. «Alle har forskjellige oppgaver. De fleste jobber *tilsynelatende* solo.» Hun foldet hendene på bordet. «Det er best at dere ikke vet om hverandre – ennå – for anonymitetens skyld. Jo mindre kontakt de forskjellige brikkene har, jo mindre sannsynlighet for å vekke mistanke fra utenforstående. En gruppe mennesker er mer oppsiktsvekkende enn enkeltindivider.»

«Jeg veit hvorfor alle jobber aleine,» hvisket Jonas med smale øyne og en sur geip. «Fordi noe stinker her.»

25

Rommet, på størrelse med et overdimensjonert kott, huset en stol, skrivebord med laptop, en plastblomst, en vannflaske og en dør ut.

Ingenting annet.

«Hvorfor kan jeg ikke sitte ute med de andre kontorarbeiderne?» spurte Ali. En plutselig klaustrofobi kravlet opp innsiden av halsen hans som en langfingret hånd.

Den mørkhårede, uniformerte vakten – 'Angelica' forkynte navneskiltet på skjortebrystet – så dumt på ham. «Bevis at du er til å stole på, så vi ser om det finnes en løsning. Inntil videre sitter du her.»

Hun nærmet seg jerndøren mens fingrene demonstrativt dro i nøkkelkortet festet til en snelle i beltet. Batongen, som hang i en slags slire ved siden av, svingte fram og tilbake for hvert skritt hun tok. «Fine naturbakgrunnsbilder på PC-en hjelper, og beroligende musikk.» Og med dét forduftet hun, smalt døren bak seg. Låsen klikket høylytt – ikke uten en viss bastant autoritet.

Ali tok et dypt åndedrag, lente seg mot den gråmalte, sterile betongveggen. Tenkte på June. Etter den unødvendig brutale og nedverdigende tvangsdusjen en halvtimes tid tidligere, hadde de ikke sett hverandre mer. Kanskje syns han enda litt mer synd på henne enn seg selv, barn og mann som hun jo hadde – og attpåtil trodde de hun var død. Mon tro om lærerkollegene hans hadde fått beskjed om at *han* hadde dødd også? De trengte kun å kaste et halvt blikk på et bilde av den knuste mustangen hans for å godta historien. Ali grøsset. Dunket bakhodet i betongen, festet blikket i taket. Kameraet plassert øverst i hjørnet overrasket ham ikke; tvert imot føltes det som en obligatorisk del av kontorets sparsommelige, cellelignende inventar.

Dere følger med her og. Men hvor nøye?

Han gikk bort til motsatt vegg, stilte seg under ventilasjonsanlegget. Noe ubestemmelig brunfarget, nå størknet, hadde en eller annen gang rent ut av åpningen og nedover veggen. Ali tok sats og hoppet, fikk stukket fingrene innimellom gitteret. Hang i det et par sekunder før de rustne skruene ga etter og løsnet fra sporene sine. Gitteret traff ham i hodet før det skramlet i gulvet.

Umiddelbart hylte en øredøvende alarm plassert over døren. Lampen blinket pulserende og farget rommet blodrødt.

Ali skvatt som en tenåring tatt på fersken på vei ut av huset under en husarrest. Stappet fingrene i ørene for å stenge alarmen ute, tumlet bakover forbi skrivebordet, til han dunket borti veggen lengst vekk fra ulyden.

I neste øyeblikk føk døren opp og vaktkjerringa buste inn. Hun stirret fra ventilasjonsgitteret på gulvet, til hullet oppunder taket, og bort på forskrekkede Ali.

«I helvete!» bjeffet hun, dro batongen ut av sliren som et sverd.

I pur frykt krympet han seg til en ball og skjulte ansiktet under armene idet hun løp mot ham og hamret løs med batongen. Først i siden og mot nyrene, som tvang hendene hans ned, deretter slag i hodet, før hun endte det hele med noen ekstra harde slag mot leggene til han veltet overende på det kalde gulvet. Mørbanket og skjelvende, nær ved å miste bevisstheten, lå han der. Langt vekk hørte han alarmen slukne, lyset i rommet forandret seg fra pulserende rødt tilbake til armaturhvitt. Gjennom tåkete, våte øyne opplevde han vakten som en diffus skikkelse fektende rundt med en svart stokk. Damestemmen bølget utydelig ut og inn av oppmerksomheten.

«Nå kan du bare *drite* i kontorfellesskapet,» sa hun, tuppet ham i magen med støvelen og smalt døren igjen etter seg.

26

Tretti minutter tikket forbi. Med øynene fulgte Jonas hver eneste bil som passerte på E6 ved bensinstasjonen han sto parkert på. Haugevis av trailere hadde kjørt forbi, men ingen med verken fruktblandinger, salatmikser eller milkshakes avbildet på lastevognene.

I det tette mørket, kun avbrutt av de flekkvise lysene fra lyktestolpene på hver side av veien, og det faktum at det hadde begynt å regne, ga ham et heftig adrenalinrush når han trodde en frukt- eller salat-trailer passerte nede på veien. Men hver gang viste det seg å være andre ting. Fargerike logoer til forskjellige selskaper, for eksempel. Eller kanskje bilder av norsk skog eller melkeprodukter fra Q-meieriene. Fruktblandinger var det i alle fall ikke. Blæren hans var sakte men sikkert blitt mer og mer full i takt med regnet som falt i større og større mengder fra den utømmelige, svarte himmelen.

Til slutt *måtte* han bare ta en pissepause. Skrapet av en gammel Volvo 240 fikk stå på tomgang mens han sikksakket seg forbi folk som fylte bensin. Jonas småløp inn på stasjonen, lokaliserte kundedassen og gjorde sitt fornødne i lynfart. Vasket hendene sånn passelig. Nikket til betjeningen, kikket på brusen i kjøleskapene, stirret seg som en paranoid over

skulderen, ut av stasjonens vinduer. *Det går bra.*
Snappet ut en flaske brus og gikk bort til kassen.
Noen unger lekte *sisten* – løp rundt og rundt hyllene
med snacks, mens moren plukket chipsposer,
sjokoladeplater og fylte kaffe fra kaffemaskinen i
hjørnet.

«Det var alt?» spurte gutten bak disken, mens han
fulgte med på de krakilske barna som kontinuerlig
holdt på å rive ned hva som helst.

Jonas nikket. «Yep.»

Gutten bak disken plukket opp brusflasken for å
blippe den, men slapp den rett ned igjen. Et panisk
uttrykk bredte seg utover ansiktet hans idet en av
ungene snublet og dultet borti en meter høy stabel av
colabokser. De veltet som et korthus og ramlet
overende med metalliske og skvulpende lyder om
hverandre. Boksene rullet overalt, barna skrålte av
glede og moren ropte ukvemsord.

Alle kundene glodde. De fleste med alvorlige
rynker mellom øynene, noen fniste ufrivillig, og andre
lot ikke til å bry seg. Jonas var mest opptatt av at han
nå ikke fikk betalt fordi gutten bak disken sprintet
forbi ham og begynte å samle sammen alle de femti-
og-noe colaboksene før de trillet for langt vekk. *Faen
ta.* Jonas gikk bort til gutten og hjalp ham med
boksene for å få det unnagjort kjappere.

«Se hva dere har gjort,» skrek moren til ungene.
«Gå og hjelp mennene med å rydde opp rotet etter

dere nå med én eneste gang!» Hun veivet med hendene fulle av chipsposer og sjokolader.

Gutten ristet på hodet. «Neida, det går fint, det.» Han smilte halvveis. «Bare hold de viltre ungene dine i ro.»

Jonas rakte ham tre bokser som han stablet oppå hverandre.

«Takk.»

«Null stress,» mumlet Jonas og stirret langt etter brusen på disken.

Gutten så opp på folkene som fulgte med. «Beklager dette!» Lavere, henvendt til Jonas, sa han: «Typisk at noe sånt måtte skje akkurat nå mens jeg jobber alene.»

«Jah, det kan du faen meg s-» Jonas bråstoppet midt i setningen. Reiste seg fra gulvet og fikk øye på traileren som kom kjørende opp innkjørselen til bensinstasjonen. *Seriøst!?* hylte tankene hans da han så bildet av bananer og epler som strakte seg langs lastevognen. «Sorry, må stikke,» sa han og spurtet forbi menneskene som klynget seg rundt dem. Bak seg hørte han gutten si takk for hjelpen, og noe annet han ikke fikk med seg fordi han allerede var utenfor. Virret med hodet før han så traileren forsvinne rundt hjørnet mot baksiden av stasjonen.

«Faen!» Jonas beinet til Volvoskrapet, hoppet inn, smalt igjen døren og gasset på.

En rusten folkevogn rygget ut fra en av pumpene – i verdens laveste hastighet. Den sperret veien. Selvfølgelig gjorde den det. Så vidt over rattet stakk en strikkelue med store briller i tykk innfatning, festet til et senilsnøre som hang rundt halsen til en urgammel, skjelvende bestemor som kom til å bruke resten av livet sitt på å få drittbilen vekk.

«Kødder'u?» gaulet Jonas, slo hånden i rattet. «Fløtt deg, gamla!» Han flakket blikket i alle retninger etter alternative utveier, men rundt alle de andre pumpene fylte folk bensin, noen sto og pratet, andre bare hang meningsløst rundt.

Dette var den eneste jævla veien.

Bestemor fant plutselig ut at hun hadde rygget for langt uten å ta en brå nok sving. Bilen humpet et par ganger før hun fant gasspedalen, sneglet seg en halv meter fram, bilen humpet opp og ned noen ganger til, så begynte hun å rygge litt igjen.

Hodet til Jonas var på vei til å eksplodere. Det rykket i armen hans, som ville rive opp døra, hoppe ut og kaste gamla ut av bilen og kjøre den til helvete vekk herfra fort som svarte Satan. I stedet bet han seg i underleppa, vagget fram og tilbake som en sinnssyk pasient i tvangstrøye. *Dette skjer bare ikke. Faen, faen, **faen**!*

Vindusviskerne svisjet og svosjet fram og tilbake flere ganger uten at noe skjedde. Vanndråper traff ruta og ble dratt utover i lange, blanke væskepølser som til slutt oppløste seg, før de ble erstattet av nye vanndråper og prosessen begynte på nytt.

Endelig, etter noe som virket som hundre evigheter ble gamla fornøyd med svingradiusen sin. Hun snudde seg og så på Jonas, smilte koselig, nikket og brummet fornøyd av gårde.

Dyp selvbeherskelse måtte til for å ikke gi henne finger'n. I stedet nikket han tilbake – munnen smilte, men blikket tordnet – og satte gassen i bånn da hun kom seg vekk. Manøvrerte Volvoen forbi alle de andre bilene som sto parkert på de mest håpløse steder rundt om på stasjonen. *Hvordan klarer en forbanna trailer å komme seg fram i denne mikroskopiske labyrinten?*

Bak bensinstasjonen befant pumpene for vogntog seg, men frukttraileren var borte.

Det er ikke for seint enda! Jonas klemte gassen helt ned, motoren brølte, dekkene spant og sprutet vanndammene utover søppelkassene bak stasjonen. Bilen fikk tak og suste ned utkjørselen. Som et jagerfly i lav høyde smatt han inn mellom en taxi og en eller annen sportsbil. Biler i begge felt kjørte om kapp for å nå tigerstaden så fort som overhodet mulig. Selv sinkene råkjørte. Verden var svart, og veibanen speilblank av regnet. Bil- og lyktestolpelys ble reflektert i asfalten, blandet seg med lyset som ga gjenskinn i vannet på vinduene som vindusviskerne iherdig prøvde å holde unna.

Med begge hendene hardt gripende om rattet satt Jonas foroverlent, myste med øynene for å finne frukttraileren i høystakken av lysende hvite, røde og blinkende lys og biler og faen heller! Hjertet dunket like fort som bilen kjørte. *Det er ikke for seint!* Han flippet ned spaken bak rattet, blinket til venstre, kuttet av en som planla å kjøre forbi ham. Jonas skled over i venstrefeltet, presset gasspedalen i bånn. Bilen i sladrespeilet ble mindre og mindre. Andre biler, gjerder, noen busser, lyktestolper, jorder, hus, Plantasjen og Maxbo – alt zoomet forbi som utdratte, utsmørte fargekladder på hver side. Øynene skannet rundt. De hadde kun ett mål.

Der.

Endelig.

To røde lys flyvende en meter over alle de andre lysene åpenbarte seg i den mørke asfalthorisonten.

«Nå,» mumlet Jonas, blinket og tok av til høyre for å utnytte en glippe i trafikken, slik at han kunne kjøre forbi treigingen som putret av gårde foran ham. Blinket til venstre, gjeninntok jakten. Spylte frontruten med spylevæske for å vaske vekk sot og faenskap blandet med regnvannet som viskerne bare dro mer utover glasset heller enn å fjerne det. Spylevæskelukten bredte seg i bilen. Han pustet den gledelig inn.

Kun få meter unna traileren nå. Bananene og eplene var dandert i et slags smilefjes, og det sto noe om å *leve sunnere* i fin løkkeskrift over bildet.

Han sakket farten et par hakk, blinket til høyre, la seg rett bak traileren. Ombestemte seg. Ut til venstre igjen, sakket ned enda mer, og la seg heller bak bilen *bak* traileren. Der, nå. Nå var det bare å cruise etter resten av veien. Han pustet lettet ut, for denne gang, og savnet Silje. Savnet lukten av håret hennes, og de nydelige øynene. Savnet å kjenne hvordan puppene hennes bulte mot brystet hans når de klemte hverandre. Latteren. Han savnet til og med å få seg en real emosjonell overhaling når hun mente han hadde vært dust. Herregud, alt. «Dette er for deg, jenta mi.»

Jonas spratt ut av tankedrømmen ti minutter senere. Traileren tok av til høyre i en av de første rundkjøringene etter at de entret Oslo. Han stirret med et langt blikk etter bilen han hadde ligget bak idet den forsvant videre mot sentrum. Nå lå han neppe mer enn tretti meter bak traileren, og kunne ikke skjule seg bak noen andre.

I neste rundkjøring svingte de til venstre – retning Alnabru. Jonas svelget. Saktnet farten ytterligere, til han lå omtrent femti meter unna det digre kjøretøyet. Høye gnikkelyder hørtes fra vindusviskerne. Regnet hadde stoppet, og nå gned de bare fram og tilbake på et halvtørt vindu. Han skrudde de av med den ene hånden, svingte bilen med den andre.

Mørklagte forretningslokaler og lagerbygninger kun opplyst av ett og annet gatelys passerte i bedagelig hastighet mens traileren kjørte dypere og dypere inn i området. Jonas fikk en akutt følelse av at han måtte stoppe bilen, før det var for sent. Tok av inn på første sidevei, sørget for å få med seg hvor traileren kjørte, og ventet ved veikanten. Fortsatt en stund kunne han se fjernlysenes flombelysning leke seg bortover veggene på butikkene og varehusene den passerte. De to små, røde lysene bakerst på toppen av lastevognen var synlige lenge, helt til traileren forsvant inn på et område med flere lagerbygninger.

Jonas tok et dypt åndedrag, utløste belteselen, og gikk ut av bilen. Strakte seg på tå, men kunne ikke se over haugene av containere, søppelbøtter og annet skrot som lå skjødesløst plassert overalt mellom bygningene. I stedet småjogget han til nærmeste container, festet fingrene på toppen, satte foten på kanten, og løftet seg opp på den. Satte seg på kne midt i det oppsamlede regnvannet på toppen, bannet lavt, og nistirret inn i mørket i retning av traileren. Fjernlysene var avskrudd, men nærlysene levde. Ørene registrerte også den fjerne brummingen fra motoren. Jonas myste for å se detaljene bedre.

Motorduren ble akkompagnert av skrangleyden til en lagerport som åpnet seg. Hvitt lys strømmet fra innsiden og skinte i kjøretøyets glatte overflater. Basert på høyden og bredden til bygningen, antok

Jonas lageret var på størrelse med en gymsal. Flakkende skygger viste seg å tilhøre en person som kom til syne i åpningen. Han veivet med armene. Traileren vendte om, rygget bakenden mot inngangen. Motorduren stoppet. Sjåføren veltet seg ut av traileren. De håndhilste. Umulig å høre hva de snakket om i den konstante svisjingen fra bilene på E6 i det fjerne.

Men hvorfor er det ikke to trailere? Småparanoid stirret Jonas rundt seg. Bare tomme bygninger på alle kanter. Han hoppet ned fra den våte containeren og satte seg i bilen. Rullet ned vinduet for å høre bedre. Vred nøkkelen om i tenningen, ga minimalt med gass – bare akkurat nok til at motoren ikke kvelte seg. Uten å skru på frontlysene krypekjørte han i retning traileren. *Dårlig idé!* ropte tankene, men han ga faen. Hvis alt skar seg ville det være bra å ha bilen så nærme som mulig.

Med nervene i spenn rullet han bilen i null komma én kilometer i timen bortover veien. Småstein og vanndammer slafset under hjulene. Han passerte en malebutikk på den ene siden, og en rørlegger-forretning på den andre siden. Refleksjonen av bilen i butikkvinduene fikk hjertet til å pumpe fortere, men han tvang seg til å holde roen. Neppe mer enn femti meter igjen til traileren. Jonas nikket til seg selv og aksepterte at grensen var nådd. Rolig, rolig trillet han Volvoskrapet inn bak en av de mindre bygningene side om side med malebutikken. Drepte motoren, skulle til å dra ut nøkkelen, men ombestemte seg og lot den stå i tenningen. Gikk ut og dyttet døren forsiktig inntil. Passet på å holde håndtaket oppe før han slapp det ned, så låsen ikke fikk sjansen til å hyle ut en klikkelyd.

Utenfor stirret han tomt inn i veggen, mens bevisstheten gikk helt opp i lydbildet rundt ham. Da hjertet hadde roet seg til en jevn hvilepuls oppfattet han mumling fra stemmer. De spesifikke ordene var fortsatt ikke hørbare, men han skjelnet to manns-stemmer.

Uten å kaste bort mer tid smøg han seg rundt hushjørnet, lusket forbi søppelsekker og tønner fulle av skrot. Klistret seg inntil veggen til det han antok var den nabobygningen til den de nå fraktet 'frukt' inn i. Fingrene gravde opp Abs-mobilen. Veide for og imot før den havnet tilbake i lommen. *Ikke før jeg er helt sikker.* Et slags grin formet seg på leppene hans. *De veit sikkert at jeg er her uansett, svina.*

En ny stemme blandet seg med de to andre. Tett inntil veggen listet Jonas seg de fem meterne til kanten. Der gled han rundt hjørnet og gløttet til høyre. Her fikk han utsyn over både lageret og traileren. Området til venstre, som skilte Alnabru fra E6, var stappfullt av containere plassert med ujevne mellom-rom. Enkelte planter og busker presset seg opp fra bakken blant søppel og skrap. Jonas rynket på nesa.

Kjente det vri seg i magen av en eim i luften som minnet om en gang Silje og han skulle telte i Østmarka, men hvor de plutselig gikk rett på et råttent elgkadaver. Det var umulig å si hvor lenge det hadde ligget der, men det stinket død og fordervelse. Han smøg seg langs veggen. Huket seg ned, gjorde kroppen så liten som mulig, og stakk hodet forbi kanten.

Tre menn i typiske arbeidsklær bar noe som lignet bananesker inn i lagerbygningen.

«Var dette alt?» ropte en av dem fra innsiden av trailertilhengeren.

Den andre, som kom ut av bygningen, harket og spyttet på bakken. «Japp, i denne omgang.» Han stakk hånden på innsiden av jakken og dro ut en tobakkspakke. Fingret med tobakken. Kremtet hardt. Spyttet en gang til. «Men ingen grunn til å juble,» sa han og stappet en tobakksklase i rullepapiret med andre hånden. «Er noen hundre pakker igjen der oppe. Vi holder på til det er ferdig, om det så tar hele natta.»

Den tredje typen kom ut av bygningen, strakk ut hånden. «Har du en ekstra?»

«Klart.»

Tobakkspakken byttet eier. Den nye eieren sa: «Er møkka lei hele opplegget.»

Den andre fikk fyr på rullingsen. Lighterflammen lyste i det skjeggete ansiktet. «Vær glad du ikke jobber der borte.» Han nikket i retning bygningen

Jonas gjemte seg bak. Jonas gjorde seg enda mindre, håpte de ikke hørte grusen knuspre under sålene hans.

«Å, skjer der?» mumlet den tredje mens han overtok lighteren og fyrte opp snabben.

Kort latter. «Sier jeg det må jeg drepe deg.» Mer latter. «Men alvorlig talt, vær glad du ikke jobber der. Vi flytter tross alt bare esker. Mens de der …» sa han, bikket hodet fra side til side uten å fullføre setningen. Ansiktet hans lyste rødt i korte flash hver gang han pattet på røyken.

«Såpass,» mumlet tredjemann.

Den første trampet ut av trailervognen så det ljomet metallisk over industriområdet. «Nei, hva sier dere til en kopp kaffe midt oppi alt stresset, gutter?» Gned hendene sammen. «Det skal jaffal *jeg* ha.»

«Hva med denne?» sa den andre og viftet med røyken.

«Æh, samma det,» mumlet den første, sparket i veggen. «Ingen andre her nå. De fleste har noen timer i senga før hardkjøret fortsetter.» Han pekte på en boks på veggen. «Men lukk døra; det blir bare kaldere og kaldere hver jævla kveld nå.»

«Yessir.»

De subbet inn etter hverandre. Skyvedøra gjentok det skingrende hylet idet den gled ned, kvelte lyset som kom innenfra, og stengte verden ute.

Jonas forsikret seg om at ingen andre var til stede, og listet seg nærmere. Knelte ved veggen til lageret de forsvant inn i. Med nervene i høyspenn, øyne og ører på vidt gap, strakte han seg forsiktig og stirret inn det møkkete vinduet.

Innsiden var, som han først trodde, stor som en gymsal. Nærmeste halvdel fullstappet av esker, kasser og bokser. De fleste med bilder av frukt og grønt, men også en del avbildet elektriske apparater som flatskjermer, bærbare PC-er, og til og med kjøkkenmaskiner som mixmastere og kaffekokere. Eskene var stort sett plassert oppå hverandre i flere meter høye stabler. Den ene av mennene pekte på forskjellige esker og så ut til å prate i ett sett, men Jonas hørte ingenting gjennom glasset. De andre pattet på sigarettene, nikket. Til slutt satte de seg ved et bord midt i hallen, hvor vannkoker og kaffekopper ventet.

I andre halvdel av lageret sto tre trailere oppstilt ved siden av hverandre, med snuta pekende mot en tilsvarende enorm port på motsatt side.

Jonas lente seg mot veggen, forsøkte å kontrollere skjelvingen i lårene. Følte seg *veldig* alene. Han var et skjørt tau tre menneskers skjebne hang i. Grøsset ved tanken. Alnabru var som transformert til en post-apokalyptisk ville vesten-by hvor ingenting hadde overlevd annet enn tomme rønner og søppel.

«Okay,» hvisket han og plukket opp mobilen igjen. Trykket inn *Gjenta*-knappen for å ringe siste brukte nummer.

175

Ett ring. To ring.

Klikk.

«Jonas,» sa stemmen til Tony. *«Endelig. Ser du er på Alnabru. Hva skjer?»*

«Jeg tror knutepunktet er her.»

«Tror?»

«Kommer meg ikke inn i lageret uten å bli sett, så får ikke sjekka innholdet i eskene,» sa Jonas mens han iakttok de kaffedrikkende mennene. «Men jeg kom hit ved å følge en trailer med fruktbilder. De har pakket ut esker og stablet dem i lageret. Kan jeg dra nå?»

«Et øyeblikk.» Tony snakket med noen andre.

Jonas sto og trippet, glodde paranoid rundt seg.

Etter noe som kjentes ut som en evighet, men som nok ikke var mer enn fem-ti sekunder, sa Tony: *«I bagasjerommet til bilen du låner ligger det en aldri så liten pakke myntet på våre kjære biobrikke-entusiaster.»*

«Pakke?»

«Ja, Jonas, en pakke. Denne skal du klistre fast under trailerens hengerfeste. Deretter returnerer du hit.»

«Hva slags jævla pakke?»

«Gjør som jeg sier. Silje og Robin regner med deg.»

Klikk.

Tony var borte, og Jonas ble stående lamslått med mobilen i hånden. *Jeg faen meg visste dette oppdraget stinka verre enn Tysons rasshøl i tiende runde.* Han tygde seg i underleppen. *Hva man ikke gjør for sine elskede.* Uansett hva denne 'pakken' inneholdt, så var den enda et skritt mot friheten.

Med krum rygg spurtet Jonas tilbake til Volvoen. Åpnet bagasjerommet, og ganske riktig, der lå en gaffateipet pappeske på størrelse med en gammeldags walkman. «Helvete,» hvisket han og ristet den. Lyttet, ristet igjen. Umulig å vite. Full av motstridende følelser jogget han tilbake til lagerbygningen. Kikket kjapt inn vinduet for å forsikre seg om at de fortsatt pjattet rundt kaffebordet, og gikk bort til traileren som sto med stumpen mot skyvedøra.

Jonas huket seg ned ved hengerfestet. Stirret på pakken. En påtegnet pil pekte på hjørnet. Med fingerneglen fikk han separert en flik fra plastfilmen som lå klemt fast. Han dro den av. Under var det lim. *Sorry,* tenkte han og klistret pakken skikkelig fast.

Motordur.

Jonas spratt fram og sperret opp ørene. Lyden kom fra den samme veien som førte hit. Han løp forbi skyvedøra, vinduene, hoppet over noen gresstuster, plumpet foten i en gjørmete vanndam, og gjemte seg bak en av de mange containerne ved siden av bygningene.

Igjen stakk den kvalmende eimen i neseborene. Magen boblet og ville tømme innholdet sitt utover bakken, men han nektet å gi etter for impulsen. Han dro hånden over ansiktet og gjennom håret, svelget gang på gang for å holde kvalmen på avstand. Håndflatene svettet og tunga holdt på å tørke ut. Han forbannet drittungene på bensinstasjonen som hindret ham i å kjøpe den brusen.

Bilduren økte i volum. Nå lyste bakken mellom de to bygningene opp. I det neste nå kom en ny trailer til syne, denne uten lastevogn. Den parkerte ved siden av containeren Jonas gjemte seg bak, og sendte flombelysning utover containerlandskapet. Han krøp sammen, kjente musklene stramme seg. Lyset ble avskrudd og motoren stoppet. Døren gled opp. Ut kom en stor, muskuløs mann i mørkegrønn jakke, og caps trukket godt ned over hodet. Bremmen skjulte mesteparten av ansiktet. Noen sekunder sto han stille og speidet rundt seg, som om han drev med noe snusk. Deretter mumlet han noe uforståelig inn i klokken på håndleddet.

Jonas krympet bak containeren, som plast i møte med ild. *Han merker at du er her*, messet tankene konspiratorisk. *Stikk av nå mens du har sjansen.*

En lampe over døren på lagerbygningen på motstående side av den de tre arbeidskarene nå satt og drakk kaffe i, lyste opp. Det klikket i en lås før håndtaket vred om. Døren åpnet seg lydløst. Lyset ble reflektert i en blankpolert skalle som poppet så vidt utenfor dørkarmen, stirret til begge kanter. Så kom hele typen ut. Eller, han var så svær at det så mer ut som om han *tøt* ut av bygningen som klumpete kaviar ut av en altfor trang tube. Ikledd svart dress. De to bjørnemennenes bjørneklør møttes i luften, ristet et par ganger. Ingen smil.

Den i grønn jakke og caps sa: «Jeg er her for ekstralasten. Er den klar?»

Dressmannen nikket. «Selvsagt. Her borte.» En lommelykt sendte en blåhvit lysstrime over plassen.

Til Jonas' totale forskrekkelse gikk de mot *hans* container. Han slapp veggen og nistirret rundt seg etter et nytt gjemmested. Nøyaktig tre sekunder før de rundet hjørnet rakk han å kaste seg bak veggen til en mindre container side om side med den aktuelle. Klemte seg flatt mot veggen og ba en kjapp bønn til en Gud han vel egentlig aldri hadde blitt særlig overbevist om at eksisterte, og holdt pusten.

Dressmannen stoppet, lyttet. «Hørte du det?»

«Hva?»

Etter litt ristet dressen på hodet. «Sikkert ingenting.» Han dunket hånden på containeren. «Dette er da oppsamlingen av ... ja, du vet.» I en noe lavere tone la han til: «Og jeg håper det er den siste.»

«Jeg og,» sa mannen i caps med dyp bass i stemmen. «Men det er det ikke.»

Fikling med en lås, før lyden av pipete hengsler. «Foreslår at du puster inn i jakka, for dette stinker.» Døra gikk helt opp. «Sjekk at alt er korrekt.»

«Mm.»

Et par strakser passerte, så kom han ut igjen. «Fy faen i helvete.»

«Jepp.»

«Alt ser ut til å være i orden – selv om alt er feil,» brummet basstemmen.

Piping i hengsler igjen, og et høyt *klikk* idet døren ble lukket.

«Og papirene?»

«Ligger på kontoret. Bli med inn.»

De trasket mot bygningen igjen.

Jonas ventet til de forsvant inn før han snek seg fram. *Dette må gjøres.* Han tok et dypt, ujevnt åndedrag, gned de svette håndflatene på olabuksen, stirret urolig bakover. *Kom igjen nå.* Dro forsiktig opp containerdøren så det pep ustemt i hengslene.

Da døren var halvveis åpnet slo en flombølge av råtten lukt mot ham. Øyelokkene lukket seg og han snublet instinktivt bakover som om noen hadde slått ham med et balltre. Knakk sammen i knestående, tviholdt kontrollen over kroppen så han ikke skulle spy. Etter noen dype inn- og utpust reiste han seg, stålsatte alle nervene, og nærmet seg den halvåpne døren igjen.

I det svake lyset fra lampen over bygningens inngangsdør bak ham, skimtet han noe som lignet bur med gitter på størrelse med senger. Lyset glimtet i metallet. Motvillig tok han et skritt innenfor, myste for å se bedre, ventet til øynene adapterte til mørket. Sakte vokste forskjellige konturer fram der inne, som et univers skapes av ingenting. Til å begynne med ville ikke hjernen oppfatte hva det var som kom til syne. Det kunne liksom ikke være sant. Men så, etter litt, var det ikke noen vei unna, og det var da han virkelig så det ... så *de*.

Et jenteaktig skrik unnslapp leppene og han tumlet bakover, snublet i sine egne føtter og ramlet overende på bakken utenfor. All psykisk kontroll forsvant. Ut av munnen veltet mageinnholdet endelig, for andre gang på denne uendelige, helvetes dagen. Det plasket i bakken som en bøtte tømmes for lapskaus, blandet seg med grusen og regnvannet. Som i spasmer kastet han opp. Det svimlet for ham, verden snurret rundt. Gravde fingrene i asfalten.

«Faen,» gurglet han gjennom det sure oppkastet, dyttet seg opp i stående stilling med armene. Sjanglet litt fram og tilbake, måtte støtte seg til containeren. Blikket søkte ufrivillig inn i mørket igjen, og konturene av alle kroppene var lettere å se nå. De bare lå der. Hulter til bulter, oppå hverandre.

Med nesen stukket dypt inn i ermet på genseren, kjappet Jonas seg å forevige det groteske synet med mobilen. Magen vrengte seg hver gang telefonblitsen flashet opp innsiden av containeren og opplyste alle de stablede, døde kroppene i skrekkinngytende tydelige detaljer.

Han bråstoppet. Lyder fra inngangsdøren i bygningen. Lynraskt spratt han ut av containeren, dyttet døren igjen så hengslene pep. Lukket den inntil og skrittet bakover.

Mannen med kaps kom ut av bygningen og stirret rett på ham. Selv med bremmen skyggende over mesteparten av det rue ansiktet var lyset over ham nå så kraftig at Jonas dro kjensel på mannen. Fra TV, nyhetene. *Rino Rask.* Militærsjefen. Herregud. En blå søyle av is skjøt inn i brystet hans og blandet seg med alle de andre følelsene som tordnet i den utslitte kroppen og psyken. *Militærsjefen er med på d-*tankerekken ble avbrutt:

«Du der,» ropte Rino. «Stopp!»

Jonas tok beina på nakken og løp for livet.

27

Ali Khalil løftet armene for å beskytte hodet, og dukket i den ubehagelige pinnestolen da vakten Angelica buste inn i kontoret hans igjen.

«Slapp av,» sa hun. Et hyeneaktig smil pirret munnvikene hennes. «Du har jo oppført deg ordentlig siden sist.»

Ali følte seg ikke trygg på henne. Kroppen hans var en ruin av verkende, mørbanket organisk materiale. Lot nakken slappe av ved å senke hodet mot venstre skulder.

Den onde batongen klunket i bordkanten da hun lente seg mot skrivepulten. Foldet armene over brystet, kikket på laptopen hvor noen dialogbokser relatert til hans nye arbeidsstilling krydret skjermen. Smilet bredere. «Godt valg.»

Smerte skjøt ut i alle ansiktets nerveender da Ali hevet et spørrende bryn.

«Bakgrunnsbildet ditt. Skikkelig fint landskap.»

Jada, syke kjerring. Det dystre gryntet han kom med som svar klødde i den tørre halsen.

«Greit,» sa hun, lente seg nærmere, «unnskyld for i stad, okay? Jeg overreagerte kanskje ... litt. Jeg mener, det *kan* jo hende det hadde funka å bare snakke om det, ikke sant. Eller roe. *Noen* mener i hvert fall at man ikke skal behandle nyansatte på den måten.» Hun kastet blikket mot kameraet i hjørnet, pløyde fingrene med nedbitte negler gjennom den mørke hårmanken, og la til i lavere volum: «Heller ikke når de tilhører motstandsgruppa og er tvangsansatt, tydeligvis.»

Ali klarte ikke å dy seg. Selv om hele universet hylte av smerte uansett hva han gjorde, fikk han presset fram: «Hva mener du med 'motstandsgruppa'?»

«Er ikke no' vits å leke dust med meg, okay, Ali?»

«Hva snakker du om? Jeg skjønner ingenting.» Han skjønte virkelig ingenting.

Batongen skrapte mot bordkanten da hun lente seg enda nærmere ham. Håret gynget i takt med bevegelsen og ga fra seg en pære- og epleduft. Opp fra den vide sprekken i skjortekragen dunstet derimot en spiss svetteeim. «Vi veit forbi enhver tvil at du jobber for motstandsgruppa. Praktisk talt *oser* det antibiobrikkesoldat av deg.»

Et eller annet oser av deg også, tenkte han, men sa: «Antibiobrikkesoldat? Hva faen er det?»

Hun himlet med de mørkebrune øynene under lange, sprikende vipper. «Alltid samme regla! Kan dere ikke for en gangs skyld finne på noe mer originalt?»

«Hva får deg til å tro jeg tilhører en motstands-gruppe?» Etter at siste ordet forlot munnen hans, pustet Ali tungt, utslitt etter anstrengelsen det var å tvinge så mye liv ut av det ødelagte legemet sitt. Hodet datt slapt ned mot venstre skulder igjen.

«For det *første*,» sa hun over-oppgitt, som om hun forsøkte å lære en voksen å telle til ti, «prøvde du å redde June Nylund, som jo enten hun veit det eller ikke har blitt selve symbolet på biobrikke-skeptisisme etter alle de kritiske jævla teoriene sine. Hun forgudes jo av alle dere motstandsfolk. Og for det *andre*,» sa hun med to fingre viftende foran trynet hans, «fant vi noen mildt sagt opplysende beviser i hytta du skjulte deg i oppi Finnskogen.»

«Hæ?» Nå skjønte han enda mindre. Rommet krympet i størrelse rundt ham.

Igjen kastet hun et blikk på kameraet i takhjørnet. Ristet på hodet. «Du skjønner det,» sa hun, dro fram en smartfon og flippet pekefingeren rundt på skjermen. «Vi fant nemlig PC-en din der oppe, som lå så fint og venta på oss. Og hva fant vi der, tro? Jo! Dette!» nesten ropte hun, snudde mobilen mot Ali og viste ham flere bilder av en dataskjerm. Alle viste nøyaktig det samme:

Kode.

Mengder på mengder med C++-kode. *Hans* kode. Spionprogrammet hans. Riktignok ikke hundre prosent stabilt ennå, men likevel et ekstremt kraftig program han gjettet ville vise seg nyttig for mange flere enn kun ham selv. En misfornøyd, ubestemmelig lyd boblet i halsen hans.

«Ikke tro vi er så dumme at vi ikke ser sammenhengen her,» fortsatte hun, dyttet mobilskjermen så nær ansiktet hans at han kjente lufttrykket mot øyeeplet. «Du skal være temmelig spesielt interessert for å få til det her.»

«Ja, koden er min. Men det har ingenting med biobrikken å gjøre,» sa han, forsøkte å skyve fokuset på smertene ned i underbevisstheten. «Hvorfor skulle det? Jeg har ingen problemer med samfunns-oppgraderingen. Tvert imot har jeg personlige grunner til å ønske den velkommen med åpne ar-» Raspende hosting kuttet av stemmen hans. Brystet brant. Kroppen var utmattet, og sinnet likeså. Ali ville sove, vekk, bort, forsvinne fra alt.

Vakten skulle til å si noe, så virket det som hun ombestemte seg. Foldet armene over brystet, bikket på hodet. «Okay, la oss leke jeg tror deg, du veit, for *argument's sake*. Da kan du kanskje bevise det ved å hjelpe oss?»

«Så du mener at etter bortføringen og mishandlingen, er det liksom på sin plass at jeg hjelper dere?»

Stumpen hennes vrikket på seg da hun skiftet tyngden fra høyre til venstre bein. Hyenesmilet returnerte. «Tja, hvis du er positiv til biobrikken skjønner du vel greia, eller?»

«Selv om jeg er for teknologisk utvikling, betyr ikke det at jeg er enig i de bedritne metodene dere-»

På nytt avbrøt en hostekule setningen. Lungene sprengte for hver muskelsammentrekning i brystet. Smertetårer fødtes i øyekrokene.

Angelica lente seg over skrivepulten, skjøv den bærbare PC-en unna, og krysset fingrene med albuene lent på bordplaten. Pære-eple-svettelukten dunstet rundt henne. «Jeg har hatt en lang dag. Det har vi alle sammen. Du også.»

«Hva er det egentlig du vil? Jeg sitter jo for faen og jobber med de hersens folkeregistreringsskjemaene allerede.» Ali skar en grimase. *Slipp meg vekk herfra. Orker ikke mer.* Kroppen truet med å skli av stolen og segne om på betonggulvet. *Kanskje jeg bare skal bli liggende der?*

Angelica kremtet. «Jeg kom egentlig bare for å spørre om du kan tenke deg å stige litt i gradene her på huset,» sa hun med den mest fløyelsmyke stemmen hittil. Hyenen forsvant til fordel for pusekatten. «Jeg vil ikke krangle med deg, Ali. Én ting er at du er antibiobrikkesoldat – eller ikke. Og er du *ikke* en del av motstandsgruppa, så er jo det enda bedre! Men i og for seg spiller det ingen rolle fra eller til. For med din programmeringskunnskap er du en vi ønsker å ha med på laget. Og ja, vi kommer til å sørge for at du gjør jobben enten du vil eller ikke, for som du jo nettopp påpekte har vi ingen skrupler når det kommer til samfunnsoppgraderingen. Uansett ser vi jo *helst* at du samarbeider frivillig, ikke sant, Ali?» De tidligere steinharde trekkene hennes smeltet, myknet. Hun la hånden på hodet hans, klappet den forslåtte pannen og stoppet på kinnet.

Selv om han hatet kjerringa klarte han ikke la være å nyte varmen som utsondret fra den myke kvinnehånden. I et stakket sekund forsvant han i følelsen av hud mot hud. Hun strøk ham i ansiktet, krummet fingrene forsiktig, ømt rundt den verkende halsen og nakken.

«Jeg er så sliten,» hvisket han.

«Ser det, Ali. La meg slippe å true deg til å samarbeide. Jeg vil nødig nevne bussen med elevene dine som er på vei tilbake fra klasseturen i Tyskland. Mye bedre å hoppe rett til punktet hvor du bare frivillig samarbeider fordi du *skjønner* at det er til alles felles beste,» kurret hun, fortsatt med silkemyk stemme.

Ali satte pusten fast halsen, sperret opp øynene, ristet bort den forrædersk gode hånden. Selvfølgelig var det ingen vei unna. Hadde han trodd det før, var illusjonen borte nå.

«Greit,» spyttet han. «Hva *faen* vil dere jeg skal gjøre?»

28

Robin forsøkte å berolige moren sin ved å påpeke at verden ikke gikk under bare fordi Roger Ments døde. Men Linda hørte ikke etter. Hun svevde i tankeland, langt vekk. Han syns det var uforståelig at hun ikke bekymret seg mer over å være innlåst på isolat i en hemmelig undergrunnsbase kontrollert av anti-biobrikkesoldater og andre kjipe folk. Han ante ikke hva han kunne gjøre – verken for henne eller seg selv. Forsiktig la han hånden sin over hennes.

«Mamma, snakk til meg, á.»

Linda smilte kort. Store, mørke ringer hadde vokst fram rundt de blåoransje øynene. «Hva vil du jeg skal si, da, vennen min?»

«Veit da faen, jeg, men prøv i hvert fall å *være* her med meg.» Kjapt snudde han hodet mot døren, som ble låst opp fra andre siden.

Tony entret rommet, lot døren stå på gløtt. «Trenger dere noe? Drikke, eller kanskje litt mat?»

Robin skulte på ham mellom det røde, halvkrøllete håret som stakk ut fra under kapsen. Linda fortsatte bare å gjemme blikket i bordflaten.

«Nei vel,» sa Tony, kremtet, dro fram en stol og satte seg. Rettet på dressjakken og foldet hendene over metallbordet i mellom dem. «Robin, stemmer det ikke at du er Norgesmester i spillet *Warrior of Doom*?»

Robin la ikke skjul på overraskelsen over spørsmålet, men endte med å fnyse.

«Ikke?»

«Jo, egentlig, men dreit meg ut på den frivillige utfordringen på slutten.» Bare tanken på det urettferdige opplegget fikk det til å vrenge seg i ham.

«Jeg syns du fortjente å vinne,» sa Tony og blunket kvalmende koselig.

Robin glante på jævelen.

«Ja, jeg så deg spille, og du er udiskutabelt flinkere enn både ditt eget og det andre laget. Skulle ikke mistet førsteplassen.»

«Hva så?»

«Jo, fordi,» fortsatte Tony, «stemmer det ikke også at man flere ganger i løpet av spillet må styre både fly, helikoptre og til og med romskip?»

Robin vred på kapsen så bremmen pekte på skrå. «Ja, åssen det?»

«Ikke bare dét,» fortsatte Tony, «men stemmer det ikke at dette spillet må spilles på virtual reality-konsollen GameSpace, som er mer realistisk enn noen annen tidligere spillkonsoll?»

«Eh ... igjen jo, men hvis du *så* på Norges-mesterskapet, så veit du alt dette,» svarte Robin. Alle de fintfølende, mentale bullshitdetektorene hans slo alarm.

«Spennende,» sa Tony.

Robin bare ristet på hodet.

Den spinkle, men likevel tydelig godt trente mannen lente seg over bordet og dro i et smil som lignet en hyggelig barnehageonkel. «Spesielt i denne meget spesielle situasjonen vi befinner oss i nå. Absolutt veldig spennende.» Tony stirret seg over skulderen, som for å sjekke at ingen fulgte med på samtalen gjennom dørsprekken. Vendte seg tilbake mot sønnen og hans mor. «Robin, hva om jeg forteller deg at vi trenger hjelpen din for å stoppe noen slemme mennesker?»

«*Hjelpe* dere, etter at dere kidnappa oss? Er'u helt på trynet hjernedød el'?» En flokk ustyrlige følelser gnistret og varmet ansiktet hans.

«Ja.» Tony nikket med lukkede øyne, løftet hendene som om han overga seg. «Du har selvfølgelig rett, unge mann. Om jeg skal si det selv må jeg være ganske hjernedød, ja! Det er direkte *uhørt* av meg å komme til deg for å be om hjelp etter alt vi har dratt deg og dine inn i. Men nå forholder det seg faktisk slik at dette ikke er vår skyld – verken deres eller vår.»

«Dette er så visst *deres* skyld,» glefset plutselig Linda. Den skingrende stemmen rikosjerte mellom veggene. «Var det ikke for dere hadde vi fortsatt hatt et vanlig liv, men nå ... nå ...»

«Jeg innrømmer,» medga Tony, «at det kan se ut som vi er fienden her. Enig i det. Men la meg minne dere begge på at vi ikke hadde eksistert var det ikke for at alle verdens land innfører tvangschipping av menneskeheten allerede i morgen. Vår intensjon er ene og alene å forhindre total global overvåkning.»

«Ja, det er jo litt av en måte å overtale folk til å ta del i aksjonen deres på,» sa hun og vippet de røde hårlokkene bak ørene. «Og dessuten, personlig er jeg positiv til biobrikken. Tror det kommer til å gjøre livene våre mye enklere og mer effektive.»

Tony foldet hendene bak hodet, lente seg bakover i stolen. «Vel, Linda, noen ganger vet ikke folk sitt eget beste. Det eneste som er sikkert er at når du først har blitt chippet, er det ingen vei tilbake.» Han sukket og skottet på det digitale vegguret over dørkarmen. «Hør, tiden renner ut. Robin, du må hjelpe oss, og hvis du ikke vil gjøre det for *vår* skyld, så kanskje du kan gjøre det for faren din sin skyld.»

«Hva med han?»

«Han er i en uheldig situasjon akkurat nå, og behøver litt back-up.»

«Ha'kke dere haugevis av drittøffe militærsoldater eller hva faen, á?»

«Jo, men ingen er så flinke til å spille dataspill som deg – selv ikke de 'drittøffe militærsoldatene'.»

Robin skulte uforstående på ham. Forbannelse og frykt kveilet rundt i ham som to rabiate klapperslanger. Likevel kunne han ikke helt benekte den underliggende følelsen av stolthet, selv om han ikke ante hva dette handlet om.

«Greit, la meg illustrere.» Tony trykket på smartklokken og snakket inn i den: «Min-Yun, send inn mini'n.»

En lav durelyd ble fort høyere, før døren svingte opp – tilsynelatende av seg selv. Rolig fløy en mørkegrå, svartstripete drone på størrelse med et middels stort modellfly inn i rommet. Den stoppet rett over bordet, holdt seg svevende på ett punkt i luften som et helikopter.

Linda rykket bakover så stolbeina skrapte ustemt i gulvet, mens Robin bare gapte mot den unektelig sykt fete, flyvende dingsen.

«Enkelt forklart er dette en splitter ny minidrone-modell,» sa Tony med armene i kors. «Produsert av våre egne ingeniører, spesielt designet for kampen mot de som kontrollerer innføringen av biobrikken. Utrustet med alt nødvendig spionasjerelatert utstyr, samt, selvfølgelig, særdeles kraftige våpen. Ikke uventet styres den med en håndkontroller og virtual reality-briller – ja, du vet, nøyaktig som et dataspill. Og vi vet, Robin, at med din ekspertise innen dette feltet er det null problem for deg å kontrollere denne som en ekte *maestro*.» Tony boret blikket sitt inn i Robins sjokkerte øyne, og la til: «Derfor skal *du* styre minidronen for å fjernassistere faren din i oppdraget hans.»

29

I dødsangst spratt Jonas unna da militærsjefen sved av et skudd som plasket i vanndammen en halv meter unna beinet hans.

«Stopp,» bjeffet Rino Rask.

Jonas gurglet noe uforståelig, snublet, men fikk kravlet seg på beina igjen ved hjelp av søppelkassene inntil veggen. Han lente seg mot betongen, huket kroppen ned og reiste seg opp, bøyde seg igjen og fortsatte i et så sikksakkete bevegelsesmønster han kunne, i forsøk på å være en minst mulig stasjonær skyteskive. *Bare noen meter til.* Volvoskrapet ventet like rundt hjørnet.

Splintrede plastfiller og biter av skrap sprutet bak ham idet enda et skudd skingret i ørene. Dette gjennomhullet søppelkassene han nettopp støttet seg på. En følelse av å falle ned et uendelig juv sugde tak i magen, men Jonas stålsatte seg og fortsatte mot bilen.

«Ta'n fra andre siden,» gaulet Rino.

Som en uønsket innvandrer på flukt fra utlendingsdirektoratet sprintet Jonas rundt hjørnet, ignorerte det neste skuddet som boret seg inn i bygningens betongvegg like bak ham, og kastet seg inn i Volvoen. Han takket de ubestemmelige Høye makter for at han var smart nok til å la nøkkelen forbli i tenningen, og vred den rundt i sporet. Vrengte giret i revers, ga gass så hjulene spant regnvåt jord og grus utover. Han rattet febrilsk og svingte bilen i rett retning.

Lysstråler flashet fra andre siden av bygningen. Jonas veddet øret sitt på at det var den dresskledde bjørnemannen som hadde fått tak i en lommelykt.

«Stopp, for helvete.» Rino rundet hjørnet, kom fram på høyre side av bilen, rev tak i passasjerdøren – heldigvis låst. En svart støvel sparket i bilen, før han dengte pistolskjeftet inn i ruten. Vinduet ynket seg under trykket og slo sprekker.

Nå kom typen med lommelykt fram fra det andre hjørnet, ropte et eller annet utydelig til Rino, som svarte med noe tilsvarende uforståelig. Jonas presset gasspedalen i bånn og skjøt som en rusten rakett bortover den mørklagte veien. Noen kuler glefset seg inn i bilens bakdeler, men ingenting kunne stoppe ham fra å flykte nå.

*

Rino bannet da den ukjente Volvoen forsvant i en tåkedusj av gjørme og grus. Ikke en sjans i helvete å ta igjen personen til fots. Baklysene krympet hurtig og sluktes av mørket rundt en lagerbygning lenger vekk. Misfornøyd stappet han pistolen tilbake i skulderhylsteret under militærjakken. Snudde seg mot Ahab – som også hadde vært altfor treg med å få ut fingeren. «Er kameraene i området fortsatt aktive?»

Den andre ristet på hodet. «Nei, jeg koblet de ut for å unngå at nattens leveranser lagres noe sted.»

«Hvor lenge er det siden?»

«Fem-seks timer, kanskje.»

«Faen. Så det er med andre ord ingen måte å finne ut om denne snokende drittungen stakk hodet sitt inn i ekstralastcontaineren.» Rino gikk med lange skritt tilbake til den andre siden.

Igjen et hoderyst. «Tror ikke det,» sa iraneren, mens han fortet seg etter militærsjefen. «Med mindre noen av flyttekarene i lageret så noe.»

Rino tok ett kikk bort på den parkerte traileren foran det motstående lageret – inngangen fortsatt lukket. Åpenbart satt ennå slaskene der inne med kaffekoppene sine. Han gryntet noe sånt som «de har ikke sett en dritt», strente bort til containeren han hadde undersøkt få strakser tidligere.

Hvis dette lekker ut til offentligheten ...

Han nektet å la seg kue av tanken, og irriterte seg grenseløst over at hjertet dunket så inni hampen intenst. «Få den der,» sa han og tok lommelykten fra Ahab. Lot lyset gli over containerdøren. Kun et mikroflash av lyset var nok til at hjernen prosesserte synsinntrykket.

Døren sto på gløtt.

«Vi lukket den ordentlig i stad,» forsikret Ahab.

«Jeg vet. Men vi låste ikke.» Rino møtte blikket til iraneren. «Det betyr at den lille lømmelen har sett innholdet. *Svarte faen!*»

Ahab skrittet uvilkårlig bakover i overraskelse da Rino hamret knyttneven inn i containerdøren så smellet runget over det folketomme Alnabru.

«Hva skal vi gjøre?»

«Slå alarm! Stikk inn igjen, kontakt dine nærmeste overordnede og få dem til å fange opp Volvoen med kameraene før den rekker å komme for langt – med *øyeblikkelig* virkning,» kommanderte Rino.

«Ja visst, sjef. Og du?»

«Tar jeepen der borte. Kanskje jeg rekker å ta igjen jævelen.» Han løp allerede mot den.

«Vent,» ropte iraneren; kastet to nøkler festet til en liten ring etter Rino. «Husk disse.»

Rino fanget dem i luften, så med avsky ned på de små, taggete nøklene, knurret som en bikkje. *Oldtidsteknologi-herk.* Hoppet inn i jeepen, spiddet tenningen med nøkkelen og kjørte ut av området med galskap tordnende i blikket. *Hvor langt har du kommet, svinepels?*

Med én hånds fingre fastklemt rundt rattet, skjøv han jakkeermet oppover armen ved å dytte det mot låret, og blottla smartklokken.

«DVV, for helvete!»

Umiddelbart svarte en robotaktig kvinnestemme: «*Ingen kontakter ved navn 'DVV For Helvete' funnet i kontaktlisten. Vennligst prøv en annen kontakt.*»

Rino var på nippet til å eksplodere av altopp-slukende agitasjon. Manøvrerte jeepen gjennom de våte svingene mellom flere folketomme, mørklagte bygninger. Tok et dypt pust og prøvde igjen: «DVV.»

Det ringte.

Fortsatt intet tegn til Volvoen. Blikket skannet hvert eneste hjørne og hver eneste avstikker han suste forbi, i tilfellet rømlingen prøvde å leke smart. Men ingenting, ennå.

«*Rino?*» lød en kjent stemme fra smartklokken. Egon Kruz.

Militærsjefen trykket inn en digital knapp på dashbordskjermen, koblet samtalen over til bilens høyttalere. «Vi har et enormt jævla problem.»

«Hva skjer?»

«En uventet *gjest* snek seg nettopp inn på mellomstoppet. Jeg kjører for harde livet og prøver å ta han igjen, men ligger nok for langt bak til å rekke det før han kommer seg ut på hovedveien.» Firehjul-strekkeren hoppet en halv meter da Rino rattet for brått i en sving og havnet i en grøft han måtte rå-gasse seg opp fra. Vanndammer sprutet til alle kanter da jeepen traff bakken med halvgod fjæring. «Vi frykter han har vært innom en av containerne og sett *ekstra-lasten* jeg personlig skulle hente nå.»

Et sekunds stillhet fra andre siden av linjen, før: «Oj, da ...»

«Akkurat,» sa Rino, og følte seg ikke stort lettere da han kom til siste avstikkeren før høyresvingen tilbake mot E6, og hadde fortsatt ikke fått øye på rømningspersonen. «Har dere noen ledige patruljer i Alna-, Helsfyr- og eller Haugerudområdet? Alternativt oppover mot Karihaugen og Skjetten?»

Kruz tenkte seg om. «Vanligvis, ja, men nå, i denne hektiske tiden ... ikke godt å si.»

«Finn det ut,» kommanderte Rino – selv om han strengt tatt ikke utrangerte selveste *Kruz*. Han vrengte rattet til høyre så hardt at jeepen skrenset og kappet svingen på midten. Deretter ga han full gass igjen – denne gangen rett mot E6.

«Noen kjennemerker vi kan se etter?»

«Mørket sluker så mange detaljer, men han kjører i hvert fall en gammel Volvo 240, brun. Kanskje skittenoransje. Typen selv, tja,» sa Rino og manet fram flyktige bilder fra den kortvarige jakten etter rømlingen. *Hvordan så han ut, egentlig?* «Jeg tipper ikke under én åttifem høy, blondt kort hår. Hettegenser og olabukse. Finn en patrulje og be dem stoppe *alle* Volvo 240-er. Rapportér i samme sekund dere vet noe.»

Samtalen kuttet samtidig med at Rino saktnet farten ved avkjørselen til E6.

Høyre eller venstre?

Han forbannet hele verden og valgte høyre. Svinepelsen hadde *sikkert* valgt å kjøre innover for å forsvinne i Oslogryta. Rino gnisset tenner, gned seg i øynene og ristet på det verkende hodet. *Er dette en straff fordi samfunnsoppgraderingen er så gjennomført uetisk og råtten?* Han likte det ikke. Ingenting av det. Ikke i det hele tatt. Dårlig samvittighet red ham også. Samtidig var det et faktum at heller ingenting ble det spøtt bedre dersom *ekstralastens* eksistens så dagens lys i de tusen hjem.

Han hadde rett og slett intet annet valg enn å sette en stopper for denne gravalvorlige informasjonslekkasjen.

30

Av alle ting hadde en politibil slått rot omtrent førti meter unna, rett etter at Ali og Angelica ankom Tveita. Diskré skottet han på de to silhuettene i den hvite, gulstripete bilen.

«Drit i dem,» sa Angelica gjennom en munnfull melkesjokolade. Mest sannsynlig slapp hun ikke altfor ofte ut av de sterile korridorene, så nå smattet hun som en unge og smilte.

Ali fortsatte å stirre.

Det skarpe kneppet fra to av fingrene hennes som knipset ga gjenklang i den høyteknologiske Opelen. Hun svelget sjokoladen med en slurk iste. «Jeg veit hva du tenker; bare glem det.»

Han svarte ikke.

Smilet hennes vedvarte. «Nei, de er ikke farlige for oss, fordi ja, vi eier dem.»

Selvfølgelig gjør dere det. Ali sa ingenting. Det minimale håpet som en stakket stund virvlet i magen fordampet.

«Nå, sett i gang,» sa hun, flekket tenner mot sladrespeilet og renset dem for sjokolade med den livlige tungespissen.

Fortsatt taus åpnet Ali laptopen, klikket seg inn i operativsystemet. Koblet seg enkelt opp til Tveita-senterets trådløse nettverk – ikke gjestenettverket, men det passordbeskyttede myntet på ansatte. Han tippet alle som jobbet der hadde gått hjem for dagen, så nettverkstrafikken burde være ikke-eksisterende, eller i verste fall minimal. Og sannsynligheten for at noen datakyndige på hans nivå jobbet på senteret og fulgte med på all innkommende og utgående trafikk var uansett forsvinnende liten.

Angelica slukte i seg siste sjokoladebit, gurglet iste og sa: «Hva skjer?»

«Ingenting akkurat nå.»

«Kjapp deg, Ali, klokka tikker.»

«Det tar den tiden det tar,» svarte han. Fingrene klapret over tastaturet. Tastenes rødfargede bak-belysning dekket fingertuppene med små røde glorier.

«Opprørerne sover ikke i kveld. Det kan du ta deg faen på.»

Ali kikket rundt seg. Med unntak av politibilen og enkelte forbipasserende ungdommer og andre unge voksne, var senteret mørklagt og øde. «Hva får dere til å tro at *dette* er stedet, uansett?»

«Sikre kilder.»

«Sikre kilder, ja,» mumlet han med blikket festet i Dolly Dimples-pizzarestauranten som stakk ut fra det ellers så firkantede senteret som en slags verkebyll pekende mot bilveien. På innsiden satt et ungt par med ansiktene gravd fast i hver sin digre pizzabit, med ostestrenger dinglende fra munn til mat. Ali ignorerte sultfølelsen og magens stillferdige jamring, og fokuserte på PC-skjermen.

Vel inne i senterets nettverk lekte fingrene løpeleken over tastaturet igjen. Forskjellige dialog-bokser, lister og informasjonsbobler spratt fram på skjermen. En tenkelyd vibrerte i halsen hans, leppene strammet seg.

«Hva?» sa Angelica, som nå fiklet med en kikkert-app på smartfonen. «Noe galt?»

Han blåste luft mellom de sammenpressede leppene så kinnene bulte utover. «Njaei. Mulig jeg har snust fram et jævlig effektivt og kryptert, skjult nettverk i nærheten – faktisk i nøyaktig samme området som senteret her, i følge geolokasjonen.»

«Det er *dem.*»

«Kanskje,» sa han og trykket mer.

«Nei, helt sikkert.» Hun knuffet seg forbi rattet og lente seg over girstangen for å se nærmere på PC-skjermen i fanget hans, før hun flirte og ristet på hodet. «Jeg skjønner ikke hva jeg ser på,» sa hun og pekte en finger med nedbitt negl på en dialogboks med hundrevis av bokstaver, tall, tegn og symboler.

«Enkelt forklart er det der muren og vollgraven rundt fortet dems,» sa Ali. «Rimelig sofistikert opplegg.»

«Men klarer du å komme deg inn?» Stemmen blandet seg med kneppelyden av de kjappe taste-trykkene.

«Kanskje, kanskje ikke,» sa han ... men ristet oppgitt på hodet da en advarsel flashet på skjermen. Alle dialogboksene forsvant, akkompagnert av et faretruende *biiiip!*

«Jah, da ble jeg visst kastet ut av portalen.»

«Hva?»

Ali klappet sammen laptopskjermen så det smalt inni bilen. «Drit,» sa han, korset armene og stirret ut mot den skyggelagte politibilen lenger vekk. Pulsen trommet kjappere i tinningene.

«Funker det ikke?»

Han knøt armene enda hardere sammen over brystet. *Jeg må komme meg vekk herfra.*

«Hei, se på meg når jeg snakker til deg!» sa hun, plutselig forvandlet tilbake til den sadistiske kjerringa som få timer tidligere lot ham smake batong på kroppen. «Må jeg ringe og fortelle at det ikke fungerer her?»

Rolig snudde han hodet mot henne, og møtte de harde, brune øynene ispedd striper av blåfarge. «Du må gjøre hva du må gjøre. Jeg kan ikke trylle.»

Usikkerhet strøk over blikket hennes, før et øyebryn hevet seg. «Men, hva med programmet du har laget?»

«Hva med det?»

«Vi veit begge at det er et spionverktøy som er *designa* til å bryte seg inn i lukka systemer.» Hun viftet pekefingeren i retning Tveitasenteret.

«Veit vi det?»

«Vi fant PC-en din, husker du?»

«Ja, og hvis dere virkelig er så smarte at dere forstår programmet mitt, så skjønner dere vel også at det bare er en *beta*-versjon full av bugs og problemer jeg ikke har fått luka ut ennå. Faktisk drepte det jævla programmet både mobilen og nettbrettet mitt under testingen,» buldret den dype stemmen hans. «Dere tror vel ikke noe sånt klarer å hacke seg inn i et nettverk av dette kaliberet?»

«Veit du,» sa Angelica med et slags halvveis tilstedeværende smil på lur i det egentlig ganske pene ansiktet. «Vi tror det fordi det er en fullstappa skolebuss et eller annet sted som akkurat nå er *dødsavhengig* av at det lille filleprogrammet ditt skal klare det. Skjønner du hva jeg sier?» Hun smilte. «Du skjønner hva jeg sier.»

Ali sparket ut med foten så hanskeromlokket spratt opp.

«Ta deg sammen!» Hun fiket til ham med åpen hånd. Den andre hånden løftet seg også, og kom mot ham i full fart, men han snappet tak i den som en kameleon skyter ut tungen sin og fanger fluer midt i luften. Knusende hardt klemte han rundt den lille damehånden som druknet i hans egen, til det sure, overlegne uttrykket hennes ble erstattet av overrasket smerte. Da hun forsøkte å dytte ham bort med den andre hånden, fanget han også den, og dyttet henne uanstrengt inn i førersetet. Seteskinnet knirket under tyngden, og hun ynket seg under styrken hans.

«Nevner du elevene mine igjen, kommer jeg til å-» begynte han, men stoppet da en knoke knakket mot vinduet bak ham. *Å, faen.* Han slapp henne, himlet med øynene og snudde seg rolig mot lyden.

Politiuniformen fylte hele utsynet.

Angelica trykket på en knapp så vinduet rullet gled ned. Kjølig kveldsluft veltet inn og blandet seg med varmen.

Politiuniformen fikk et hode da betjenten bøyde knærne. «Problemer her?»

Stum stirret Ali på Angelica. Han betvilte ikke at hun kunne si *ett* ord, og hele eksistensen hans ville ende. I stedet krøp et glis fram på leppene hennes, noe som fikk det til å vrenge seg i magen hans enda verre enn om hun bare hadde vist litt sunn frykt.

«Neida,» smilte hun. «Vi bare ... lette etter noe som falt på gulvet. Øh, mobilen min ... her er den,» sa hun og veivet med den. «Alt er som det skal.»

Politiuniformen kikket heller lite overbevist fra den ene til den andre, før stemmen til slutt sa: «Da leker vi det.» Ordet *Politi* lyste mot dem da han vendte dem ryggen og tuslet bort til patruljebilen igjen.

Angelica satte seg mer til rette, rettet ut den svarte og hvite skjorten som hadde krøllet seg i uregjerlige folder etter at han moste henne inn i setet. Deretter rev hun av hårstrikken, dro fingrene gjennom det mørkebrune håret. Det danset over skuldrene og ryggen hennes.

«Så dere eier de politifolka der, er det sånn?»

«Ja, det er faktisk sånn.»

Nesten lattermild: «Da skjønner jeg ikke bæret av hvorfor du ikke fortalte sannheten. Hvorfor lyve?»

«Nei,» sa hun, «ting stikker mye dypere enn du fatter, tydeligvis.»

Ali holdt blikket hennes. «Så opplys meg.»

«Kan du ikke bare laste ned spionprogrammet ditt fra en eller annen *sky* som vi begge veit du garantert har lagret det på?» Etter fire sekunder la hun til: «Vær så snill, dette er skikkelig viktig.»

Vær så snill? Frysninger kruste langs ryggraden hans; det var nesten skummelt å høre de ordene fra *hennes* munn. Et eller annet stemte ikke. Han gransket henne mens han fant fram den bærbare datamaskinen igjen. «Du er redd.»

Rykninger forplantet seg rundt de store øynene hennes. «Pøh.» Så fiklet hun fram kikkertapplikasjonen på mobilen igjen. Holdt den opp mot sidevinduet og forstørret skyvedørene til t-banestasjonen tretti-førti meter unna.

Ali lente seg fram, forkortet avstanden mellom dem. Konturene i det mørke ansiktet hans lyste opp av PC-skjermen, mens fingrene jogget over tastaturet uten at han engang fulgte med. «Si meg, hva skjer hvis jeg ikke klarer å bevise at denne mystiske undergrunnsgruppa holder til her?»

«Kan du bare fokusere på jobben din?»

Uten å grave mer, aksepterte han at situasjonen mest sannsynlig var megabedriten for dem begge. Han aksepterte også at overhodet ingen sikkerhet eksisterte med tanke på om programmet verken ville fungere som intendert, eller om det i det hele tatt klarte å komme seg inn i det krypterte nettverket. Nesten urørlig ristet han på hodet, lurte på hvor mange det *egentlig* var som helt frivillig var innblandet i prosessen av å påtvinge samfunnet denne oppgraderingen.

Er vi bare undersåtter, alle sammen? Igjen ristet han svakt på hodet. *Biobrikken er jo et skritt i riktig retning, men hvorfor må det gjøres på denne måten? Hvorfor ikke bare lansere den som et nytt tekno-produkt folk kan ta del i hvis de vil, som alle andre nyvinninger? Den vinner nok fram til slutt uansett, med mindre* ... Ali klikket seg inn i innloggingsportalen til sin egen nettsky, opprettholdt av sine egne servere, slik at ingen andre kunne ta seg inn i den – i alle fall så lenge de ikke hadde sinnssykt lyst og haugevis av hackebasert kunnskap.

En takknemlig følelse fylte ham da innloggingen gikk smertefritt. I det minste fungerte systemet som det skulle. Verre ble det å nå skulle laste ned programmet via en så kvalmt åpen linje som

Tveitasenterets nettverk; selv med passordbeskyttelse var det null sak for den rette personen å fange opp hva som helst som surfet på den digitale strømmen.

Først alle årene med læring av kode, deretter alle månedene med sene nattetimer for å sette ideene sine ut i live, og nå skulle han bare hente hele opplegget ned til en fremmed PC, via et fremmed nettverk. Han lukket øynene, fortalte seg selv at dette gjaldt livene til elevene hans. Kanskje hans eget liv også.

Selv ett eneste menneskeliv er mer verdt enn all teknologi i hele verden. Ironisk, selvsagt, med tanke på at teknologi stort sett lå i bunnen for det meste av verdens død. *Ikke min verden.* Ali gnisset tenner og begynte nedlastingen.

Angelica dultet ham i skulderen, pekte mot t-baneinngangen, hvor skyvedørene gled til hver sin side. «Se.» Med kikkert-appen forstørret hun de som steg ut. Fire menn i svarte kjeledresser gikk foran en rødhåret dame med hengende hode, lutende skuldre. Gjennom mobilskjermens forstørrende linse kunne de uten problemer se det bleke ansiktet og de røde, hovne øynene som røpte at hun nylig hadde grått.

«Kan jo hende de kom med banen fra byen, eller Mortensrud,» prøvde Ali, uten å tro på det selv.

«Yeah right,» fnøs hun. «Og hvor er alle de andre folka som også kom?»

«Men jeg skjønner ikke,» fortsatte han, «hvordan har det seg at dere ikke veit med sikkerhet hvor de kommer fra? Kameraer henger i tunnelene under bakken også – pluss inne på vognene.»

«Ja, men av en eller annen grunn har aldri kameraene på Tveita t-banestasjon fungert ordentlig. Bildet brytes plutselig, tilsynelatende uten grunn. Det samme gjelder kameraene inne på vognene. Ofte kuttes strømmen, eller noe, akkurat idet de stopper på Tveita, som om stedet hjemsøkes av et digitalt, jævla poltergeist,» sa hun, mens fingrene zoomet inn mannen først i rekken. Dyptsittende øyne under gylne hårtjafser som stakk ut fra den svarte luen. Han snakket med håndleddet foran munnen.

«Hmh,» mumlet Ali. Fremdriftsindikatoren på laptopskjermen nådde hundre prosent. Programmet var ferdig nedlastet. Fingertuppene klapret mot tastaturet. Han ba en stille bønn om at ikke enda flere ukjente ustabiliteter plutselig skulle sprette fram og forårsake at maskinen skrudde seg av ... eller noe enda verre.

«Fint om du klarer å finne ut hvem han forreste typen der snakker med i smartklokka si akkurat *nå*,» sa hun og dultet borti ham igjen. Denne gangen med spisse knoker som boret seg inn i overarmen hans.

Ali svarte ikke, men kjappet seg å klikke fram listen over elektriske dingser i området. *Dette går bra. Blir ikke samme tullet som i skauen. Ikke nå.* I motsetning til i Finnskogen var listen lang som et uår her i byen.

«Mulig det er én av alle disse,» sa han og snudde maskinen mot henne. Flippet fort nedover de utallige mobilenhetene, alle med unike navn.

«Å ...»

«Noen idé om hva jeg bør lete etter?»

«Ha'kke pipling,» sa hun og måpte mot listen. «Kan du ikke rangere de etter hvilke telefoner eller lignende som er nærmest oss?»

Gjennom et skjevt smil sa han: «Før eller siden skal jeg jo implementere den funksjonen, men igjen, dette er kun en betaversjon. Men kanskje ...» sa han, flyttet fokuset tilbake på skjermen.

«Men kanskje hva?» Et snev av hysteri blandet seg i tonelyden hennes.

De svartkledde mennene med det etterslepende rødhodet krysset veien, i retning parkeringsplassen vis-à-vis senteret. Dama kastet lange blikk mot politibilen, uten at noen av betjentene inne i den så ut til å bry seg. De virket mest opptatt med å late som de *ikke* observerte Ali og Angelica.

«Vi har jævlig dårlig tid nå,» sa hun, grep tak i skulderen hans og klemte hardt.

«Veit,» svarte han, slet seg ut av grepet hennes og tenkte så hjernecellene nesten kokte over. Teknisk sett *hadde* han programmert spionprogrammet avansert nok til å kunne kalkulere avstanden til enheter som var tilkoblet nettet – samt *aktive* versus alle som sto på *stand by*.

«De slipper unna,» hvisket Angelica. «Se, de går rett mot den svarte kassebilen.»

Ali ignorerte henne.

«Jobb fortere!»

Han flyttet fokuset fra den lysende skjermen i fanget, og glefset: «Så stopp dem, da, hvis det er så forbanna viktig at de ikke stikker av.»

Hendene hennes fór spørrende opp. «Men *hvordan*?»

«Vær kreativ.» Og med dét forsvant fokuset hans inn i skjermen igjen. Tastaturklakkingen fortsatte. *Kom igjen! Kom igjeeen!!*

Angelica snøftet, klorte med seg håndvesken fra baksetet, bykset ut av bilen og smalt døren igjen. Deretter løp hun mot de fire mennene og dama, viftet med hånden høyt over hodet.

Ali registrerte så vidt røykpakken som nesten ble knust i grepet hennes. *Ikke dumt. Nå, gjør som jeg vil, datahelvete!*

På skjermen dukket følgende beskjed opp:

separerer aktive og inaktive enheter
vennligst vent . . .

Rastløst trommet han fingrene både på låret og dashbordet, mens øynene flakket mellom den søkende maskinen og den krasse – men unektelig snertne –

fangevokteren hans. Sekundet før de forsvant inn i varebilen, fikk hun stoppet dem.

På denne avstanden så han ikke nøyaktige ansiktsuttrykk, men stive, raske bevegelser kunne kun bety én ting: De var *ikke* fornøyde med å avbrytes slik. Han med smartklokkesamtalen gående forsøkte å vifte henne bort med irriterte håndbevegelser, mens den rødhåredes reaksjon, derimot, hintet til noe annet.

PC-en lagde endelig en *biiip!*-lyd:

aktive enheter: 13
inaktive enheter: 405

«Hah!» sa han og kastet seg over tastene. *Dette kan faktisk funke.* Tretten dingser å sjekke var ikke all verden, spesielt ikke når han kunne igangsette flere samtidig. De påfølgende dobbeltklikkene hørtes ut som en lang rekke kjemperaske enkeltklikk. I det neste nå spratt det fram dialogbokser til hele skjermen ble tettfylt av informasjon om pågående nettverksaktivitet. *Og takk til DirtyMind64 fra nett-forumet,* tenkte han og lagde en fornøyd lyd da GPS-koordinatene viste seg å være en del av informasjons-pakken. Noen ganger lønte det seg å bruke enkelte ferdigskrevne kodesnutter, selv om man skrev meste-parten selv – som nå.

aktive enheter på følgende begrensede område:
Tveita senter
latitude: 59.913836
longitude:10.84189
akkurat nå: 4

«Genialt,» sa han, lukket alle dialogboksene bortsett fra de fire brennaktuelle. Maskinen han satt på akkurat nå fant han med én gang, uten problem. «Da er denne borte. Og neste i køen eeer ... politiet!» Han så det fordi nettverksbruken gikk i bølger hvor små datapakker overførtes, noe som skilte seg fra informasjonsoverføringen ved telefonsamtaler – hvilket var hva han lette etter nå. Derfor, ikke uten en viss frydefull entusiasme klikket han bort to av de tre resterende boksene.

«Voilà,» klukket han med glede boblende i magen. I den nåværende ekstatiske opplevelsen av å se at programmet – *barnet hans* – fungerte som det skulle, fantes ingen tanker om hvor alvorlig situasjonen faktisk var. I stedet dirret han av interesse da fingertuppen presset ned *Enter*-tasten.

Oppretter forbindelse til enhet ...

Hurtig kastet han et blikk på Angelica og de mistenkte. Eller, mot *Angelica*, nå på vei tilbake, denne gangen med en rykende sigarett i munnen. Med støvlene klakkende i bakken, bikket hun hodet spørrende i Alis retning. Hun ventet på klar bane på andre siden av veien, mens kassebildørene smalt igjen bak henne. Parklysene fikk liv da motoren brummet igang.

«Kom igjen nå, kom igjen, *please*.» Og, som om maskinen bønnhørte ham:

... kobling fullført

Ali hoppet fram i setet. «Jah!» Han trykket seg inn i den fremmedes telefon – eller smartklokke. I et kort tidsrom ville nå alt innholdet på enheten være tilgjengelig for ham. Samtidig snudde han hodet da kassebilen forlot parkeringsområdet og forduftet bak neste sving etter senteret, på vei mot byen. Uten å kaste bort mer tid på å beundre at spionprogrammet fungerte, åpnet han den korrekte koblingen. Laptop-høyttalerne delte samtalen:

«*... etter at leiligheten er totalrenset, drar dere til – ja, du vet hvor?*» sa en lys, skrapende mannsstemme.

En mørk stemme svarte: «*Mm. Ekstrabasen vår i Hau-*»

«*Og der tenker jeg vi sier takk til deg,*» avbrøt den lysere stemmen. «*Ikke verdens smarteste, er du?*»

«*Øh, jeg mente ikke å ...*»

«*Nei, nei, bare husk at Linsen ikke finner på noe smart mens dere venter på-*» ***Tsshh*** «*-ommer

tilbak-» ***Fffp-th-sssh*** *«-leilighete-»* ***K-tsschh ...
psss-tsshh-kth***

Skurringen på linjen overtok all forståelig lyd før programmet informerte:

**tilkobling avbrutt ...
enhet utenfor rekkevidde**

Utslitt, som om han hadde løpt hundremeteren på fem blank, slapp Ali seg bakover i setet, ristet på hodet og hvisket: «Avstanden på den dritten her må forlenges.»

Førerdøren åpnet seg. Angelica datt inn. Kald kveldsluft iblandet lukten av nypåtent røyk fulgte med inn i bilen.

«Så, hvordan gikk det?» sa hun og forsøkte sannsynligvis å virke sjefete, men den bekymringsfulle undertonen var altfor framtredende til at skuespillet fungerte. «Fant du ut noe i det hele tatt?»

«Tja ... jeg har én god nyhet, to dårlige, og en *enda* dårligere nyhet.» Ali strakk fire sprikende fingre i luften.

Et høylytt sukk. «Okay, gi meg den gode først.»

«Jeg klarte på hengende håret å snik-koble meg til linja og fikk avlyttet samtalen til sjåføren. De to dårlige nyhetene er at siden avstandsforbindelsen foreløpig er ekstremt dårlig, mistet jeg tilkoblingen i løpet av veldig kort tid. Resultatet er at vi må komme oss nesten helt *inn* i den hemmelige basen under senteret skal vi klare å fange opp noe av det som foregår der inne.» Ali trakk pusten og lurte på om han bare skulle drite i å fortelle resten.

Lavt, nesten uhørlig, spurte hun: «Og den aller dårligste nyheten?»

«De har visst en ekstrabase nede i byen. Gud veit hva som skjuler seg der.»

«Skulle de dit nå?»

Ali dro på skuldrene. «Veit ikke. Kanskje.»

«Da må vi jo for helvete følge etter dem!» Hun vred om tenningsnøkkelen, sparket gassen i bånn og svidde gummi ut av Tveitasenterområdet.

Politibilen fulgte etter.

31

Linda betraktet gatene som gled forbi i et bedagelig tempo. Kassebilens sotete vinduer skjulte henne fra omverden og misfarget lyset fra gatelyktene. Kroppen gynget fra side til side i takt med uregelmessighetene i asfalten under de kraftige dekkene. De velkjente Osloveiene, fortauene, broene, husene og blokkene – her hun hadde vokst opp og bodd hele livet. Men alt virket fremmed nå. *Truende*, som den øredøvende stillheten i skogen før tordenværet splitter himmelen med søyler av ild.

Hun kastet et blikk på sjåføren ved siden av seg. Han sa ikke et eneste ord, ei heller de tre andre anonyme ansiktene bak i bilen. Alle kledd i svarte kjeledresser, klare til arbeidet som ventet.

Linda gruet seg.

Ikke var den elskede sønnen hennes her, heller. Kun Gud visste hvor Robin befant seg nå, og hva slags vederstyggeligheter de tvang ham til å gjennomføre. En tapper ung mann, var han. *Mye tøffere enn meg.* Og, måtte hun innrømme, sterkere, klokere. *Jeg er bare svak, patetisk.* Sidevinduet klemte kaldt mot pannen hennes. Hun stirret tomt ned på ruglene i fortauskanten som rullet forbi, følte seg hjelpeløs.

«Vi nærmer oss,» opplyste sjåføren.

Selvfølgelig visste hun det.

«Når vi kommer fram vet du hva du skal gjøre, ikke sant?» sa han uten å se på henne.

«Ja,» hvisket hun. Det oppsamlede presset bak øynene sprengte, men hun pustet hardt ut for å lette trykket *den* veien i stedet. Intimkontakten med Roger lå fortsatt friskt i minnet – akkurat som det påfølgende eksplosive helvetet etter at Robin plutselig kom tilbake.

Og *Jonas*, da.

Herregud.

Det svinaktige, nydelige kreket. Halsen snørte seg tettere sammen.

Jeg hater deg.

Men jeg elsker deg.

Etter grønt lys ved broen svingte de til høyre. Rullet inn på sidegaten, og med et rykk stoppet bilen på parkeringsplassen utenfor blokken hennes.

Et eldre ektepar var i ferd med å krøkke seg ut av inngangsdøren med hver sin gåstokk og trillebag.

«Nå,» sa sjåføren.

«Ja, snart.»

«Klokka tikker.»

Linda så på ham, nikket mot gamlingene utenfor. «Jeg kjenner de der.»

Sjåføren gryntet.

Ekteparet sneglet seg bortover fortauet, hakkete som gammeldagse roboter. Linda hadde mest lyst til å rope etter dem at både Robin og hun var tatt i fange, at de måtte ringe politiet, at hele verden måtte få vite om galskapen som foregikk bak lukkede porter, under bakken, bortgjemt og snikete. I stedet åpnet hun bildøren, stakk et bein ut.

«Vent. Her,» sa sjåføren og rakte henne en umoderne klapptelefon. «Ring når det er klart. Kun to nummere finnes i kontaktlista. Mitt er *vaskehjelpen.*»

Med en sitronsur grimase tok hun mobilen, og gikk på bein av gelé inn i oppgangen. Brukte ekstra lang tid oppover trappene, som om ting liksom ble bedre av å drøye dritten.

Hver eneste av naboenes dører gapte mot henne som forgylte portaler inn til velvillige, reddende engler. Trygge leiligheter fulle av klesskap hun kunne gjemme seg i, eller senger hun bare kunne bli liggende skjult under, helt til den svarte kassebilen ikke gadd å vente lenger. Men sannheten var selvfølgelig en annen.

Hadde hun tatt motet til seg og faktisk banket på, og fortalt vedkommende hele historien, ville hun mest sannsynlig fått døren slengt i ansiktet. Slik situasjonen forholdt seg var hun et smittefarlig villdyr de aller fleste ville holde seg unna. Faktisk gjorde de *klokt* i å holde seg unna.

Dessuten, hvem kunne hun banket på hos? Gamle fru Lyngrot i andre, som hadde et hjerte av gull, men som knapt var i stand til å åpne døren på egenhånd?

Eller storfamilien i tredje, som alltid smilte, men aldri ville stoppe for å ta en prat når de møttes i oppgangen – ikke engang da Robin som seksåring lurte på om den jevngamle sønnen deres kunne komme ut og leke? Eller hva med han raringen i fjerde, som stadig kom hjem dritafull midt på natten, og hadde det med å henge over gelenderet i timesvis mens hans plystret melodiene til barnesanger?

Nei, det var ingen hjelp å få.

Da hun nådde femte etasje, stoppet hun foran døren sin. Hodet ble lettere, som om gravitasjonen skiftet. Hun fomlet med nøklene. Vissheten om hva som ventet på innsiden gjorde det vanskelig å treffe nøkkelhullet. Tenk om Roger mot all sannsynlighet hadde våknet til live igjen, og satt nå blødende og forbannet på sengekanten? Eller om han hadde endevendt leiligheten og dratt? *Umulig*, tenkte hun og tvang seg til å stikke nøkkelen i hullet. *Robin skjøt han i bakhodet. Ingen overlever noe sånt.*

Døren gled opp. På innsiden lyste kun en av vegglampene i gangen, pluss en strime av svakt lys som sto ut fra den halvåpne soveromsdøren. Linda støttet hånden mot veggen mens hun listet seg innover. Selv om han utvilsomt ikke levde lenger, lyttet hun, uten å puste. Rolig krummet hun fingrene rundt kanten på soveromsdøren. Kjente det kjølige treverket mot håndflaten idet hun åpnet døren og kikket årvåkent inn.

Midt på gulvet lå han, delvis kamuflert av skyggene fra sengen og kommoden som lampen sto på. Naken, liggende i en pøl av blod som omkranset hodet og overkroppen.

Linda skjulte munnen under hånden – gispet lydløst. Øynene fyltes med tårer. Å se ham sånn, livløs, etter å ha vært så veldig levende for bare få timer siden – faktisk mer levende for henne enn noen annen mann på lang tid; på godt og vondt – var forbi enhver fatteevne.

Hun ville ikke, men klarte ikke annet enn å stille seg ved siden av ham. Den muskuløse overkroppen, de kraftige lårene, den smale midjen. Selv om han var en gæren faen, var han også hennes redningsmann i nødens time; både på den ene og andre måten.

Så klart er det ikke plass til en som deg i livet til en som meg. Men du fortjente ikke dette, Roger. Hun bet seg i underleppen da blikket fikk ferten av pistolen – mordvåpenet – som glinset i det duse lyset omtrent en meter fra hodet hans.

En sterk magnetisme syntes å dra henne mot den dødelige metallgjenstanden. Tenk at Robin var den siste som brukte den; hennes elskede sønns fingre hadde skvist avtrekkeren og dømt Roger til døden. Han kunne skutt ham i armen, beinet eller ryggen, men nei, kula ble plantet midt i *bakhodet*, hvor ingen utvei eksisterte.

Og nå lå pistolen der, som et rødglødende, pumpende faresignal, dynket i fingeravtrykkene til hennes sønn, morderen.

Hun hentet mobilen og ringte *vaskehjelpen*.

«Klart. Kom så fort som mulig.»

32

Jonas trodde aldri den dumdristige ideen kom til å funke. Likevel, da han to minutter senere så jeepen suse forbi det mørklagte verkstedet han parkerte Volvoen bak etter å ha flyktet fra militærsjefen, måtte han rett og slett le.

Uendelig utrolig hell i uhell!

Han hadde gjort alt i sin makt for å kjøre akkurat langt nok unna til at de ikke lenger kunne se billysene, og deretter svippe bakom første og beste bygning, drepe motoren og vente i nervegnissende fryktspenning.

Åpenbart hadde Rino Rask vært altfor stresset til å ta seg tiden med å lete skikkelig i nærområdet før han dro videre. Og – måtte Jonas innrømme for seg selv – hadde han faktisk kjørt videre mot E6, hadde nok Rinos 'ville vesten'-tilnærming båret frukter allerede før Jonas kom seg inn i Oslogryta.

Men jakten var ikke over. Den hadde knapt begynt.

Hvor mange andre er etter meg nå? Eller om en halvtime?

Jonas gnisset tenner, grøsset helt ned i skosålene. Tidsperspektivet så dystert ut. Hvert eneste passerende sekund sendte ham hodestups nærmere slutten på denne ukjente melodien.

Han fant smartfonen, dro tommelen over skjermen og studerte de horrible bildene fra containeren. Var alle containerne som sto der fylt med døde folk? Hvor kom de fra, og hva hadde forårsaket alle disse menneskenes død? Folk i alle aldre, men flest unge. Skitne, nakne, døde. Minner fra bondegården han vokste opp på som guttunge tvang seg fram. Foreldrene drev bygdas mest lukrative slakter-virksomhet den gangen. Hver høst lå avkappede grisedeler strødd i ferskt blodsøl rundt på gården. Og Jonas likte det aldri; hadde alltid dårlig samvittighet overfor de uskyldige vesnene som ble avlet opp kun for å drepes og etes. Alle de bloddryppende, parterte grisene stablet oppå hverandre i påvente av kommende kunder minnet ham uhyggelig mye om likene i containeren. Han kjente magen vrenge seg igjen, men tvang seg ut av assosiasjonsfellen og tilbake inn i nuets klaustrofobiske innestengthet, hvor hvem som helst kunne sprette fram fra hvor som helst for å fange ham. Jonas videresende bildene til Linnea, før han lydløst åpnet bildøren og skrittet ut.

Fuktig kulde slo mot ansiktet. Skosålene skvulpet i gjørmete jord. Med en hånd mot verkstedets bakvegg, listet han seg i retningen han var kommet fra. Lyttet. Susingen fra bilene på E6 lå som et vegg-til-vegg-teppe i lydbildet, og dempet alle lydene som kanskje kom fra området med biobrikketraileren og likcontaineren noen hundre meter unna.

Et gufs av frykt kom over ham da han nådde enden av verkstedet. Veien som skilte det fra neste bygning var neppe mer enn fire-fem meter bred, likevel opplevde han det som et helt hav av potensielle farer. Spesielt lampen øverst på veggen, rett under takrennen, skremte ham. Hvitt lys strakte seg utover og lakkerte stedet i gråtoner og beksvarte skygger.

Jonas så seg til begge sider, forbannet situasjonen, og jogget sammenhuket til neste bygning – en butikk. På innsiden, gjennom de store vinduene, skimtet han hyllemetere med malingspann og pensler. Likevel hadde de paranoide tankene mer interesse av at refleksjonen hans lignet en krokete, forskremt underjordisk skikkelse, og at skyggen hans dro seg utover bakken og så ut som om sjelen forsøkte å stikke av fra kroppen. *Kjører noen forbi nå, er jeg ferdig.* Så fort fingrene buttet borti vindusglasset, smatt han rundt butikkhjørnet og gikk igjen i ett med mørket rundt seg. Han pustet lettet ut, men skvatt da mobilen vibrerte i bukselommen.

«Ja,» hvisket han, hukte seg bak en busk på baksiden av butikken. Greinene knakte og stakk ham i ryggen.

«Hvor tok du de bildene?» spurte stemmen til Linnea.

«Her på Alnabru, der traileren stoppa.»

«Dette er verre enn vi fryktet. Ligger de inne i traileren?»

227

«Nei, det er bare kasser i den. Bildene er fra en av containerne utenfor lageret. Militærsjefen dukka plutselig opp med en trailer uten last, og sjekka innholdet sammen med en annen dude. De dreiv og refererte til det som *ekstralasten*.» Blikket hans flakket kontinuerlig fra side til side. «Jeg tror Rino Rask skulle hente containeren nå i kveld, alene. Skikkelig hysj-hysj-opplegg.»

Linnea sa ingenting.

«Hva gjør jeg?» hvisket han. «Rask jakter på meg og har sikkert satt i gang en diger jævla leteaksjon. Jeg trenger hjelp, for helvete!» Den siste setningen kom ut som halvkvalt hvesing.

Endelig snakket hun igjen: *«Er det noen som vet at du er der nå?»*

Jonas ristet på hodet, selv om hun åpenbart ikke kunne se ham. «Nei, ikke akkurat nå ... tror jeg. Men det varer nok ikke lenge. Faen skal jeg gjøre?»

«Det er gull om du finner ut hvor de frakter containeren etterpå.»

«Men jeg kan jo ikke bare bli her. Vedder på at hele *verden* leter etter meg.» Panikk snurpet sammen halsen hans. Skulle den forbanna kjerringa bare kaste ham til ulvene?

«Du sier ingen vet hvor du er, så det betyr vel at du er like trygg der som noe annet sted. Og uansett,» la hun til, *«vi jobber med saken. Hjelp er på vei. Men ikke kast bort tiden.»*

Samtalen endte.

Verden er en jævla svinesti. Igjen boblet glimt fra barndommens blodige griseslakteropplevelser fram i bakhodet. *Drep eller bli drept.* Med leppene presset hardt sammen, dyttet han mobilen tilbake i bukselommen og snek seg langs butikkveggen i mørket. For hvert skritt skvulpet den gjørmete jorden under skoene.

Fire digre lagerlignende bygninger lå mellom ham og containeren. Fortsatt hørtes ingen lyder fra stedet, og ikke et eneste lys syntes – annet enn fra enkelte lamper som sporadisk hang på en og annen vegg. I tillegg noterte han seg overvåkningskameraene i området, men ingen røde LEDlamper lyste. *Er de avskrudd, alle sammen?*

Jonas kom seg helskinnet fram, smøg seg forbi stedet han parkerte tidligere. Gysninger bølget gjennom ham da oppdaget søppeltønnen Rino hadde skutt hull i. *Det skulle vært meg.* Fem meter lenger bort så han pølen med spy, rett ved siden av slaktercontaineren.

Med hørselen superfokusert på enhver endring i stillheten, klikket han *Record* på mobilen og filmet området. Startet med et utsnitt i retning E6, til venstre. Beveget kameraet rolig mot høyre, til det gled over de ti-femten containerne på den øde plassen. Med nerver i hardspenn skalv hendene ukontrollerbart, og førte til at filmingen ble plagsomt ujevn. Han lente seg mot kanten på veggen for å støtte seg, lot mobilkameraet rotere videre til høyre, slik at linsen først tok inn lageret hvor arbeiderne som bar inn eskene sikkert fortsatt satt og pratet. Så kom traileren ved inngangsporten inn i bildet. Det knøt seg i magen hans ved tanke på den gaffateipede pappesken han hadde klistret fast under hengerfestet.

*Det **kan** jo hende det bare er en slags sporingsenhet ...*

Han svelget tørt. Heller enn å la seg slukes av usikkerhet, fortsatte han å filme videre mot høyre. Biler parkert inntil en annen tilsynelatende tom bygning. Deretter tok bildet inn den lastløse traileren Rino hadde kommet med, som sto ved inngangsdøren til bygningen Jonas nå lente seg mot. Møll flakset rundt lampen over døren. I neste sekund forduftet de.

Døren brå-åpnet seg.

Lynraskt rykket Jonas overkroppen inn bak veggen. Han stakk mobilkameraet akkurat langt nok forbi kanten til å få med den dresskledde mannen som trampet ut. Samme typen som tidligere. Uten tvil. Han snakket høylytt inn i smartklokken på håndleddet:

«-ino jakter på spionen nå.» Dressmannen slengte døren igjen så smellet slo mellom bygningene. «Ikke mer enn ti minutter,» sa han, trampet ned inngangstrappen.

Jonas holdt pusten. Tok et skritt lenger bak veggen, klemte seg *helt* flat mot den.

«Det var for mørkt til å se skiltnummeret,» sa dressmannen og strenet forbi traileren til militærsjefen. «Vet ikke. Se etter uvanlig kjøremønster eller hva faen annet som virker mistenkelig! Jeg må snakke med arbeiderne her,» avsluttet han, passerte traileren med fruktbilder og hamret knyttneven på inngangsporten til varelageret.

Dette er så jævlig gull, tenkte Jonas da dressmannen ble sluppet inn og porten lukket seg bak ham. Jonas skrudde av mobilkameraet. Flakket med blikket fra døren til porten, fra porten til døren, og tilbake igjen. *Hvor lang tid før den svære bjørnen kommer ut igjen?*

Først kjentes det ut som å liksom umerkelig kiles i et eller annet mørkt avlukke i bevisstheten. Jonas løftet seg opp, snudde hodet i forskjellige retninger med øyne og ører på vidt gap. Tyngden til en ambolt traff ham i brystet da det gikk opp for ham at biler var på vei. Han kastet et blikk bakover. Ganske riktig. Et stykke tilbake, omtrent der Volvoen ventet, slukte lys fra billykter i seg det tette mørket.

«*Faaa'an* ...» hvisket han gjennom sammenbitte tenner, huket seg ned og stirret mot lagerporten igjen. Og deretter over på døren dressen hadde kommet ut av. Sanden i timeglasset rant snart ut.

Billysene løp nærmere. Kun et par hundre meter igjen før de belyste området foran ham.

Men kunne det være back-up fra Abs?

Ikke faen.

Jonas forbannet eksistensen. Uten å se seg mer om, løp han ut i lampelyset og opp den fire trinns inngangstrappen. Med hjertet som en tikkende bombe i brystkassen snurpet han tak i dørhåndtaket og smatt inn i den ukjente bygningen.

33

Slatan Estwick satt i sin perfeksjonerte lotusstilling i fred-i-sjelen-rommet. Etter rundt en halvtime med hjernedød 'ååååååmmmm'ing hadde han *endelig* nådd sin ønskede, nærmest myteomspunne bevissthetstilstand. En tilstand guruen han snakket med i India omtalte som 'no mind', og som var ren bliss, ren *væren* hvor følelsen av selvet, egoet, var borte, og subjekt og objekt smeltet sammen til én.

Akkurat nå, i dette skjøre øyeblikket, dansende på kniveggen mellom fortid og framtid, eksisterte ikke personen 'Slatan' – overlege og sjef i DVV – lenger, men kun en perfekt bevissthet som innkapslet, omkranset, og i sannhet *var* selve Eksistensen. Han 'ååååååmmm'et ikke lenger, prøvde ikke å ikke tenke lenger, slet ikke med den gnagende uroen for hva som måtte skje litt senere lenger. Han var simpelthen helt nydelig borte, og samtidig var Livet alt som eksisterte. Bliss. Brahman. Den fundamentale virkelighet.

Jeg har nådd nirvana! konkluderte plutselig hjernen, og med den realisasjonen ble han umiddelbart dratt tilbake til den vanlige virkeligheten sin. Igjen sugd inn i følelsen av å være en begrenset menneskeperson med en fortid og en heller tvilsom framtid. Han slo øynene opp, hvisket med ærefrykt til seg selv: «Jeg klarte det.»

I det neste sekundet gikk det opp for ham at det faktum at han ble klar over at han ikke var *der* mer, betydde nok også at han heller ikke egentlig hadde 'klart det'. Og sekundet etter dét igjen, skylte virkelighetens alvor over ham som en monstrøs syndeflod.

Biobrikken.

Tikk-takk.

«Fysj og æsj,» mumlet han. *Skulle blitt værende i nirvana.*

Som vanlig etter en runde meditasjon reiste han seg og rullet sammen det mandala-lignende, indiske teppet. Dyttet det under kaffebordet, satte på vann-kokeren og gjorde koppen klar med en pose grønn te. Inntok pinnekrakken mens vannet godgjorde seg. Fingrene dro fraværende i barten.

Alt kommer til å endres, for alltid.

Han sukket, prøvde å ikke bry seg om den synkende følelsen i magen. Biobrikken var jo åpenbart en samfunnsmessig godbit i lengden. Men den obligatoriske innføringen ... det var noe ganske annet. Vannet kokte. Han tok av kannen, fylte i koppen. Vannet skvulpet, og dampen dugget til brilleglassene. Mens teposen fikk trekke forsøkte han å finne tilbake til følelsen av bliss som hadde vært allestedsnærværende få sekunder tidligere. Skulle ikke være lett å holde på den tilstanden når ting virret rundt i det mentale rommet, altså. Likevel visste han at den ikke hadde forsvunnet noe sted. Hvordan kunne den? Det var tydelig at blissen var et biprodukt av hans egen *væren*. Den var der alltid, om enn oversett og glemt.

Slatan løftet ut og la teposen på pakningen. Nippet til teen. God, men fortsatt en smule for bitter. Sukker måtte anskaffes til fred-i-sjelen-rommet. Eller kanskje ikke. Kanskje han heller skulle tvinge seg selv til å ha litt *mindre* sukker i alt mulig.

Det banket på.

Hver bidige gang! hylte tankene hans, men munnen visste å være profesjonell, så den sa: «Ja.»

De svarte, runde brillene til sekretæren hans tvang seg inn mellom dørsprekken. «Dr. Estwick,» kvitret hun. «Ja, det er meg igjen.»

Slatan vinket tjuefemåringen inn.

«Nå er de her,» sa Malin, stilte seg rakrygget – og noe stivt – foran overlegen. «Injeksjonsprosessorene.»

Slatan hevet et buskete øyenbryn som sto i hårete kontrast til den blanke issen. «En skikkelig munnfull, det der.»

«De skal gjøre det mulig å pløye gjennom hele befolkningen på en dag eller to, forhåpentligvis. Du må bli med å ta imot en leveranse.»

En trang til å sparke sekretæren ut av rommet meldte seg. Han nikket.

«Nå med én gang, altså.»

«Selvsagt.» Slatan plasserte koppen med den nylagde teen på kaffebordet og ble med ut. Hurtig skrittet de gjennom hvite korridorer med kontorer og møterom på hver side. Endte opp i en heis som suste ned i førsteetasje, bakkenivå. Deretter passerte de flere høysikkerhets-dører og kom til slutt ut i lageret.

Varemottaket var på størrelse med en diger kinosal. Vinduer med automatiserte persienner ruvet på de voldsomme veggene. Månen hang høyt på utsiden, men sølvlyset druknet i flombelysningen fra lysstoffrørene i taket. Et hundretalls mennesker stimet rundt i lokalet, alle med sine spesifikke oppgaver. Seks trailere hadde rygget inn, og ut av dem veltet lagerpersonal med traller fullstappede av esker med klistremerker hvor det med faretruende store bokstaver sto:

FORSIKTIG

Malin vinket en av de tralletrillende medarbeiderne til seg. Han pigget mot dem. Svetteperler piplet fra porene i pannen hans. Smilte sånn passe over-bevisende. «Kan jeg hjelpe dere?»

«Vi skal kontrollere en av eskene,» sa Slatan og løftet en av trallen. På størrelse med en bananeske. Uventet tung.

«Takk,» sa sekretæren, nikket og veivet ham bort.

Han forsvant som oksygen i en flammes nærvær.

Tykke spikere forseglet lokket.

«Noen som har et brekkjern her?» ropte Malin ut i lagermottaket. Den lyse stemmen kuttet skarpt igjennom luften.

En kar som dro i en jekketralle bak en av trailerne hoiet og pekte på veggen noen meter bak dem.

Hun vinket et takk. Slatan gikk med raske skritt til veggen, lot fingrene gli over arbeidsbordene som var plassert der, mens blikket sveipet over verktøyene som hang på verktøytavlene. Nappet til seg brekkjernet og skrittet tilbake til assistenten.

«Nå får vi se,» sa han og la brekkjerntuppen mot sprekken mellom lokket og esken. Sparket til slik at den presset seg mellom, og lente seg over jernet. En skjærende lyd lød idet kraften tvang lokket opp ved å dra de to nærmeste spikrene ut av treverket. Slatan gikk på andre siden og gjentok bevegelsene. Da lokket var løsnet, grep Malin kanten og rev det helt av. Spikrene jamret en siste gang før de slapp.

Slatan stirret ned i et hav av isoporkuler og beskyttende emballasje. Han gravde alt ut av esken så isoporkulene trillet bortover betonggulvet som jumbolopper på flukt fra skadedyrkontrollen. Emballasjen knitret og krøllet seg under føttene deres. Da alt overflødig var fjernet åpenbarte seks mindre bokser seg, stablet to i høyden.

Tolv i alt, altså. Slatan løftet ut en boks og plukket ut innholdet, som var pakket inn i enda mer beskyttende isopor. Til slutt sto han med en maskin i hendene som lignet en høyteknologisk blyantspisser på størrelse med en brødrister. Et display var preget inn over hullet i midten. Slatan snudde rundt på den merkverdige tingesten.

«Så dette er en såkalt injeksjonsprosessor.»

«Jeps,» sa Malin. Pekte på åpningen i midten av prosessoren. «Når armen føres inn her, injiseres biobrikken kjapt og smertefritt. Prosedyren tar i underkant av tre sekunder. Og bak her,» sa hun og la pekefingeren inntil den millimetertynne sprekken på baksiden, «dyttes tech-brettene inn. Ett av gangen.»

«Ja visst,» mumlet Slatan. «Vi stiller altså folkene opp i lange køer som kommer til å fylle korridorene våre, og lar dem stappe armene sine inn i disse. Deretter sender vi dem videre til informasjonsrommene hvor chiprelatert opplysning snarlig følger.» Ansiktet smilte, men magen brummet.

«Hvis prosessorene klarer én person på tre sekunder,» sa Malin og overtok dingsen Slatan holdt i, «og det er relativt god flyt i køen, så kan vi beregne, tja, hva tror du? Ti til tyve sekunder per pers, totalt?»

Overlegen nappet seg i barten. «Muligens. Er vi helt *sinnssykt* effektive kan vi nok klare fem sekunder per, tror jeg ... faktisk.»

Malin nikket, storøyd. «Ikke verst.»

«Ikke verst,» istemte Slatan.

«Greit,» fortsatte hun, «det er per dags dato omtrent seks hundre og femti tusen innbyggere i Oslo, og alle skal innom DVV for chipping.»

Slatan sukket, smilte tamt. «Det blir noen sekunder, ja.»

Malin dro fram smarttelefonen sin. Fingret litt med den. Etter litt kunngjorde hun: «Ganger man 5 med 650.000 får man 3 250.000. *Tre millioner to hundre og femti tusen* sekunder bare for Oslos populasjon, altså.» Etter å ha holdt blikket til Slatan et øyeblikk, brøt hun plutselig ut i en hysterisk latter som pløyde gjennom varemottaket. Alle som jobbet stoppet midt i arbeidet for å lokalisere hvor den gruelige lyden kom fra. Når de etter hvert skjønte hva som foregikk fortsatte mylderet sin vante gang.

Slatans fingre gnikket på den hårløse hodebunnen – *månelandskapet*, som han humoristisk kalte det. «Ja, men vi gjør i stand førti båser for chipping, hvilket bør begrense den samlede tiden noe.»

Etter å ha tørket lattertårene fiklet Malin med mobilen igjen. «Ok. Da ender vi på omtrent 81.250 sekunder. Si cirka 23 timer totalt, da.»

Slatan nikket. Barten kjentes ekstra tung ut.

34

Det metalliske klikket prikket lett i trommehinnene da låsen slo inn. Med tanke på faren for å oppdages var kanskje ikke dette det smarteste trekket. Samtidig var det nettopp frykten for å bli oppdaget som gjorde at Jonas låste døren på innsiden av bygningen. I verste fall ville det være klinkende åpenbart for dressmannen – når han kom tilbake og måtte inn – at noen hadde gått inn og låst døren etter seg. Eller kanskje, i absolutt *beste* fall, hadde dressmannen glemt nøkkelen på innsiden, og kom til å slite med å få den opp.

Ja, eller to sekunder på å bare knuse et jævla vindu og hoppe inn og drepe meg. Jonas bet seg i tungespissen. Jagde vekk angsten ved å fokusere på sanseinntrykkene. *Kun ett vindu i inngangspartiet, og med lukket persienne. Bra.*

Lukt av treverk, spon og Glava fløt inn i neseborene, i tillegg til en vag dunst av noe han antok var aftershaven til dressmannen. Ingen belysning, heller, med unntak av lysstripen som stakk stivt ut av en dør på gløtt innerst i korridoren. Fra samme dørsprekken plukket ørene opp en lav trommerytme. Hiphop, sikkert.

Videre skimtet han kameraet over ytterdøren. *Men ikke no' rødt lys? Avskrudd, kanskje?* Hadde det vært en ekstern ledning ville han revet dritten ut, men denne måtte være bygd inn i selve kamerafestet.

Han småjogget mot lyset og musikken, forbi et par lukkede dører, rundt noen esker med skrap i, og krøp langs veggen de siste meterne før dørgløtten. Holdt pusten og kikket forsiktig inn i rommet.

Tomt.

Jonas slapp pusten. Gikk inn. Ingen vinduer, men ellers et helt typisk verksted- eller byggeplasskontor, med kaffekopper stående rundt – alle dekorert med møkkete fingermerker. På veggene hang påskrevne kalendere og plakater med halvnakne pin-up-damer. En ikke-digital klokke tikket autoritære TIKK TIKK TIKK som blandet seg med hiphop-musikkens rytmiske dunking som oste ut av en gammeldags tivoliradio på den skitne skrivepulten, opplyst av en bordlampe.

«Der, ja,» mumlet Jonas da han fikk ferten av dokumentmappen ved siden av en bærbar PC.

«Hysj, nå,» sa han, skrudde av radioen og stirret paranoid rundt seg. Ingen høye lyder utenfor ennå. Han åpnet den fullstappede dokumentmappen og studerte papirene. Haugevis av skjemaer med felter fylt av obskure ord og tallkombinasjoner. *Container-numre og noe annet, kanskje?* For sikkerhetsskyld knipset han bilder med mobilen. Flyttet på papirene, bladde seg lenger ned i mappen.

«Å, helvete ...» Ark fulle av ansikter med tilhørende navn, personnumre og diverse personalia kom til syne. På siste linje under hvert eneste navn var det stemplet ett ord: *FEILET.* Etterfulgt av *ÅRSAK.* Hvorpå det med håndskrift sto rablet ned forskjellige tilstander, for eksempel: *blodfattig; for lavt blodsukkernivå; hjerteinfarkt; hjernefeil; sviktende muskelfunksjon; ukjent allergisk reaksjon,* og så videre tilsynelatende i det uendelige. Lamslått fortsatte han å knipse bilder, og flippet gjennom side opp og side ned med ukjente folk, alle dokumentert og kartlagt – alle *FEILET.*

Et sug i magen røsket tak i ham. Bildur rett utenfor. De – hvem de enn var – hadde nådd fram.

Jonas stappet smartfonen i buksen og løp ut av kontoret. Lukket døren så korridoren ble mørklagt. Deretter myste han ut av den lukkede persiennen i vinduet.

Varebiler skrenset inn på plassen og parkerte mellom de to trailerne som allerede sto der. Fem militærkledde personer veltet ut av åpningene til hver av bilene, pluss to bikkjer. Automatgevær i hendene. Grimme uttrykk gravert i steinharde ansikter. De stimet til lageret på motsatt side i tydelig disiplinert form, hvor porten åpnet seg. Dressmannens sto i åpningen, hilste på en av militærpersonellet, fektet med armene og forklarte.

Jeg skulle overgitt meg da kun militærsjefen var her. Kanskje jeg bare skal gå ut med henda i været og legge meg langflat nå med én gang? Det fristet, virkelig. Kanskje slapp han unna med litt fengselsstraff og en bot hvis han overga seg her og nå. Rykninger i lårene fortalte at kroppen gladelig ville bære ham ut og gjøre kort prosess. Men så var det Silje, da. Og Robin og Linda og faen i svarte helvete.

«Dritt, dritt, *dritt!*» hviskeropte han bak sammenbitte tenner, og løp tilbake til kontoret. Kanskje han skulle gjemme seg i et av skapene som en jævla gjøk? Og ustyrlig ridd av panikk som han var, dro han opp skapdørene og glodde inn noe han absolutt *ikke* fikk plass i. Derimot var det noe annet der også, som han utrolig nok kanskje *kunne* få plass i, nemlig tre-fire slitte arbeidsjakker, -hansker og verneso.

Okay, dette er så latterlig at det kanskje er genialt! kvekket de flokete tankene idet han rev til seg en mørkeblå arbeidsjakke så hardt at de to andre falt ned. Holdt den opp foran seg, snudde den. En logo for Karlsen & Sønn AS prydet ryggen, men ikke ett ord om *hva* slags geskjeft Karlsen og sønnen hans bedrev. Jonas brettet opp kragen – XL. Flaks. Stappet armene inn i jakken, dro hetten på genseren over kragen, og sparket av seg skateskoene før han plantet føttene ned i verneskoene. Det gikk! Sånn cirka. Litt for små.

«Hah!» sa han da en kaps som sikkert hadde falt ned fra en knagg glimret med sin tilstedeværelse bak skoene. Samme logo også der. Dro den langt ned i pannen, slik at bremmen skjulte øynene så mye som mulig. Til slutt fisket han ut et par hansker som fingrene føk ned i. Han strakk og vred på seg for å komme til rette i de nye klærne som luktet sterkt av treverk og sagspon. Minner fra tiden i siviltjenesten hvor han jobbet på sagbruket til en kamerat av stefaren boblet fram. Første smaken på voksenlivet, og slett ikke en dårlig tid.

I motsetning til nå.

Han levde ikke under illusjonen av at klesfillene på magisk vis ville fungere som skalkeskjul. Dressmannen visste utvilsomt at ingen vanlige arbeidere fartet rundt her nå, selv om en og annen alltids kunne finne på å ta seg en kveldstur – av hvilken som helst grunn. Men man trengte ikke være noen Einstein for å kalkulere seg fram til at den luskende personen i bygningen, utkledd som en av stedets arbeidere, i realiteten var svinet som hadde snoket i likhaugen få minutter tidligere.

Karlsen & Sønn AS deltok garantert ikke i militærsjefen og dressmannens lugubre aktiviteter. *Kanskje dere ikke engang veit at de er her nå. Eller dere veit de er her, men ikke **hva** de driver med. **Eller** dere mottar en god bunke grunker for å se en annen* *vei. Eller, eller ...* En kilende kvalme kravlet nederst i halsen hans.

Han forlot kontoret, gløttet ut mellom persiennens tynne metallflak. Utenfor spredde militærfolkene seg utover plassen. Tre stykker med snusebikkje strente bortover mot containerne, mens andre forsvant hver sin vei. Det han antok var øverstkommanderende og dressmannen forlot porten og kom nå rett mot ham. Han grep tak i korridorens nærmeste, lukkede dør.

Låst.

Bannet og løp til den neste.

Åpen!

Rett før han gikk inn forbannet han seg selv for alle sine motstridende impulser, og låste opp ytterdøren igjen, og spurtet inn gjennom den nye døren. Med et mikroskopisk snev griseflaks kom de bare til å forsvinne inn på kontoret uten noe annet styr.

Han lukket døren bak seg. Smekkelyden ga gjenklang i det tydeligvis enorme lokalet.

Mørkt her også; kun opplyst av lamper utenfor bygningen via digre vinduer som avdekket mengdevis av kasser på rundt to ganger én meter hver. Han myste, men klarte ikke å tyde detaljene. Sagflis og spon lå tett i luftrommet. Uten tvil kom lukten herfra.

Ytterdøren i korridoren utenfor ble åpnet. Selv om Jonas visste det ville komme, støkk angsten i ham. Han la seg på kne og krabbet bak noen av kassene.

Ventet i intens spenningsblandet frykt med hjertet pumpende i halspulsåren og bak pannen. Mørke, stressede stemmer mumlet fra andre siden av veggen, men ingen kom.

«Okay, de gikk bare inn på kontoret,» hvisket han. Ja, han *hvisket* til seg selv, som om en slags naiv trygghetsfølelse fulgte med å høre sin egen stemme.

Jonas våget å reise seg på beina igjen. Slapp pusten og lyttet, men hørte ingenting. Stedet var med andre ord lydtett nok til at brummende mannsstemmer ikke bar gjennom veggen fra kontoret og hit. *Har jeg ulovlig flaks nå, så får jeg være i fred til de gir opp leteaksjonen.*

Militærfolk flakket forbi vinduene utenfor, kun synlige idet de passerte under lyskjeglene. Da de forsvant brukte han mobilen som lommelykt, begynte å saumfare sitt nye skjulested – nøye med å ikke la sitt eget lys ta så mye plass at det kunne ses utenfra.

Planker og verktøy lå hulter til bulter mellom benker og bord i midten av lokalet. Inn mot veggene var gulvet krydret av alle disse digre kassene. Flere steder lå de stablet oppå hverandre, opp til fem-seks i høyden. Han strøk den hanskekledde hånden over toppen av en av dem, kom til kanten, fulgte den ned til hakket som omkranset hele kassen. Mobilen stilte han opp mot veggen ved siden av seg, slik at kassen ble opplyst. Med omhu lirket han fingrene innunder kanten. Et lavmælt «nnngh!» skviste seg ut av gapet hans og bicepsene svulmet da han løftet det uventet tunge lokket. Skjøv det til side, hentet mobilen og lyste ned i den. Tom. Stor og romslig.

Kanskje jeg bare skulle gjemt meg oppi her til det hele er overstå- Og innen han fullførte tankerekken, bruste kvalmende gysninger gjennom kroppen. Alt hang selvfølgelig sammen med alt annet.

«Kister,» hvisket han, dro av seg kapsen og gned hånden over det svetteglatte ansiktet.

Det henger jo ikke på greip. Hvorfor kaste bort så mye tid og gryn på å snekre sammen alle disse boksene bare for å kaste en haug daue folk oppi der, når det er mye enklere å bare brenne dem opp? Lave ritsjelyder hørtes da fingertuppene skrapte i skjeggstubbene på haken. Jonas knipset bilder, selv om han ikke forsto noe som helst. *Kanskje dette ikke er relevant allikevel. Kanskje jeg bare er så himla på bærtur i huet nå at jeg fabler opp konspiratoriske sammenhenger mellom urelaterte saker ...*

Han frøs til is da døren bak ham åpnet seg og hele verden fyltes av lys nøyaktig samtidig med at klikket fra bryteren nådde ørene hans.

«Hva i helvete,» buldret en stemme han hadde hørt før.

I sakte film snudde Jonas hodet med et ufrivillig fårete glis om munnen. «Eh.»

35

Nyhetsfolk fra tv-kanaler som TV2 og TVNorge, samt journalister og kamerafolk fra blant annet Dagbladet, VG og Aftenposten stimet rundt i NRKs TV-studio. Atmosfæren sitret av en anspent, trykkende interesse for hva kveldens direktesending ville bringe av overraskelser og avsløringer rundt biobrikkens inntog dagen etter. Alle som én klistret seg så nær scenen som mulig. Et titalls video-kameraer, mer enn dobbelt så mange mikrofoner, stemmeopptakere og smartfoner siktet på de pent kledde menneskene som diskuterte kveldens hoved-tema.

June Nylund myste mot spotlightene i taket som lyste mot panelet. Hun var nestemann i køen, og sto ved siden av lerretet bak programlederen og gjestene. Et kameracrewmedlem passet på at ingen entret settet for tidlig ved å blokkere inngangen til scenen med sin knoklete arm.

Hun klarte ikke å tenke. Ei heller fikk hun med seg noe som helst av det som foregikk eller ble snakket om bare få meter unna seg. Noe om biobrikkens fabelaktige evne til å koble folk sammen i passende grupper, eller noe.

En bil står utenfor huset ditt gjennom hele sendingen, June, og avventer ordre. Den motbydelige stemmen gjentok seg i hodet hennes, og overskygget alt annet. Kroppen kokte av emosjoner og motstridende impulser. Kontinuerlig tørket hun de svetterennende håndflatene på uniformskjørtet hun måtte bruke. Beina skalv ukontrollerbart, noe som syntes ekstra godt siden det brunbeige skjørtet ikke rakk henne lenger enn til knærne. Føttene, kledd i matchende beige støvletter, nærmest vasset i svette. Om igjen og om igjen forsøkte hun å svelge spytt munnen nektet å produsere.

«Ingenting å uroe deg for,» hvisket kameracrewmannen til henne. «Alle kan bli litt smånervøse før en nasjonalt dekket direktesending som dette.»

Hun tvang fram et stivt smil. *Du skulle bare visst.*

Han fortsatte å følge med på scenen, hvor NRKs nyhetsvert Adriana Molevira snakket med en av landets fremste biobrikke-forskere, Harald Drangsholt. June mente å ha sett ham tidligere, eller i det minste hørt ham på radioen en gang i løpet av det siste året.

«Det stemmer,» nikket Drangsholt. «Med et implantat som BioChip kan vi laste ned ekstrafunksjoner via det innebygde, trådløse nettverket. Blant annet vil vi kunne laste ned en sosial mediaplug-in som lar deg spore mennesker i nærområdet som deler dine interesser.» En munn langt inni buskskjegget smilte åpenhjertig.

«Meget interessant,» sa Molevira, og dro fingrene gjennom det korte, mørkebrune håret. «La oss for eksempel si jeg går en tur i Vigelandsparken, og vil vite om det finnes likesinnede kunstelskere som trasker rundt mens jeg er der. Hvordan vil dette fungere?»

Drangsholt løftet begge hendene foran ansiktet, hver med en finger pekende rett i været, som for å virkelig understreke betydningen det kommende utsagnet. «Før jeg besvarer spørsmålet, må vi først huske at vi foreløpig befinner oss i en slags teknologisk steinalder,» sa han med blikket glidende over alle kameralinsene rundt dem. «Hvilket betyr at de tidlige funksjonene overhodet ikke kan måle seg med de som kommer noen år lenger fram i tid.»

«La meg skyte inn et spørsmål her,» sa Adriana.

«Ja?»

«Betyr dette at biobrikken må byttes ut med jevne mellomrom?»

«Heldigvis ikke. Brikken er laget av biologisk materiale. For å si det enkelt vil den integreres som en naturlig del av menneskekroppen. Når dette først har skjedd, kommer den til å koble seg til de korrekte sentra i hjernen, og styres derfra. Alle framtidige oppgraderinger vil foregå omtrent på samme måte som programvareoppdateringer på datamaskinene våre,» sa Drangsholt og tok en slurk av vannglasset på bordet. Våte fingeravtrykk hang igjen i duggen på glasset. Han tørket fukt fra skjegget. «Mer informasjon gis under morgendagens begivenhet. Pluss, selvfølgelig, på internett. Ok?»

Det kjentes ut som en kvelerslange kveilet seg rundt halsen til June. Hun måtte trekke pusten uutholdelig sakte for ikke å hyperventilere.

Sier du én eneste ting som ødelegger for oss, June ... Det myke kjøttet på innsiden av kinnene knaste under bitestyrken til jekslene mens hun nifokuserte på samtalen som foregikk. Hun *måtte* være oppmerksom på hva de snakket om, skulle hun ha noen som helst mulighet til å besvare potensielle oppfølgings-spørsmål.

Løgn? Kall det hva du vil!

Adriana nikket. De havblå øynene glimtet i skinnet fra spotlightene i taket. «Absolutt ok. Og så var det meg i Vigelandsparken, da.»

«Stemmer!» Drangsholt lo. «I førsteomgang vil din personlige biobrikke være synkronisert med smart-telefonen eller -klokken din, slik at de to enhetene til enhver tid kommuniserer.» Han veivet illustrerende med hendene mens han forklarte. «Nå, mens vi fortsatt befinner oss i steinalderen, vil du mest sannsynlig få opp et Google Maps-kart på mobil-skjermen, hvor mennesker som er registrert med de interessene og preferansene du etterlyser, kommer til å skinne som blinkende flekker på mobilkartet. Kanskje blinker de fortere og fortere jo nærmere du

251

kommer, og du vil trolig kunne finne navnet deres og annen informasjon før du fysisk kontakter dem. Det samme vil de selvsagt kunne gjøre med deg. Om noen år, derimot, forventer vi å produsere linser du putter rett på øynene, som vil plassere et slags holografisk lag *over* det vanlige synet ditt. Her vil du få opp all informasjonen uavhengig av mobiltelefon eller ikke. Jeg ser for meg at det med den teknologien vil være null problem å se utover en folkemengde, og menneskene som matcher dine søkepreferanser vil få fargeskyer – i mangel av bedre ord – med inkludert informasjonstekst svevende over seg i sanntid, slik at du enkelt ser dem. For mange av dere høres dette kanskje merkverdig ut, men for den yngre garde, som er vant til dataspill, vet jeg det er fullt forståelig.» Drangsholt hadde tydeligvis vært så ivrig med forklaringen at han glemte å trekke pusten. Nå gulpet han en hel liter oksygen ned på én gang.

Adriana satt mildt sjokkert og lyttet. «Ja, det får'n si. Må innrømme det høres spennende ut.»

Drangsholt nikket med store hodevrikk, tenner synlige inni skjegget og begge øyebrynene høyt løftet i pannen. «Ingenting, Molevira, er mer spennende akkurat nå!»

Klokken tikket. June så seg rundt, men håpte hun klarte å holde den paniske frykten unna blikket sitt. Hun måtte vekk herfra, på en eller annen måte. Hun måtte vekk, og *samtidig* overbevise jævlene om å ikke skade hennes elskede familie. Men *hvordan*? Blodsmak krøp inn i smaksløkene i tungen; den myke huden i munnen tålte kun så mye før den revnet.

«Men,» sa Adriana i et dalende tonefall. Denne gangen henvendte hun seg direkte til kameraene – *de der hjemme*. «Baksiden av denne teknologiske visjonen reiser også en hel del spørsmål, som jeg vet mange brenner etter å vite mer om.» Med et skulderrist gjorde hun tegn til at Drangsholts tid var ute.

Panikken prikket i ansiktet til June. Hun virret rundt med hodet, tok et skritt bakover, bort fra scenegulvet og den blokkerende armen til crewmedlemmet, men tråkket bare på skotuppen til personen bak. Kjapt snudde hun seg og hvisket et «unnskyld».

Blikket hennes fant det barberte hodet delvis skjult av studiolyset foran scenen. Gregor. Han som overtok jobben med å observere henne etter at Jason fikk en viktigere jobb, og som hadde ført henne hit. Han sto med sitt eget kamera og representerte en fiktiv lokalavis. Stirret dødbringende på henne – slik Satan selv kanskje ville stirret hvis man var fanget i et hjørne og vurderte fluktmulighetene. *Å stikke av er håpløst, lille pike.* June ville skrike, hyle. I stedet sto hun lydig på plassen sin. Frysninger spiddet kroppen da Adriana Molevira fortsatte:

«I så henseende er det passende å snakke med en av Norges fremste professorer i sosiologi, som blant annet har skrevet den samfunnskritiske boken *Staten – Herre eller tjener?*. Jeg er sikker på at hun har noen kloke ord og interessante perspektiver å bidra med nå på tampen av samfunnsoppgraderingen.» Adriana viftet kom-hit-bevegelser med armen. «Da takker vi for at Harald Drangsholt tok seg tid til å dele noen ord med oss, og så ønsker vi June Nylund velkommen i studio. Vær så god!»

«Dette går så bra, så,» hvisket crewmedlemmet i øret til June idet han dyttet henne vennskapelig inn på scenegulvet. Flombelysningen slukte henne.

36

Ali og Angelica hadde skygget kassebilen fra Tveitasenteret og ned til Oslogryta. Nå sto de parkert bak en container. Den unge damen som ikke ville bli med inn i kassebilen sammen med de svartkledde dressmennene, kom nå ut igjen av boligblokken. Ansiktet hennes om mulig enda blekere nå enn da hun forsvant inn femten minutter tidligere. En av dressene slapp henne inn. Hun satte seg rett på gulvet i bilen, med beina ut av åpningen, begravde ansiktet i hendene og gråt. Ali la merke til røde flekker på buksa hennes, gnidd utover knærne. De små hårene i nakken hans reiste seg ved synet, selv om han ikke ante hva som foregikk på innsiden av blokken.

Angelica fulgte med gjennom kikkert-appen. «Hva tror du?»

«Bare at noe kjipt driver og skjer der borte.» Han klødde seg i nakken for å roe ned bølgene av grøsninger. Igjen gikk tankene til June. Faen som han lengtet etter synet av henne. Om ikke annet så bare for å forsikre seg om at hun ikke gjennomgikk tilsvarende bedritne ting som ham selv, omringet av svarte dresser. For ikke å snakke om snokesnuten som hadde holdt jevn avstand hele veien. Og nå satt de der, urørlige som voksdukker, evig tilstedeværende i sladrespeilet, og minnet ham kontinuerlig om marerittet han befant seg i. Omgivelsene forandret seg rundt ham, men i realiteten var han kun en rotte i et løpehjul.

«Tror dette er en blindvei,» sa Angelica. «Helt krystallklart at dette ikke er den ekstrabasen de snakka om, i hvert fall.» Hun la fra seg telefonen, dro hendene over ansiktet og håret, blåste luft ut av munnen. «Vi skulle heller vært på Tveita til styrkene våre kommer.»

«Sier du det.» Ali rynket på nesa av den stikkende svettelukten som oste ut fra sprekkene i klærne hennes.

«Tror *du* dette er fruktbart?»

Han bet i seg ukvemsordene; gjentok for seg selv at han ikke hadde annet valg enn å samarbeide. «Tiden vil vise.»

«Vi har ikke tid. Og ikke bare sitt der som en annen apekatt; hack telefonene dems eller noe, da!»

Mest sannsynlig framprovoserte situasjonen den uventede emosjonen, da Ali vanligvis aldri brydde seg om slikt, men her og nå spredde vrede seg i brystet hans som et glødende svijern. Med *hodet* forsto han at rasisme ikke skjulte seg bak utsagnet hennes. Likevel måtte han bite tennene sammen, holde fokuset låst på viktigheten av samarbeids-villighet – for elevenes skyld … og June – og vendte det andre kinnet til. Forble taus.

«Hallo, er du der? Få fram data'n,» sa hun og fektet med hendene opp i ansiktet hans.

«Se, nå drar de.» Han nikket mot kassebilen, hvor alle hadde forsvunnet inn, og skyvedøren smalt igjen. Motoren ble ruset i gang, frontlyktene malte murveggen foran seg i kremfargede, diffuse sirkler. Bilen rygget unna fortauskanten, gjorde helomvending på den smale veien, akselererte og passerte dem før Angelica rakk å reagere.

«Fitte!» utbrøt hun, sparket i gang bilen og snurret rattet hurtig rundt med overdrevne bevegelser.

Ali skottet bort på henne med hevet øyebryn og et slags ufrivillig smil. Det praktisk talt bugnet av saftige uttrykk i den søte munnen hennes, noe som for øvrig sto i god stil til den brutale bevisstheten som levde i henne. Store deler av kroppen hans verket og banket smertefullt, fortsatt nesten like heftig som for noen timer siden, da hun buste inn på 'kontoret' hans med batongen stilt inn på mørbanke-modus.

Tankene hans fikk andre ting å henge fingrene i da Angelica overgikk kassebilens fartsprestasjoner for å holde følge med den. Hun behandlet kjøretøyet som batongen sin. Dekkene hylte mot asfalten da bilen skrenset ut på hovedveien og pløyde over lyskrysset – etter at det skiftet til rødt. En av ungdommene på vei ut i fotgjengerfeltet ble med nød reddet tilbake inn på fortauet av vennene.

«Kanskje ta det litt med ro, eller?» sa han. Samtidig klarte han ikke å *ikke* fryde seg over at politiet i sladrespeilet ikke maktet å holde følge. De ble fanget av det røde lyset og gruppen med ung- dommer som begynte å slepe seg tregt over overgangsfeltet. Men når alt kom til alt var det umulig å vite om han var tryggest med eller uten snuten i nærheten, uansett hvor kjøpt og betalt de var.

«Når de stikker av i en sånn helvetes fart?» ropte det rabiate kvinnemennesket i førersetet. «Ikke Satan!»

Han observerte at kassebilens kjøremønster endret seg. De virret mer, så det ut til. «Jeg gjentar: Hva med å roe'n et par hakk, så det ikke er så tydelig at vi følger etter dem?»

En grimase dro munnvikene hennes nedover, og en motvillig lyd hørtes fra dypet av halsen, før hun løsnet litt av trykket på gasspedalen.

«Viktigere å finne ut hvor ekstrabasen er, enn å få utløp for stresseemosjonene dine,» sa han og dultet henne liksom-moroklumpete i skulderen, bare for å forsterke illusjonen av at han 'var med på laget'.

Kassebilens kjøremønster så ut til å stabiliseres igjen, etter hvert som den fikk slakkere tøyler.

«Se, det hjalp med en gang.»

«M-hmmm,» sa hun. Fingrene strammet seg rundt rattet, og svettedråpene i ansiktet hennes glinset i lyset fra gatelyktene som passerte utenfor.

De fulgte kassebilen til sentrum. Forbi Oslo City, videre til Brugata og passerte Eventyrbrua ved Akerselva, helt til den smatt inn mellom noen falleferdige bygninger. Angelica skulle til å svinge av etter den, men Ali lente seg over girstangen, grep rattet og styrte bilen videre framover.

«Hva faen gjør du?» Angelica prøvde å dytte ham bort.

«Skjønner du ikke noe som helst? Kjører du etter dem inn der er det *over* med oss,» glefset han tilbake, og slapp rattet først når de la innkjørselen bak seg. «Ta heller av her. Bak containeren der, for eksempel.»

Hun gjorde som han sa, men så fort motoren sluknet og de forsikret seg om at ingen hadde sett noe, dro hun fram pistolen og siktet der i øyeeplet hans. «Hvis du prøver å ta kontrollen én gang til, kommer det til å være temmelig samme faen hva slags *andre* farer som lurer der ute, for da knerter jeg deg selv. Er det forstått?»

«Blir vi plutselig omringa av hundre biobrikke-hatende gærninger, får du ikke muligheten til å knerte noen som helst.» På pur faen trosset han dødsfrykten og dyttet pannen inntil pistolløpet. For å virkelig spytte på autoriteten hennes, la han til: «Er *det* forstått?»

Slaget kom kjapt. Skjeftet traff et allerede hovent punkt etter mørbanken han mottok tidligere på dagen.

Nå sprakk huden over venstre øyebryn, og slagkraften sendte hodet i en halvsirkel rundt sin egen akse. Han skallet i dashbordet.

Angelica sukket overdramatisk. Gnikket ferskt blod fra pistolskjeftet med jakkeermet. «Se hva du fikk meg til å gjøre.» Hun gikk ut og rundet bilen. Røsket opp passasjerdøren, gravde fingrene med de nedbitte neglene inn i genseren hans, og slet i den for å få ham ut av bilen. «Ta med laptopen og kom.»

Alt fra kirkeklokker til fuglekvitter jamret inni hodet hans etter slaget. Svimmel, famlet han med hendene for å støtte seg, men klarte ikke. I stedet hektet beinet seg fast i dørkarmen, og han snublet ut av bilen og ned på asfalten.

Med håndflatene i den rue asfalten, lente han hodet mot bildøren og hvisket: «Psykopathurpe.» Mishandlingen bragte fram snutter fra barndommens grusomme opplevelser. Igjen opplevde han moren og lillesøsteren liggende urørlige på kjøkkengulvet, badet i svartrøde bloddammer. En liten gutt uten noen å rope om hjelp til. Pusten gikk i ujevne drag. Han strammet magemusklene for å holde de inne, tårene. Klumpen i brystet truet med å knekke stå-på-viljen. Selv etter alle disse årene var han fortsatt like alene som den dagen.

«Hva sa du?» Angelica sparket ham i siden. «Reis deg og kom!»

«Jadaaa,» presset han fram, brukte bilen som stige for å klatre seg tilbake opp i stående stilling. Tok med PCen og hinket etter henne der hun løp krokrygget nedover fortauet. Var det ikke for elevene hans, hadde han banket faen ut av kjerringa, og stukket av; forsvunnet i byens mørke avkroker og sneket seg hjem.

Kveldsluften klarnet tankene noe, men ringingen i ørene etter slaget gjorde det vanskelig å høre hva som foregikk rundt ham. Kunne han være sikker, eller *var* det faktisk så stille som de brusende ørene skulle ha det til? Knasing i gråstein, hørte han. Helikopterlyder langt vekk, hørte han også, men tilsynelatende ingenting rett i nærheten. Kroppsholdningen til Angelica viste heller ingen tegn til at hun hørte noe.

Ved veikanten der kassebilene tok av, stoppet hun ved hjørnet av bygningen. Hukte seg ned med begge hendene klamret til pistolen. Snudde seg mot Ali med et blikk som beordret stillhet – som om hun behøvde å fortelle *ham* det – og bikket hodet rundt hjørnet.

«Se,» hvisket hun. «Rolig.»

Lydløst krabbet han på alle fire ved siden av henne, og smøg seg akkurat langt nok fram til at øynene poppet forbi kanten.

Hendig skjult i et klede av mørke i det lysfattige området mellom to gatelykter omtrent tretti meter unna, så han kassebilen. Parkert i enden av bygningen med stumpen vendt mot dem. Skyvedøren på førersiden sto på vid vegg, og de svartkledde, alvorlige figurene fra Tveita stimet utenfor. Et rødglødende sigarettøye delte farge med lyset til to mobiltelefonskjermer som virret i luften.

Han så den rødhårede dama hilse på en annen dame – denne også svartkledd, som de fire mennene. De snakket lavt sammen, umulig å fange opp annet enn svak summing. Ali myste for å se bedre, men skallebanken og øresusen skapte på en måte et slags slør også for øynene.

«Hack dem!» hvisket Angelica så høyt at det hørtes ut som slangehvesing.

«Nå?» spurte han, skjøv seg bakover igjen.

«Ja.»

«Er du klar over hvor mange mobilnettverk og enheter som surrer rundt i dette området?» hveste han tilbake.

«Gjør som jeg sier!» Hun fektet med pistolen mot laptopen på bakken.

Ali avfeide trangen til å slå henne helseløs med maskinen. Åpnet i stedet lokket. Prosessoren surret i gang, skjermen fikk liv med følgende tekst:

VELKOMMEN

Velkomstmelodien spiltes av så høyt og uventet at det i den nåværende situasjonen virket som maskinen eksploderte mellom hendene hans. Et forskrekket hikst unnslapp og Ali kastet seg over laptopen, smalt igjen lokket og dyttet dingsen innunder hettegenseren mens melodien gjorde seg ferdig.

Angelica satt fastfrosset i et skrekkslagent, lydløst hyl, med blikket flakkende til alle kanter.

Da tjue sekunder passerte og ingenting skjedde, sank roen over dem igjen. Ali dristet seg til å hente fram maskinen.

«Ett sånt stunt til og det er over ut med deg,» hvisket hun – som om det var *hans* skyld at dataprodusenten hadde programmert inn den tåpelige velkomstmelodien før operativsystemet fikk kjørt seg i gang.

Så stille som mulig lot han fingrene trippe over tastaturet, åpnet terminalen og søkte etter alle nettverkene i nærheten, samt dingsene som utvekslet data via dem.

«Nå …?»

Ali ignorerte det og fokuserte på oppgaven. Med en smart, liten kommando listet han opp nettverkene i rekkefølge etter hvilke som overførte mest informasjon i sekundet. Deretter ble det rimelig klart hvilket som mest sannsynlig tilhørte antibiobrikke-soldatene. Med neste tastetrykk logget han seg inn med VPS, og beordret maskinen om å bryte seg inn i nettverket i et skalkeskjul av å befinne seg i Japan.

Knapt et sekund etter at nakkehårene hans plutselig reiste seg, dukket våpen båret av svartkledde skikkelser opp bak dem.

«Da var det slutt på leken, gutter og jenter,» sa en av soldatene. «Legg fra dere våpen og PC, og bli med oss.» Militærstøvler trampet og omringet dem.

Uten å nøle adlød Ali. Kanskje ble alt bedre nå, tross alt. *Kanskje min fiendes fiende er min venn.* Pistolen til Angelica falt på asfalten, og nakkehårene hans vibrerte igjen. *Men noen ganger er min fiendes fiende fortsatt bare en forbanna fiende.*

37

Jonas klarte ikke å tvinge kroppen av flekken da dressmannen trampet inn i rommet, stilte seg bredbeint og plasserte hendene på hoftene. Snudde seg mot den andre som tøt inn etter ham. «Vi har en rotte her, general.»

Tykke støvelsåler dundret i gulvet, akkompagnert av røyk- og svettelukt. «En rotte, ja.» Stemmen til generalen var rusten, og det så ut til at leddene hans trengte smøring. Han dyttet det grovskårne, rettkantede åsynet sitt opp i Jonas' ansikt. Studerte kapsen med mysende øyne. «Karlsen & Sønn AS,» leste han høyt. Pupillene brant seg fast i Jonas' dirrende blikk. «Er du *sønnen*, da eller?»

«Øhm …» Jonas fikk presset gjennom en beskjed til hjernen om å riste svakt på hodet. Så skled et fårete glis fram. «Ikke akkurat.»

«Ikke akkurat,» repeterte generalen. Dultet den digre dresskledde iraneren i skulderen. «Ahab, hva tror du?»

Med fokus på å holde det uskyldige gliset gående, klarte Jonas så vidt å motstå flukt-responsen da skulderen hans ble begravd i en abnormalt stor hånd som plutselig spratt fram og røsket tak. Ahab dro ham inntil seg og løftet ham – *opp* – til bakkekontakten forsvant og føttene dinglet i løs luft. Kapsen datt av, flappet livløst langs ryggen og stilnet på gulvet.

«Hvem er du?»

Med beina flaksende tyve centimeter over bakken klarte han ikke å tenke. «J-jonas,» svarte han. «Bare, øh, lille Jonas, heh …» Gliset begynte å nå tegneserieaktig voldsomme proporsjoner.

Ahab svingte rundt og slengte ryggen hans inn i veggen. «*Og?*»

«Og … jeg jobber her. Nå. Hver dag, liksom,» sa Jonas. Forbannet seg selv for den ultratåpelige framførelsen.

Ånden til Ahab luktet sterkt krydder. «*Ingen* jobber her. Ikke nå, ikke *aldri.*»

«Hæ? Det er jo litt rart, da …»

Svevefølelsen blafret i magen igjen da Ahab flyttet ham fra veggen og veltet ham i stedet opp på toppen av den kistelignende kassen. Ahab lente seg over Jonas mens de enorme knyttnevene gravde seg inn i brystet hans. «General, tilkall Rino. Vi har spionen.»

Den andre kom med et samtykkende grynt, fikk fram en smartfon.

«Hva snakker du om?» flirte Jonas uforstående. «Spion, *jeg*? Dette er en diger misforståel-»

«Ikke ett ord, 'Jonas',» avbrøt Ahab. «Ikke ett jævla ord.»

Rinos fete stemme fra mobilhøyttaleren: *«General Gard, litt av et tidspunkt.»*

«Ethvert tidspunkt er seg selv likt,» svarte generalen.

«... *akkurat.*»

«Ahab sier vi har spionen.»

«*Virkelig, hvor?*»

«Her på Alnabru,» skjøt Ahab inn. «Utkledd som en av arbeiderne til firmaet som holdt til her i fjor.»

Å ja ... faen. Jonas ville smelte til en mikroskopisk flekk på gulvet og disintegrere i sagflisen. *Selvfølgelig sørga de for at Karlsen & Sønn fikk kroken på døra når bygningen måtte brukes fra høyere hold. Mon tro om det gjelder alle lagrene rundt her?*

«*Hvordan kom han seg tilbake?*» sprakte Rino i røret.

«Det finner vi ut,» sa Ahab og cyttet Jonas ned fra kassen slik at han kunne stå på egne bein. De enorme labbene av noen hender krummet seg rundt skuldrene hans, og det kjentes ut som fingrene forsøkte grave seg inn mellom alle gropene i knoklene.

«*OK, jeg snur.*»

Smartfonen forsvant i general Gards militærgrønne lomme. «Er du helt sikker på dette?» Han snakket til Ahab, men holdt det brennende blikket fastsvidd på Jonas.

«Null tvil. Det finnes faktisk ingen annen mulighet.»

«Hvis du sier det.» General Gard nikket, dro fram en walkie-talkie fra jakkens brystlomme og sa: «Den mistenkte er fakket. Returnér til bilene.»

Adamseplet til Jonas spratt opp og ned. Han svelget, men kun tørrhet eksisterte i halsen. Ting begynte *virkelig* å lukte vondt nå. *Jeg bare* **håper** *Abs lar mine kjære gå hvis jeg forsvinner. Jeg samarbeida i hvert fall så lenge det varte.*

«Telefonen din, takk,» sa iraneren idet en av de to kjempehendene brettet seg ut foran Jonas' ansikt.

«Øh, jeg …» Men stemmen til Jonas forsvant i vakuumet mellom dem. Hånden var dessuten altfor stor der den svevde som en fryktinngytende UFO foran ansiktet hans. *Herregud, den er like stor som en jævla vinylplate!*

«Jeg sa-»

«Jaja,» nikket Jonas, «ingen grunn til å skape dårlig stemning, eller noe.» Avgrunnen lukket seg rundt ham da mobilen hans ble slukt av Ahabs glupske neve, som umiddelbart begynte å tukle med den. Det var ikke engang Jonas' telefon; kun utlånt av Abs, og kun ett nummer fantes på den. Magemusklene strammet seg. *Fra det ene fangenskapet til det neste.*

«Her var det ikke mange kontakter, gitt,» brummet Ahab mens han med monsterhendene fiklet klumsete med telefonen. «Men regner med det er nok med det ene her, ikke sant?»

General Gard harket fram en slags fornøyd lyd.

Jonas snurpet leppene sammen, og så i stedet ut av vinduene hvor flere av militærfolkene rykket tilbake til start. Hvitt lampelys økte kontrastene i mørket der ute, kastet rastløse skygger inn i lageret.

«Næmmen, se her, du – kall det flaks at vi fikk stoppa dette før lekkasjen ble til en hel syndeflod!» Ahab holdt smartfonen fram slik at generalen kunne delta i hva det enn var.

«Oj, oj,» gliste general Gard med gulnede tenner. «Noen har visst vært på kontoret og foretatt seg mer enn bare å stjæle klær.» Han snudde seg mot Jonas, bikket hodet på skrå. «Litt av en luring, du.»

«Okay, hør, jeg har ikke egentlig noe med dett-» Stemmen vrengte seg fra en setning til et uforståelig, spy-lignende smerteutrop da magen hans eksploderte. Tarmene knuste til suppe på innsiden, lungene tømtes for luft og nerveparalyserende lidelse skjøt ut i alle kroppens ytterpunkter. Jonas vaklet bakover mot trekassen, kjente kroppen bli for tung for beina. Han havnet på kne ned i den sagflisdekkede betongen. Knep øynene sammen mens tårer piplet ut. Generalen sa noe over ham, men han klarte ikke annet enn å holde fokuset på å puste rolig for ikke å kaste opp. *Hvor i helvete blir det av back-up'en Linnea påsto er på vei?* Men han visste selvfølgelig at det kostet henne en halv drue å lyve om noe sånt. Han var ikke annet enn enda en av de masseproduserte antibiobrikkesoldat-leketøyene deres. Sur smak i kjeften blandet seg med de krampeaktige magesmertene.

«I svarte,» utbrøt Ahab og trampet i gulvet. Hele lageret runget tilbake. «Dritten skrudde seg av … helt av seg selv!»

Generalen sparket borti Jonas. «Døh, luring, hvordan får vi den på igjen?»

Jonas tvang nakken til å løfte det slørete blikket opp mot dem. Helt uventet lo han. Kanskje fordi dette kom til å bli slutten for ham. Kanskje fordi noen kunne være så naive. «Tror dere virkelig det er mulig å skru den på igjen nå? Eller at de over meg ikke har hatt kontinuerlig tilgang til innholdet på den *hele tiden*?»

Mobilen smalt i gulvet, før hælen til Ahabs svarte skinnsko smadret den i et tyvetalls små biter. Deretter grep de enorme hendene tak i skuldrene hans igjen, løftet ham på beina.

«Vi har i hvert fall deg, spionfaen,» sa Ahab, slepte Jonas ut av lageret med general Gard glisende hakk i hæl.

38

Både kassebilen Jonas satt inneklemt mellom to mannevonde soldater i, og E6 som spant forbi utenfor, virket trange og ugjestmilde. Ingen Abs-back-up hadde kommet og *backet opp* i det hele tatt. Heller ingen telefon var i hans besittelse lenger. Verden hadde forlatt ham; revet ut av den trygge tilværelsen han hadde tilbragt livet i fram til nå. Om det fantes en vei ut tidligere, var den borte nå. Ingen sikkerhetsline eksisterte.

Før de forlot Alnabru strippet de ham for arbeidsklærne til forhenværende Karlsen & Sønn AS. Til nød fikk han hentet skoene sine, før de slepte ham med seg til bilen og kastet ham i baksetet med disse to digre soldatene. De satt så tett at han kjente de bulende musklene deres skvise ham sammen mellom seg.

Jonas flyktet med blikket mellom setene og ut av frontruten. Trailerne som fraktet slaktercontainerne buldret i åtti kilometer i timen foran dem, og minnet ham om gravlunder på hjul. Mobile kirkegårder som kjørte rundt i landet og snappet med seg døde mennesker som skulle inkluderes i samlingen av lik-trofeer. Og alle som ikke døde ble forvandlet til hjernedøde slaveroboter for udyrene på toppen av samfunnspyramiden. Jonas grøsset. Så for seg hvordan jævlene manipulerte menneskeheten – som om alle var fastlenket i tråder kontrollert av dukkemestrene på toppen.

Alt håp sank som en ambolt i brystet hans. Dypt der inne et sted, langt bak i hjernebarken, kunne han ikke benekte at han faktisk beundret disse anti-biobrikke-\soldatene for pågangsmotet og *viljen* deres til å kjempe imot overmakten. Koste hva det koste ville.

Slåss man mot en allestedsnærværende fiende som dette, er det kanskje ikke så rart de benytter etisk problematiske taktikker. Ikke at det gjør saken noe bedre for meg.

Jonas møtte det stikkende blikket til Ahab i sladrespeilet. Fra bak rattet, sa iraneren: «Si meg, hvordan rota du deg borti det her?»

«Du har ikke noe å tjene på å ikke hjelpe oss nå,» fortsatte general Gard.

En av militærvaktene dultet ham i skulderen. «Det finnes uansett ingen utvei.» Vakten på motsatt side fulgte opp utsagnet med et hånlig flir.

Jonas lukket øynene, sa med lavt volum: «Dere veit ingenting om hva som er mulig eller ikke, eller hva som foregår på motsatt side.» Svakt ristet han på hodet og smilte matt. Fant blikket til Ahab i sladrespeilet igjen. «Dere tar jævlig feil hvis dere tror jeg er her frivillig, eller at jeg gjør dette fordi jeg har en eller annen slags agenda,» la han til og fnyste.

«Er det ikke nettopp derfor vi spør?» sa Ahab.

General Gard stakk det steinharde ansiktet sitt mellom setene. Strekleppene imiterte et smil. «Hvis du er her ufrivillig betyr det at noen tvinger deg. I så fall er du ikke vår fiende. Hva?»

Jeg er fienden til alle som jobber for å slavebinde mennesker, tenkte han, og bøyde hodet til høyre og venstre for å mykne opp den stive nakken. «Kanskje det.»

Generalens syrlige smil forsvant ikke, men bredte seg desto lenger ut. «Tro meg når jeg sier vi ikke har grunn til å straffe deg hvis du samarbeider. Tvert imot vil vi belønne deg rikelig hvis du deler informasjon om hva som foregår på andre siden.»

Alle i bilen stirret på ham nå, en slags bisarr optimistisk følelse badet den ladde atmosfæren. Igjen forholdt han seg taus. Igjen flyktet han ut av vinduet. Avkjørselen til Trosterud passerte og bykjernen nærmet seg.

Utenfor kappet en skygge det flimrende lyset fra gatelyktene, som om et dyr fløy forbi bilen. Først la kun Jonas merke til det, men da samme skyggen flakket forbi vinduet på nytt, sa dressmannen:

«Hva faen?» Han vred på rattet og lente seg mot dashbordet for å se bedre.

Jonas noterte seg at de andre bilene på veibanen begynte å kjøre ujevnt. I den stakkato belysningen fra gatelyktene skimtet han overraskede ansikter i av flere av dem.

General Gard myste ut av frontruten. «En av våre?»

«Kjenner ikke modellen,» sa Ahab. «Du?»

Før generalen rakk å svare, flashet et intenst lys opp mellom bilen deres og traileren foran.

Plutselig eksploderte baksiden av trailervognen. Brennende metallfragmenter sprutet utover veibanen. Svart røyk fosset over dem. Ahab rattet som en gal for å svinge unna bombeinfernoet – nøyaktig slik alle de andre bilene gjorde.

I de neste hundredels sekundene fulgte totalt kaos på E6. Dekk skrek og bremser hvinte idet biler krasjet inn i hverandre på alle kanter. Hysterisk tuting fra mennesker i panikk gjallet over Oslo som en krigsalarm.

Et øredøvende drønn ristet verden da traileren eksploderte på nytt. Flammehavet sendte hele bakdelen i været. Som i sakte film roterte det mange tonn tunge vogntoget i luften, og veltet overende da det igjen smadret i asfalten. Containeren løsnet fra tilhengeren og røsket med seg gnistrende lyktestolper fra kanten mens den skled bortover veibanen.

Kanskje så mye som en tredjedel av trailervognen var nå sprengt i fillebiter, og Jonas la merke til haugevis av lik som veltet ut av containeren og krydret bakken sammen med brennende trailerskrap.

Soldatene på hver side av ham gapte mot de råtne, nakne kroppene. Uten tvil, de ante ingenting om biobrikkens skjulte konsekvenser. De var nøyaktig like ført bak lyset som alle andre. Iranerens og generalens uttrykk oste også av sjokk, men ikke av samme art. Disse toppbikkjene visste hva som foregikk under den falske fasaden. Sjokket deres besto nok snarere av nyhetsoverskriftene som ville blomstre opp i kjølvannet av kaoset.

Kassebilen skrenset inn i et par personbiler til høyre for dem, og kom til ro. Mennene hoppet ut og løp mot traileren som saktnet og stoppet, og etterlot Jonas alene, skjelvende. I et kvart sekund skulle han ønske de ikke forsvant – han følte seg naken, forsvarsløs – til det gikk opp for ham at han jo var *alene.*

Dressmannen og generalen bjeffet kommandoer og gestikulerte mot bilene og folkene i katastrofeområdet. Deretter banet de seg vei mellom døde mennesker og brennende vrakdeler, i retning førerhuset til traileren. Den lå veltet på siden. Nå åpnet døren seg der den pekte opp mot Oslos svartmalte himmel. Et skjeggete, kulerundt hode stakk ut av åpningen. General Gard ropte noe til sjåføren, som begynte å karre seg ut.

Jonas flyttet blikket til soldatene. De veivet med hendene og gaulet mot traumatiserte folk som tøt ut av bilene i området. De faststripsede hendene hans gjorde det vanskelig å røre seg, men han humpet fra midten av setene og bort til døråpningen på høyre side. Forsiktig, prøvende, plasserte han den ene foten på asfalten, mens blikket sveipet fra soldatene og over til Ahab og generalen. For øyeblikket var han nok rimelig langt nede på prioriteringslisten deres.

«Fuck it,» mumlet han og skumpet kroppen ett hakk lenger ut, slik at begge føttene fikk bakkekontakt. Med et lydløst «Nngh!» kom han seg ut.

Kanskje hadde opplevelsen blitt dempet av å sitte inneklemt mellom soldatene, for nå som han sto ute ble sansene bombardert av alt som foregikk rundt ham. Og noe av det verste var *lukten*; svidd, brent med en eim av ... *grillmat?* Jonas kjente halsen snøre seg sammen i kvalme. Mange av likene sto i flammer.

Sirener ulte i det fjerne. De kom fra bykjernen, men umulig å få øye på grunnet den sønderknuste, brennende traileren. Sjåføren hadde klart å klatre ut nå, og ble tatt imot av generalen. Samtidig virret Ahab rundt og snakket i smartklokken sin. De to vaktene dyttet en innpåsliten gruppe menn lenger vekk fra vraket.

For hvert sekund este trafikkorken i størrelse, da nye biler strømmet til på hver side av veibanen, både på vei inn og ut av Oslo. Men ingen kom seg verken til eller fra.

Tuting blandet seg med barnegråt, folk som kjeftet og ropte. Jonas myste mot et hvitt, blendende lys i himmelen. Skygget med hendene for å se bedre. Et helikopter gled rolig mot dette krateret av nyutsprunget helvete på en av Norges travleste veier.

En skygge flakket over ham og dekket for helikopterlyset. I overraskelse rygget Jonas bakover da en drone stoppet foran ham, svevende i luften. Ved synet av raketten som stakk ut fra en slags luke under dronens skrog, forsto han alt.

Den lille jævelen er egentlig et monster av en krigsmaskin. Igjen kastet han blikket rundt, men ingen hjelp fantes. I stedet krympet han seg, forsøkte å klatre baklengs inn i kassebilen igjen. «Vær så snill, seriøst, jeg …»

Dronen svevde nærmere. En mekanisk lyd meldte seg da luken på toppen gled opp, og en slags kameralinse med lykt lyste mot ham.

«Å, herregud … faen.» Jonas løftet armene foran ansiktet og lukket øynene. Aksepterte slutten.

39

Vemmelse svulmet i kroppen til Silje Skaug da Linnea entret avhørsrommet med et veltrent smil om de brunmalte leppene. Silje snudde seg vekk, måtte motstå den plutselige trangen til å kaste kaffekoppen rett i fleisen på kjerringa.

Skinnklærne knirket da Linnea satte seg overfor henne.

«Jeg vil ikke snakke med deg,» hvisket Silje, fortsatt med ansiktet vendt en annen retning. Fingrene strammet seg rundt koppen.

«Fullt forståelig,» sa den middelaldrende kvinnen. «Likevel tror jeg du heller vil høre hva jeg har å si enn å forbli sur.»

Stolbeina skrek mot linoleumen da Silje vred seg enda lenger unna. I tillegg bøyde hun hodet slik at de mørke krøllene datt ned foran øynene og skjulte Linnea helt. Hun studerte ledningsbunten i forskjellige farger som gikk fra den avskrudde datamaskinen i hjørnet, og ned til stikkontaktene under skrivebordet.

«Nei vel, rett på sak skal bli. *Her* befinner Jonas seg akkurat nå.» Linnea dro fram en iPad og flippet fingrene over skjermen. En video spiltes av.

Da lyden av mennesker som hylte, gråt og ropte fylte rommet, snudde Silje seg og plantet blikket i pad'en. Synet av den veltede traileren i full fyr, med et utall tydelig døde, nakne kropper strødd overalt sendte kuldegysninger oppover ryggraden hennes. Hjerteraten økte. Biler hadde kollidert på alle kanter rundt traileren, mens folk virret som hodeløse kyllinger. Hun skjulte munnen under hånden.

«*Dette*,» sa Linnea, ristet på nettbrettet, «er den reelle fienden ... for *alle*, ikke bare for deg og dine. Jeg, vi, er verken deg, de som står deg nær, eller noen andres fiender. Jonas, derimot, er tatt til fange av noen meget uhyggelige folk, og har ingen mulighet til å rømme.»

«Var det ikke for dere hadde Jonas aldri vært der,» sa Silje, røsket opp kaffekoppen og kittet den mot Linnea. Den svisjet forbi ansiktet hennes og splintret i veggen.

«Var det ikke for *oss*, Silje, hadde ingen tatt opp kampen mot demonene som er ansvarlig for alle de uskyldige, døde menneskene du ser her.»

«Hva snakker du om?» hulket hun, dro håret vekk fra det svette ansiktet.

«Nettopp,» sa Linnea og forstørret skjermbildet av området rundt traileren i flammer. «Vi kan takke Jonas for hans heltemot for at vi engang *vet* at disse likene ikke bare finnes, men at de er direkte forårsaket av mislykkede biobrikkeforsøk. Og nå, Silje, enten du vil det eller ei, trenger vi din hjelp til å spre denne informasjonen.» Linnea slapp nettbrettet, klasket håndflatene i bordet så lyden slo skarpt mellom rommets vegger. «Dét er hva jeg snakker om.»

«...» Ingen ord unnslapp Siljes dirrende lepper. Blikket hennes hang fast i skjermen og de gruelige videoklippene av flammer og nakne lik på E6. Midt i sjokket over grusomheten, forferdelsen over løgnene og savnet etter – og frykten for hva som ville skje med – Jonas, var det en mikroskopisk djevel som pludret henne sukkersøtt i øret: *Denne saken er gull. Kanskje er det sjansen du alltid har ventet på ...*

«Som vi vet er du journalist,» fortsatte Linnea. «For kollektivets felles beste, tenkte vi derfor-»

«Ja,» avbrøt Silje. «Jeg gjør det. Nå med det samme, før noen andre rekker å dekke det.»

Linnea smilte, ikke uten overraskelse. «Ypperlig. Følg meg.»

40

Jonas visste han skulle dø. Dronen svevde så nær nå at han kjente lukten av metall langt inn i hjernebarken. Han sendte en siste tanke til sine kjære, hvorhen de befant seg, og vendte ansiktet inn mot kassebilen.

«Slapp av, det er bare meg,» lød en kjent stemme fra høyttaleren til den flyvende dødsmaskinen.

Jonas sperret øynene opp, snudde seg gapende mot dronen. «Robin?»

Stemmeskifteujevn latter, før et uhemmet stolt *«Yes!»* hørtes.

«Men hva, hvem … eller, hvordan?»

«Chill'n, fatter'n. Alt ordner seg nå.»

«Jeg trodde livet var over, heh,» mumlet Jonas med et halvt smil om leppene. Der sto han, i en ugjenkjennelig virkelighet, på E6, i et glupsk trailerinferno, krydret av nakne lik, med hysteriske mennesker og tutende biler rundt seg, sirener fra hjelpemannskap en kilometer unna, og overhengende helikopter med lyskastere … og midt oppi alt dette skjøt plutselig en søyle av velværefrysninger nedover ryggen, skuldrene og armene hans, som om noe overnaturlig magisk fant sted.

«Neida, livet e'kke over enda! Vi har prøvd å få tak i deg, men det er ... hva? Å ja,» sa Robin, og stemmen til Tony overtok:

«Du har ikke telefonen lenger.»

Jonas ristet på hodet. «Jeg har ingenting lenger.» Han løftet de sammenstripsede hendene opp foran dronekameralinsen for å illustrere. «Alt har gått skikkelig til helvete her.»

«Ja, greit. Hør, dette er hva vi gjør. Snart komm-»

Et smell. Gnistregnet sto fra baksiden av dronen. Den vinglet i luften, men gjenvant balansen. Bråsnudde mot den digre mannen omtrent femten meter unna, stående foran en militærgrønn jeep med skytevåpen mellom bjørnelabbene sine.

Angst spiddet Jonas i halsen og et ufrivillig klynk unnslapp.

Rino Rask.

Enda et skudd jamret i ørene. Igjen sprutet oransjerøde gnister fra dronen. Et øyeblikk virket det som alle de tilstedeværende fulgte med i stummende stillhet. Dronen begynte å skyte med et slags maskingevær mot militærsjefen, som brølte der borte og hoppet i dekning bak jeepen mens han avfyrte flere motskudd.

Uten å kaste bort mer tid, løp Jonas. Vekk fra fengselskassebilen, vekk fra vaktene, og *mot* sirene på andre siden av dødshavet av lik og en skrotlagt trailer.

«Stopp,» ropte general Gard. «Ahab, spionen stikker av!»

Så klart kan de ikke bare beholde fokuset på all den andre jævla dritten som foregår her. Jonas fikk ikke øye på iraneren, men antok avstanden ikke var særlig å skryte av. Han hoppet over en død dame som lå i en ubestemmelig stilling, sikksakket seg forbi flammer og søppel, presset seg mellom noen gamlinger som glodde måpende på kampen mellom Rino og dronen – mann mot maskin.

Fra ingensteds dundret noe som kjentes ut som en hel låvedør over Jonas. Voldsomme armer snurpet seg rundt ham; forsøkte å skvise selve juicen ut av kjøttet hans. «Du holder deg *her*,» bjeffet Ahab.

Men eksplosjonen som fulgte hadde ingen forberedt seg på.

*

«Shit, ass! Det der blei *litt* mer crazy enn jeg forventa,» ropte Robin fra bak virtual reality-brillene, etter å ha fyrt av den tredje missilen på under ti minutter. Adrenalinet pumpet i blodårene og kroppen dirret av spenning. Inni brillene opplevde han alt i like perfekt 3D som om han fysisk satt inne i og fløy rundt med dronen. Frykt blandet seg med den intense opplevelsen, og han håpte Jonas klarte å unnslippe bølgen av død.

«Det kan man si,» sa Tony, som sto bak ham og fulgte med på hver eneste bevegelse tenåringen foretok seg, gjenspeilet på den digre 60-tommers flatskjermen foran dem. Skjermen viste hvordan infernoet på E6 blusset opp atter en gang. Biler ble forvandlet til påtente vrak. Mennesker løp og rullet panisk rundt.

«Men jeg gjorde bare som du sa,» skjøt Robin inn mens han mesterlig manøvrerte den fjernstyrte dronen, og unnvek militærsjefens kuleregn. Rino hadde *selvfølgelig* kommet seg i dekning fra eksplosjonen ved å sprette bak en stor, grønn jeep akkurat tidsnok til å ikke sprenges i fillebiter.

En hånd la seg på skulderen til sekstenåringen. «Jeg vet du gjorde ditt beste,» sa Tony og klemte skulderen hans. «Jeg er forberedt på uhell. Vi kom til deg for hjelp. Dette er krig, og krig er stygt.» Han stilnet, før han la til: «Krig er *alltid* stygt.»

Gnister føk over skjermen idet et av Rinos skudd gnafset seg inn i kampdronen deres. Robin skvatt så stolen knirket høylytt. «Faen ass, nå begynner'e å bli litt *vel* vanskelig her. Tro'kke jeg klarer å holde det gående særlig mye lenger.» Han gnisset tenner og rykket spastisk i styrespakene, men dronen adlød dårlig og klarte ikke lenger å fly rett. «Jeg må sjekke om Jonas ... øh, faren min, klarte seg.»

«Nei, vi kan ikke ta sjansen på det akkurat nå.»

«Hva faen, jeg *må* jo det, da!» nesten hylte Robin tilbake, styrte dronen til værs for å få oversikt. Hele E6 lignet et *bomba horehus*, som Kevin ville sagt.

«Robin, ta det med ro; folk er på vei for å hjelpe han,» sa Tony. «Til og med kjæresten hans er på vei. Dette går bra. For nå har vi gjort hva vi kan her. Nyheten om ulykken vil spres som ild i tørt gress.»

Robin sank tilbake i stolen, men fortsatte å utføre presise unnamanøvere for å unngå strømmen av skudd fra bakkeplanet. «Så hva vil du jeg skal gjøre, da – dra tilbake?»

«Ikke ennå. Vi fulgte etter tre trailere, og fikk kun stoppet én av dem,» sa Tony. «Prøv å ta igjen de to andre og se hvor de skal.»

«Okay … *sjef*,» sa Robin surt, men adlød og akselererte til toppfart og la krigssonen bak seg på null komma svisj. Nå dro dronen konstant til høyre, så han måtte konsentrere seg maksimalt for å holde stø kurs. Greia var å kompensere ved å styre akkurat nok til venstre hele tiden. *Glemmer jeg meg nå er det over og ut for denne blikkboksen.* Han spente hver eneste muskel i kroppen. På den ene siden var det sykt hvor mye det lignet et spill å styre dronen; på den annen side var det også ekstremt mye mer krevende. Spillfysikk og virkelighetens fysiske lover kunne sammenlignes, men den virkelige fysikken hadde mer *sug.* Her fantes heller ingen power-ups eller health-packs å støtte seg på.

«Bra, Robin,» mumlet den usynlige stemmen bak ham. «Holder du denne farten tar du de nok snart igjen.»

Kjeft, á, din kommanderende jævel. Men han sa det ikke. Han sa: «Det fikser jeg, vett.»

*

Noe tid passerte før hjernen forsto hvilken krøkkete stilling kroppen lå i. Den kjentes følelsesløs og merkelig fraværende. Med susing i ørene ut av en annen verden, presset Jonas opp et gjenklistret øyelokk. Lungene pep da han pustet. Det blendende lyset stakk ham i øynene samtidig som han ble bevisst lukten av brann, bensin og noe annet ubestemmelig.

En lommelykt, var det. Lyset tvang øyelokkene helt opp, og pupillen fokuserte bedre. Noen rettet ut armene og beina hans.

«Hva …» prøvde han, men stemmen smuldret vekk. I stedet beveget han hodet. Mennesker lå strødd overalt. De fleste slepte seg rundt på armer og knær mens hjelpepersonell assisterte etter beste evne.

E6, ja, stemmer det. Herregud, hva skjedde her, egentlig?

Deretter manet tankene fram et bilde av dronen, Robin. Skjedde det faktisk – eller hadde han ligget i koma og fantasert alt sammen?

«Hallo?» oppfattet han langt borte, et sted begravd av suselyden. «Hører du meg?» Lyset svulmet i styrke, sved seg inn i irisen som en stormlighter.

«Ja ... ja,» hørte han seg selv si.

«Kan du røre deg?»

Jonas flekket tenner i forsøket på å gjenvinne kontroll over kroppen. Det virket ikke egentlig som om det var noe spesielt *galt* med den, snarere som om hjernens påvirkningsevne midlertidig var ute av drift. Med en ynkelig kraftanstrengelse fikk han veltet det tunge, halvparalyserte legemet over på siden.

«Flott,» sa personen over ham. «Nå, prøv å skyve deg opp på egenhånd.»

Kan du ikke bare hjelpe meg isteden? Tanken fikk ham til å smile. Tannhjulene i den logiske delen av bevisstheten begynte å rulle igjen. En ny kraftanstrengelse flyttet armen fra under brystet og ned på siden. Overkroppen dirret da han presset albuen under brystet og dyttet fra for å heise seg opp, men armen ga etter og han falt rett ned på den harde asfalten igjen. *Håpløshet*, tenkte han, ristet på hodet. *Bare la meg ligge her, da. Best, det.*

«Godt forsøk,» sa personen i rød kjeledress med hvite kors preget inn på hver skulder. Han hektet lommelykten fast i beltet og tok tak rundt armene til Jonas. «Her, la oss ordne det sammen.»

Jonas hjalp til ved å sparke fra med føttene, og ganske riktig, sammen fikk de heist ham opp i stående stilling. Verden gynget faretruende. Alle farger stakk intenst, og øresusen hørtes fortsatt ut som et jævla siriss-death metal-band fra helvete. De stødige hendene stabiliserte ham.

«Sånn, klarer du å stå på egenhånd, tror du?»

«Tjah,» mumlet Jonas og søkte etter noe mer permanent å støtte seg mot enn en helsearbeider med dårlig tid.

«Jeg skjønner. Her, følg meg,» sa arbeideren, hektet Jonas' arm over skulderen sin og hjalp ham til en tom bil med dørene åpne. Lakken full av sot, frontvindu med store, taggete sprekker etter flyvende trailerbiter fra raketteksplosjonene. «Stå her til hodet klarner. Klarer du det, tror du?»

Jonas famlet seg fram, hektet armen over den ene døren og nikket. «Det fikser seg. Takk for hjelpen.»

«Ikke nøl med å rope på oss om det skulle være noe.» Og med dét forsvant han i retning to eldre damer som kavet hjelpeløst rundt på den svidde asfalten.

Først nå la Jonas merke til brannmennene som viklet en vannslange ut av brannbilen som sto parkert et lite stykke unna traileren. De hadde på en eller annen måte klart å fjerne nok oppsamlede biler fra den andre siden av veibanen til å komme seg inn på det verst skadde området. Noen pressefolk hadde også sneket seg inn. Nå viftet de med mikrofonene sine foran sultne kameralinser, mens politimenn jogget rundt og forsøkte å holde situasjonen under kontroll.

Som en løve som *nesten* hadde oversett et saftig byttedyr, bråsnudde han hodet tilbake til pressefolkene. *Vent nå litt ... Er det mulig?* Jonas blunket vekk uskarpheten i synet.

Hun.

«Silje ...?» hvisket han, men visste ikke om det bare var en hallusinasjon, eller om hun *faktisk* sto der i levende live. Med hjertet pumpende i tinningene, virret han med blikket etter hjelpearbeidere som enten kunne signalisere til henne, eller assistere ham de få meterne bort til henne.

Han ville rope, men fikk seg ikke til å gjøre det. Hun var travelt opptatt med å prate inn i mikrofonen, med blikket boret inn i nyhetskameraet.

Er hun på direkten om denne hendelsen akkurat nå? Jonas stoppet et øyeblikk og iakttok den nydelige dama si. *Har Abs stelt i stand dette?*

Trangen til å fange oppmerksomheten hennes dabbet av. I stedet kjente han en slags eventyraktig iling i magen igjen, akkurat som da Robin viste seg å kontrollere drapsdronen. Men denne gangen var det ikke av egoistiske grunner. I årevis hadde Silje snakket om hvordan hun – hvis hun bare jobbet hardt nok – til slutt ville bli en av journalistene som dekker de viktigste nyhetssakene på *direkten*. Og nå sto hun der altså, og dekket den viktigste nyheten siden Utøya-massakren, og Hitlers invasjon av Norge før det.

Men hvor faen befant iraneren, generalen og, ikke minst, Rino Rask seg? Jonas gled ned i setet i den ødelagte bilen han lente seg mot, skjulte ansiktet i hendene og skannet stedet gjennom fingrene. Hadde han motbydelig god flaks *kunne* det hende de trodde han ble drept av den siste droneraketten. Men hva da med Ahab, som nettopp hadde fanget ham i jerngrepet sitt – var *han* også drept?

41

«Ja, velkommen i studio, professor June Nylund,» sa NRK-vertinnen Molevira. Lys reflekterte i det gullfargede metallet på tuppen av pennen hun snurret mellom fingrene. «Flott at du kunne komme på så kort varsel. Vi vet jo at du er en kvinne med mange baller i luften.»

June tvang de knusktørre leppene til å adlyde ordren om å forme et smil. Resultatet var en slags dårlig imitasjon som ikke forflyttet seg opp til øynene. De forble usikre, og flakket mellom Moleviras vennlige, men business-aktige framtoning, og de utsultede kameralinsene. Alle speilblanke i skinnet fra spottene i studiotaket.

«Ehm ... ja. Takk for det,» fikk hun fram. «Hyggelig å være her.» Munnen var så tørr at kneppelyder spratt ut mellom hvert uttalte ord. Igjen forsøkte hun å svelge, men ingenting rørte seg verken i munnen eller halsen.

Adriana Molevira nikket med hodet på skrå, som for å si at hun forsto. Hun kikket seg over skulderen, forbi scenen, og gjorde en håndbevegelse mot vann-karaffelen. Et crewmedlem dukket opp med et nytt glass til den nye gjesten. Snart klukket det i rennende vann, før personen forlot scenen like kjapt som han var kommet.

Varme spredte seg i Junes ansikt. Gråt klumpet seg sammen til en tørr sokk nederst i halsen. Stirrende i bordplaten strakk hun ut en skjelvende hånd og fant fram til vannglasset, famlende som om rommet var beksvart.

«Du er jo en meget interessant og kunnskapsrik person når det gjelder samfunnsoppgraderingen,» fortsatte Molevira, kanskje for å fylle tomrommet mens June tilsynelatende lærte seg å drikke for første gang. «Vi ser alle fram til å høre hvilke tanker du gjør deg, nå som vi står med det ene benet over dørterskelen, klare til å stige inn i en ny og spennende virkelighet.» Verten smilte fortsatt, men et drag av utålmodighet hadde lagt seg over vennligheten.

Vannet smakte godt. Rent himmelsk, faktisk. June gulpet det i seg og brukte lenger tid enn nødvendig, mens hun gjorde sitt ytterste for å rydde opp i frykten for familien sin og kvalmen over hva hun nå var nødt til å gjøre for å beskytte dem. *Håper i det minste Eckhart og Sofia ser på TV nå, så de ser jeg ikke er død.* Glasset klunket tilbake på den blankpolerte bordplaten.

«Ja, at vi er på vei inn i en ny virkelighet er forbi enhver tvil,» sa hun og kjente et snev av glede over å ha kontroll over munn, hals og svelg igjen. «Som mange vet har jeg vært en av få, skal vi si, høyrøstede skeptikere i løpet denne perioden, som åpenbart skjøt fart ved innføringen av overvåkningskameraene i fjor.»

Mens ordene fløt forsøkte hun å finne vaktbikkja si, Gregor, for å observere reaksjonene hans. Hun ville ikke, men *måtte* gjøre ham til lags. Det samme gjaldt Egon Kruz, som garantert satt klistret til skjermen og fulgte med. Men alt lyset blendet og gjorde mengden av kameraer og journalister utydelige som diffuse skyggeskikkelser.

Molevira nikket et jada-bare-kjør-på-blikk. Pennen snurret mellom fingrene hennes.

June ga opp søket etter Gregor og fortsatte i stedet det som tydeligvis skulle være en monolog: «Den siste uken har jeg reist rundt til flere av landets universiteter og høyskoler og forelest om den *Samfunnsmessige provokasjonsmodellen* jeg for første gang greiet ut om i boken 'Staten – Herre eller tjener?'. Alt i alt har mottakelsen blant studentene vært god. Uten tvil drar modellen aspekter ved en slik drastisk samfunnsendring fram i lyset som har vært mer eller mindre fraværende i den offentlige debatten.»

June stoppet seg selv i tankerekken. *Hva er det jeg driver med – sporer jeg av nå?* For å kjøpe tenketid førte hun vannglasset til leppene igjen, og studerte blikket til NRK-vertinnen. Molevira virket fornøyd. *Smiler hun fordi jeg klarer å snakke i sammenhengende setninger, eller fordi jeg er på vei til å si noe negativt om biobrikken?* June kjente vannet renne ned halsen. *Er jeg virkelig på vei til å si noe negativt?* Mentale bilder av en bil skjult fra gatelysene utenfor hjemmet hennes svirret rundt og blandet seg med dystre framtidsvisjoner av en sivilisasjon fastlenket til Storebrors allvitende bevissthet. *Herregud, spørsmålet er om jeg i det hele tatt klarer å si noe positivt! En hel verdens befolkning hvis eneste frie valg er hvorvidt de velger eller velger ikke å bry seg om det faktum at absolutt ALT de gjør observeres, versus én familie. Ikke en hel familie, engang. Én mann og ett barn. Men det er min mann og min elskede, lille gullunge.* Tærne hennes vred seg i de gjennomsvette støvlene.

Moleviras dype, men unektelig feminint elegante stemme brøt inn i hodekjøret: «Er det kanskje noen spesielt negative aspekter du ønsker å gi oss innsikt i?»

Evige sekunder tikket forbi mens de to kvinnene delte blikk.

Hvem er det jeg lurer? Jeg er knapt en mikroorganisme på det gigantiske sjakkbrettet deres. Uansett hva jeg sier har det ingen effekt på hvorvidt biobrikken innføres i morgen eller ikke.

Og med dét var det gjort. En slags ro fylte henne. *En skjebne er en skjebne er en skjebne.* June hadde aldri trodd på slikt deterministisk vrøvl, men faen heller.

«Vet du,» sa June med en tristglad gnist i blikket, «la oss bare *drite i* de negative aspektene modellen min forespeiler.»

Overraskelsen – eller kanskje sjokket – over den anselige professor Nylunds uventede utsagn blåste tupeen av skallen på alle og enhver i studioet. Selv spotlightene i taket så ut til å vingle.

«Jasså!» utbrøt Molevira, og satte for første gang tennene i pennen.

«Ja,» sa June og flippet det svarte håret bak øret. Sølvringen dinglet synlig. «Faktisk har jeg innsett at jeg har tatt feil hele tiden. Dette er ikke-» Hun fikk ikke sagt mer før enda en sjokkert bølge sveipet gjennom de tilstedeværende.

Haken til den profesjonelle NRK-vertinnen åpnet seg som om hun plutselig mistet evnen til å lukke munnen, og pennen var på nippet til å ramle ut av fingrene hennes. «Har du tatt feil hele tiden?»

June nikket og ristet på hodet, liksom oppgitt over seg selv. «Selvsagt ingen enkel flause å innrømme. Sant å si har jeg vært en grinebitende, navlebeskuende og bitter, halvgammel kjerring som har vært blind for hvilket vidunder biobrikken i realiteten er.»

Som et sjokkens klimaks eksploderte nå studioet i en blanding av hissig småprat, overrumplet latter og annet menneskestøy fra journalister som fikk et inngrodd personbilde revet sønder og sammen.

Molevira begynte å blunke voldsomt med de store, svarte vippene sine. Blikket flakket mellom flere hoder utenfor Junes synsvidde. «Det må jeg si,» sa hun og slo ut med hendene.

«Ja, det får'n si,» medga June. «Jeg er faktisk overrasket selv over hvor trangsynt jeg har vært.»

Jeg kaster opp. Skyt meg.

Molevira tok sin første slurk av vannet i løpet av sendingen, og kremtet for å få kontroll på ansiktsuttrykket sitt. «Tror jeg snakker på vegne av alle her når jeg spør hva som har fått deg til å endre så *veldig* syn på saken?»

Hold tungen rett i munnen nå. June klødde seg i nakken, før fingertuppene ubevisst gled rundt halsen – i sårsporet etter sytråden fra helveteshytta i Finnskogen. «Ja, det er litt av en historie, skal jeg fortelle deg!» sa hun, etterfulgt av en kort, ustemt latter. «Etter nærmere ettertanke har det siste døgnet, med vissheten om at samfunnsoppgraderingen skjer i morgen, gitt meg grunn til å revurdere alle mine tidligere konklusjoner.» Fingrene gned hardt på sytrådsåret nå, nesten så huden skrukket seg under trykket. Stemmen, derimot, forholdt seg stødig, overbevisende. «Virkeligheten fortoner seg annerledes når man faktisk står rett oppi noe, for å si det slik.»

«Professor Nylund,» kurret Molevira, «har du blitt konfliktsky?»

«Eh, hva? Nei, dette handler tvert i mot om-»

Men Molevira, som tidligere hadde vært en meget pågående og dyptgravende journalist som ofte knakk selv de mest hardnakkede politikeres fåmælthet, før NRK promoterte henne til TV-dronning for sine direktesendinger, nektet å gi seg. «Vet du, jeg er ikke så sikker. Nå får jeg følelsen av at du har gitt opp, og dermed undergraver dine egne teorier, som du jo har jobbet hardt for å spre informasjon om til folket.»

«Jeg ...» June bet seg i tungen. Øynene spratt rundt i lokalet på leting etter en utvei.

Molevira byttet stilling i den høye stolen. Vippet det høyre beinet over det venstre, lente seg framover med albuene på bordet. Pennespissen dunket mot bordplaten. «June, jeg har lest boken din, og la meg bare si at personen som skrev den umulig kan være den samme som sitter foran meg nå. Faktisk,» sa NRK-verten og viftet en finger triumferende i luften, «så har vi et klipp av deg fra den svært overbevisende forelesningen du avholdt på NTNU i går. Og jeg klarer ikke engang å tro at det er samme person som sitter foran meg nå, som gjorde dette i går. La oss se.»

Hva er det som skjer? **Prøver** *de å få familien min drept?* June satt forsteinet med kroppen i helspenn idet studiolerretet ved siden av dem fyltes med levende farger.

Der sto hun i forelesningssalen, dagen før, med sine sterke meninger og uskyldige uvitenhet om hva som ventet kun en halvtime senere. En hel evighet siden, kjentes det ut som.

«La oss se hva min Samfunnsmessige provokasjonsmodell sier om lignende situasjoner som den vi selv vil kunne stå ovenfor om ikke lenge,» sa gårsdagens June, og fiklet med PC-en til en ny side åpenbarte seg på forelesningsskjermen. «Som vi ser tar modellen for seg tre stadier.» En ny PowerPoint-slide gled fram på skjermen. Videoen ble pauset akkurat hvor følgende tekst sto:

Samfunnsmessig provokasjonsmodell

1) Første trinn innebærer **obligatorisk** innføring i den gitte situasjonen. 'Innføring' kan her bety alt fra å bære et symbol på gruppetilhørighet, til fysiske lenker rundt bena, eller Lover der aktørene henrettes dersom de ikke adlyder. Konsekvent er det dog noen som ikke lar seg føye, og resulterer i at enkelte 'ildsjeler' frivillig ofrer livene sine for å yte motstand allerede på dette tidlige stadiet.

2) På det neste stadiet er situasjonen satt i drift. Her vil de gitte retningslinjene være gjeldende, og alle aktørene kuet. Tanker og idéer vil oppstå blant individene, som etter hvert danner motgrupper. Om det så skulle være at situasjonen **ikke** er svært grusom, men heller nøytral og relativt problemfri, vil det **likevel** føre til at det oppstår opposisjon, så lenge situasjonen er **obligatorisk**.

3) Det tredje og siste stadiet preges av usikkerhet. Det er nær umulig å kalkulere seg fram til noen konkret utvikling, da multiple variabler slår inn ved at motgruppene bestemmer seg for å endre situasjonen. Helst ende den, selvfølgelig. Det vi mest reliabelt kan predikere, er at maktens lenker vil bøyes, og opptøyer oppstå. Er adekvat mengde ressurser i omløp vil potensialet for revolusjon – på sikt – være garantert.

Molevira gransket June. «Sier du at disse utviklingsstadiene ikke lenger er gjeldende?»

«De *er* gjeldende, men ingenting å bry seg om,» sa June, uten å se bort fra videoen på lerretet. «Verden får garantert slite med både den ene og andre revolusjonen etter at biobrikken nå innføres, men *folkens*, jeg har kommet fram til at det *er* verdt å ofre litt frihet for et teknologisk vidunder som dette.» Hun overdrev entusiasmen ved å uttale ordet som vi*dunnnn*der. Denne gangen tok hun seg en slurk vann for å markere ytringens tyngde med pusterom.

«Det er *verdt* å ofre *litt* frihet for et teknologisk vidunder som dette?» gjentok Molevira. «Da må jeg bare spørre: Er det virkelig sånn å forstå at du ikke-»

Denne gangen var det NRK-vertinnen som ble avbrutt, men ikke av June; av programmet som plutselig overtok forelesningsvideoen. Typisk nyhetsmusikk bølget ut av høyttalerne.

«Vi beklager å se oss nødt til å avbryte yndlingsprogrammet ditt med denne viktige nyheten – ja, *direktesending*, faktisk, rett fra E6 i Oslo,» skrapte en mannsstemme over et bilde av Oslo. «Sendingen sendes i samarbeid med noen av landets største nyhetsleverandører, og vi setter nå over til vår journalist på stedet, Silje Skaug!»

I et flash endret bildet seg til en film fra en bombet motorvei med brennende biler og haugevis av mennesker som både lå på bakken og løp rundt. Hele NRK-studioet gispet da det gikk opp for dem at filmen jo var direktesendt.

Er det mulig? Grøsninger kravlet nedover ryggen til June.

En yngre dame med krøllete, tykt hår, profesjonelle klær og mikrofon i hånden gjorde seg klar til sendingen. Ansiktsuttrykkene reflekterte et utall herskende emosjoner i henne, men så ut til å forsvinne da hun åpnet munnen:

«Vi er nå direkte inne fra E6, hvor noe av det kanskje mest sjokkerende i hele Norges historie nettopp har inntruffet …»

42

Kameramannen viste tommel opp, og ropte for å overdøve bråket rundt dem: «Da er vi kobla til. Hele Norge følger med. Kjør på!»

Magen bruste, og tankene spant ustyrlig rundt i hodet til Silje. På den ene siden kjentes det ut som kameralinsen holdt på å smelte henne som en isbit i ovnen, på den andre siden var dette det mest naturlige i hele verden; *selvfølgelig* skulle hun stå foran et kamera og dele viktige nyheter med verden. Og ikke bare dét, men jo voldsommere nyheter, jo bedre! Kynisk? Nei, bestemte hun, bare opportunistisk – ja, utilitaristisk til og med. Samfunnet *måtte* opplyses om verdens turbulente hendelser, og opplysningene kom jo fra de som frivillig hoppet med hodet først ned i søla.

Hun dro fingrene gjennom hårmanken mens klipp fra barndommen gjorde seg til kjenne – foran badespeilet, snakkende inn i en hårbørste, foreldrene hoderistende, flirende i bakgrunnen. Ingen formening om hvilken retning PR-kåtheten ville ta fantes på den tiden, men unektelig var det uansett at allerede som femåring hadde hun følt veien det måtte gå.

Ja, dette er riktig.

Som om alt negativt det siste døgnet på mirakuløst vis oppløstes til ingenting, smilte Silje inn i linsen og førte mikrofonen opp til munnen: «Vi er nå direkte inne fra E6, hvor noe av det kanskje mest sjokkerende i hele Norges historie nettopp har inntruffet. Mange detaljer er foreløpig uklare, men jeg er informert om at det her er snakk om et brutalt sammenstøt mellom en trailer og en militærprodusert drone. Som vi ser av området rundt meg minner det mest om et slags lokalt ragnarok.»

Kameramannen sveipet videokameraet over den forbrente, rykende, ugjenkjennelige motorveien. Silje fulgte etter kameralinsen og gestikulerte mot forskjellige ting rundt dem, samtidig som hun passet på å holde seg i ytterkanten for å ikke stjele showet. «Ser vi nærmere etter, ser vi at denne traileren *ikke* inneholdt frukten avbildet på containerplakatene,» fortsatte hun, huket seg ned og dyttet borti en sotete, oppskrapet kropp, «men at det faktisk er *mennesker.* Døde mennesker som … som …»

Stolthet over å lede direktesendingen eller ikke; idet samme den ledige hånden hennes dultet borti det forkullede liket, vrengte magen seg. Ikke bare vissheten om at personen – en ung kvinne på hennes egen alder, så det ut til – mest sannsynlig hadde vært levende for ikke lenge siden, men også angsten for hva kvinnen og de andre likene hadde gjennomgått for å ende opp her, ble for mye for henne.

«Å, nei, unnskyld, men jeg …» Silje bråsnudde seg vekk fra kameraet, vekk fra hele fordømte nasjonen.

Holdt mikrofonen høyt over hodet for å skåne Norge for ukvemslydene, og kastet opp rett ved siden av seg selv og liket, sittende på huk. *Forbaska godt tidspunkt å bryte sammen på!* tenkte hun og tømte mageinnholdet utover. Oransje-utflytende gugge med udefinerbare klumper i. *Spist nok har jeg heller ikke gjort på en stund.*

«Det var som faen, da,» kom det fra kameramannen bak henne, upåvirket av situasjonen. «Klarer'u å fullføre?»

Silje gurglet noen ord mellom brekningene: «Bare et øyebl- ... *Uuurk!*» For tredje gang trakk magemusklene seg sammen og sprøytet syrlig svineri plaskende ned på asfalten. Fukt dugget til øynene, hodet dampet av en plutselig hetetokt. Hånden som hevet mikrofonen skalv.

«Fanker'n, kjerring,» mumlet mannesvinet. «Tikk, takk, ikke sant.»

Silje blokket ut masingen hans. Pustet dypt, rolig, for å få kontroll over kvalmen. *Dette går bra. Helt topp. Ikke noe problem, det her. Opp og stå, nå, dette klarer du!* Det hjalp. Og tanken på at hun jo tross alt gjorde dette for å hjelpe Jonas, hjalp enda mer. Hvor *var* forresten Jonas – skulle han ikke være her, var ikke det hele poenget? Hun spyttet ut de siste restene syresuppe, reiste seg vaklende opp igjen, dro hånden over ansiktet og gjennom håret. Snudde seg tilbake mot masekråka og fortsatte: «Som jeg sa har tydeligvis traileren fraktet et helt lass med *nakne lik* – ja, *unge* mennesker til og med, vil jeg tørre å påstå, som vi nå ser rundt oss på alle kanter.»

Kameramannen viste tommel opp.

«Hvordan har dette latt seg gjøre etter at overvåkningskameraene vokste fram i fjor? Staten ser jo alt!» Hun gikk nærmere kameraet og viftet med hånden. «Vi kan trygt si at et eller annet sted i en eller annen lumsk avkrok finnes det noen som har en ganske enorm forklaring å komme med. Jeg spør dere: Hvem i all verden er det som skjuler døde mennesker i trailere med bilder av frukt utenpå? Og i vårt alles kjære *Norge* attpåtil!» I det samme ordene forlot munnen hennes, så hun Jonas.

Rett der borte, lent inntil en smadret bil, sto han og fulgte med på henne med et digert glis i ansiktet. I et kort øyeblikk lyste hun opp av ilingene i magen, og glemte alt annet. Han så utmattet ut, men fortsatt i live. Hun ville kaste mikrofonen pokker i vold og løpe bort å omfavne ham – *gutten* hennes.

«Ehem,» kremtet kameramannen. En stiv finger pekte på kameraet.

«Hvis staten ser *alt*,» fortsatte hun, rett tilbake i journalistrollen, «og dette har fått pågå bak våre rygger. Vel, da kan vi anta at vi har med et ganske stort problem å gjøre ...»

43

Etter under fem minutter toppfart, klarte Robin å hale innpå de to trailerne som kom seg unna. De kjørte som svin; kuttet av småbiler for å rive forbi dem, og lå nærmest og stanget bak andre trailere.

«De er faen meg gærne, ass – se åssen de kjører, á!» sa Robin og fløy dronen så nær den bakerste traileren som mulig, før han måtte gjøre en unnamanøver da den vrengte over i motsatt kjørefelt og pløyde forbi enda en personbil. Hjulene skrek og bilen vaklet, men gjenvant til slutt kontrollen. Adrenalinet etset i kroppen til Robin, akkurat som når han knuste motstanderne sine til rød gugge i *Warrior of Doom*-multiplayer. «Hva gjør jeg nå – sprenger'em i småbiter?» Han gnikket kontrollerne hardt mellom fingrene.

«Nei, det er overhodet ikke poenget,» sa Tony med en viss usikker dirring i den ellers så stødige stemmen. «Bare følg etter dem, og hold god avstand. Vi trenger ikke mer oppmerksomhet enn vi allerede har.»

En rekke skarpe smell knatret i høyttalerne; rødglødende gnister sprutet utover skjermbildet.

«Uææ,» gaulet Robin, skvatt bakover i skinnstolen og var på nippet til å vrangsvelge spyttet ned i pusterøret. Han røsket joysticken bakover. Dronen gjorde helomvending i luften og havnet bak en Rav4 som dukket opp fra ingensteds. En mann hang ut av sidevinduet med et jævla automatgevær. Typen fyrte av flere salver mot den allerede mørbankede dronen.

Med ansiktet vridd i et anspent grin flippet Robin joysticken til venstre for å unngå dødskulene, og slengte samtidig kroppen i samme retning der han satt i stolen – som om det gjorde manøveren mer effektiv. Stolen snurret rundt på stedet hvil, og Tony – som sto rett bak ham – måtte hoppe unna for å unngå de flagrende beina.

«Dette funker ikke,» ropte Robin. Han holdt på å bli gal av svetten som fosset fra hårfestet og rant nedover pannen, øyebrynene og på hver side av nesen under de klamme VR-brillene.

«Kom deg vekk derfra,» sa Tony, denne gangen uten å legge det minste skjul på stresset.

En ny remse dødbringende ildkuler forårsaket splinter og gnister. Skjermen flashet og truet med å kortslutte. Dronen snurret ukontrollerbart rundt, som for å si at *nå*, nå var det slutt på leken.

«Sorry, sjef, men skal vi ha noen sjanse må dette fikses på *min* måte!» Robin satte alle krefter inn på å stabilisere kampdronens fokus. Siktet seg inn på SUV-en fra ti meters høyde, og brukte et sekund på å trekke luft i lungene og nullstille oppmerksomheten – slik han pleide under intense spillturnéringer. I øyeblikket som fulgte klemte han inn skyteknappen og besvarte angrepet med en saftig remse kuler fra dronens eget maskingevær.

Kulene gnafset seg inn i bilens bagasjerom, spiste seg oppover og igjennom taket og klatret framover til de splintret frontruten. Robin rakk akkurat å få et glimt av skytemannens forskrekkede uttrykk før Rav4-en bråbremset, skrenset over på siden, kappet av to andre biler bak seg idet den mistet farten og bulket i autovernet. Det revnet og de rullet utfor kanten og forsvant fra dronens synsfelt.

«Hahaaa,» jublet Robin, og dreit i Tonys misfornøyde grynting i bakgrunnen. Men gleden ble kortvarig. Skadene på dronen var for store. Den vinglet som en virusinfisert støvsugerrobot, og uansett hvor mesterlig han forsøkte å kompensere for ujevnhetene, styrtet den mot bakken i voldsom hastighet.

Robin bet tennene sammen til kjeven verket. Med pur viljestyrke *tvang* han dronen høyere opp; siktet seg inn på den bakerste traileren. «Dette funker!» Han fyrte løs en skuddsalve mot containerdørene og krasjlandet dronen rett *på* dem.

Dronen traff de rykende, pulveriserte dørene, krasjet igjennom dem og havnet inne i containeren. Gnister flashet en siste gang før skjermen svartnet.

Robin dro av seg VR-brillene, kastet kontrollerne på bordet foran seg og pustet ut. «Fy faen for et opplegg,» peste han og snudde seg mot Tony, som gned seg i ansiktet med begge hender.

«Det der var unødvendig, Robin. Håpløst.»

«Skjønner'u'kke at det tvert i mot var *skikkelig* nødvendig?»

Tony bøyde seg nærmere. Kaffeånden hans traff Robin som en vegg av drittlukt. «Nei, jeg sa du skulle komme deg vekk derfra! Da kunne du fortsatt fulgt etter trailerne, men nå må vi begynne på nytt for å finne ut hvor de skal.»

Med munnen formet til en nedoverbøyd geip snudde Robin seg bort fra den gamle gjøken.

«Øh, Tony,» sa Min-Yun, som satt tre pulter unna, og hadde fulgt med hele tiden.

«Ikke nå,» hveste Tony. «Jeg tenker.»

«Tony,» gjentok Min-Yun, dunket pekefingeren på skjermen til laptopen foran seg.

«Hva *er* det?»

Et smil bredte seg utover norsk-kineserens gylne ansikt. «Dronen er kanskje ikke flyvedyktig lenger, og kameraet fungerer ikke, men vi har flaks.»

«Spytt ut.» Ansiktet til Tony svulmet som en utålmodig karikatur.

«Sporingsenheten er intakt. Se,» sa Min-Yun, fortsatt med fingeren dyttende på skjermen.

Både Tony og Robin gikk bort og klemte trynene sine opp til skjermen.

«Så lenge trailersjåføren ikke fjerner dronen, finner vi ut nøyaktig hvor de leverer lasten.»

Tony ristet på hodet, munnen var sur, men øynene smilte. «Greit, gutt, du spiller risikabelt som russisk rulett, men godt jobba. Takk.»

«*Whatever*,» fnyste Robin. «Bare få faren min vekk derfra.»

44

Jonas oppfattet ikke selv det hjerteskjærende skriket som kom ut av den gapende munnen hans. Han følte heller ikke den knusende smerten i knærne idet de traff asfalten. Heller ingen andre la merke til disse ubetydelige detaljene. Tvert imot var alles øyne naglet fast på den svarte folkevognen som bråstoppet midt i mellom dem, rett etter å ha meid ned den kvinnelige journalisten og kameramannen hennes.

Nå traff også albuene hans den harde bakken, men Jonas visste det ikke. Han visste ikke at han krabbet, på vei mot Silje, som bare ... som bare *lå* der, bevegelsesløs, slapp, med den ene hånden strukket ut, fingrene sprikende. Mikrofonen en halv meter unna, som et håpløshetens symbol på at hun *nesten* klarte det.

«Silje ... j-jenta mi ...» Jonas hørte ikke sine egne ord, men fortsatte å gjenta dem, om og om igjen mens han dro seg bortover bakken på numne knær og albuer. I sjokkdøsen som red ham, la han bare delvis merke til gispet som bredte seg utover tilskuermengden da dørene på folkevognen gikk opp. To væpnede personer trampet ut; ansiktene skjult av finlandshetter.

Én meter til, jenta mi, så kommer jeg.

«Stå stille,» ropte den minste av dem, en dame etter stemmen å dømme. Hun snudde 360 grader på hælen, og ga alle muligheten til å hilse på våpenet. Et nytt gisp bruste gjennom forsamlingen.

Bare en liten meter til, Silje.

Harde fingertupper spiddet begge armhulene til Jonas, før grepet vokste og snurpet tak rundt overarmene. Flyfølelse i magen da han lettet fra bakken. Deretter veltet han på ryggen og ble slept bakover, vekk fra Silje. Han virret med hodet, men klarte ikke å se hvem som dro. Han satte hælene i asfalten for å bremse. Til ingen nytte. Drakraften var for stor; føttene skled ufrivillig etter, banet vei mellom forkullede kropper og svidde metallbiter. Lenger og lenger bort fra Silje – på vei mot den svarte folkevognen, forsto han.

Hodet klarnet noe, men kroppen var fortsatt sliten og påvirket etter den siste eksplosjonen.

«Hva faen?» prøvde han å rope. Stemmen lød dempet og skjør i hans egne ører. «Hjelp, noen, hvem som helst,» prøvde han igjen, og stirret på alle ansiktene som omringet ham. Redde, motløse blikk tilhørende apatiske menneskekropper. Alle paralysert av de sjokkartede hendelsene som hadde revet dem ut av den rutinebaserte hverdagen. På vei hjem fra jobb, på vei hjem til varm mat og sløving foran en eller annen skjerm. Og nå, dette. Apokalypse i utkanten av

Oslo. Helvete på E6. Selvfølgelig kom ingen ham til unnsetning.

«Slipp,» tordnet med ett en stemme i havet av fryktfull mumling. To politimenn pløyde fram og brøt seg ut av mengden. Våpen i hånd, stålvilje tatovert i ansiktene. «Dere er under arrest.»

Drahastigheten saktnet, før den stoppet.

«La oss gjøre jobben vår,» sa en av de som holdt Jonas. «Dette er ordre fra høyeste hold ... og da mener jeg *absolutt høyeste hold.*»

«Vi tar ikke ordre fra terrorister,» brølte politimannen. Lyssøylen fra lyskasteren til det flappende helikopteret over dem fikk ham til å ligne en uniformert engel.

Jonas hørte et slags oppgitt sukk bak seg. «Foreslår dere tar kontakt med Egon Kruz. Dette gjelder rikets sikkerhet. Denne mannen konspirerer mot-»

Skuddet fra politiets tjenestevåpen kom uventet. Kulen traff like ved, rikosjerte vilkårlig og knuste sidevinduet i folkevognen. «Se det som en advarsel,» sa politimannen. «Dere er arrestert for påkjørselen av nyhetsreport-»

De påfølgende to skuddene kom om mulig enda mer uventet enn det første, og fulgte så kjapt etter hverandre at de kunne mistolkes som ett skudd. To panner penetrert, to hjerner kortsluttet, to viljer endt. Begge politibetjentene kollapset med noen dumpe dunk. Metalliske klunk lød før pistolene deres kom til ro på den svidde asfalten.

Igjen gispet forsamlingen.

«Noen andre med sterke meninger her?» sa den grove stemmen som tilhørte mannen med jerngrep om Jonas' armer.

Intens stillhet fulgte. Kun lyden av helikopterets flappende propeller, knitring fra flammer og during fra biler på tomgang. Ingen sterke meninger. I stedet flyttet alle seg et skritt bakover.

Jonas ble kastet inn i baksetet til den svarte folkevognen. Dørene smalt igjen, motoren gaulet og bilen forlot området.

45

Klakkingen fra støvlene slo mellom veggene i NRK-byggets snirklete korridorer. Hele veien gjennom den blankpolerte labyrinten hørte hun kun sin egen hyperventilering.

Ingen hadde stoppet henne, ennå.

June sendte en inderlig, men ambivalent takk til livets brutale grusomhet for at de fleste fortsatt sto sammenklumpet i TV-studioet. Der måpte de mot den direktesendte uvirkeligheten fra E6 – slik at *hun* kunne smette usett vekk. Med unntak av et helt spesielt, nesten hemmelig forståelsesfullt blikk fra Molevira, enset ingen Junes forsvinning.

Det eneste problemet var Gregor, fangevokteren hennes, som også stakk av få strakser tidligere. Hun nærmet seg utgangen av bygget, og ante ikke om han hadde forlatt stedet eller ikke. Hun holdt pusten; måtte tvinge den tørre halsen til å ikke hoste. Støvelsålene gnikket mot linoleumen mens hun listet seg til det siste hjørnet. Tittet forsiktig mot ytterdørene.

Tomt?

Ingen fangevokter sto der, og heller ingen andre som kunne finne på å blande seg inn. Kun lave lyder fra biler og støy i Oslos mørke gater utenfor. June kikket en siste gang bakover før hun i hurtig tempo trippet til dørene, forsvant ut i den kjølige kveldsluften, og jogget vekk i motsatt retning fra der Gregor parkerte da de ankom.

«Kunne ikke dy deg, hva?»

En isklo spiddet hjernens fryktsenter. June bråstoppet, dro en skjelvende hånd gjennom det ravnsvarte håret sitt. «Nei, jeg kunne visst ikke det,» sa hun og snudde seg mot den uekte kameramannen med barbus, hengslete holdning og skarpe kinnbein.

«Nei,» sa Gregor, dyttet mobiltelefonen inn i jakkens innerlomme. Plukket opp videokameraet på stativ som sto lent mot veggen. «Har du allerede glemt bilen utenfor huset ditt?» spurte han på en liksom *ikke sint, bare veldig skuffet*-måte.

«Selvsagt ikke.» Hun fant det merkelig hvor lik Gregors framgangsmåte var den Jason hadde tatt i bruk på henne. Var det *hun* som framprovoserte en slik atferd i sine overfallsmenn – eller hadde de alle tvert imot tatt samme kurset i 'Hvordan mentalt overvinne dine ofre'?

«Da forstår jeg ikke hvorfor du velger å sette familien din i livstruende fare, når du *vet* hva som skjer hvis du ikke oppfører deg ordentlig.»

Angsten hamret henne i brystet. «Jeg gjorde nøyaktig som jeg skulle under intervjuet.»

«Hva hjelper det hvis du stikker av nå?» De spinkle, lange fingrene hans løftet kameraet og fiklet med linsen.

Støvletthælene hennes skrapte i asfalten. «Filmer du?»

Han smilte. «Bevis.»

June sluttet å bevege seg bakover, hevet et øyebryn. «På hva?»

«At du ikke adlyder ordre, og stikker av.»

Med ett forsto hun noe. Stakkars mann. Det var jo synd på ham også. Å, hvor altetende det glupske sluket var. I en annen tone sa hun: «Selvforsvar, altså.»

Øyebrynet hans hevet seg, hodet havnet et par grader på skakke. Et smil uten forståelse tegnet seg om leppene. «Det trenger du nok, ja.»

«Ikke jeg.» Hun pekte på ham, på kameraet, på de som en gang ville se filmen.

«Jeg?»

«Kameraet.»

«Nå roter du fælt, June,» sa han og klemte hardere rundt filmdingsen.

«Si meg,» begynte hun, sparket støvelen lett mot asfalten, «hva skjer med deg hvis jeg forsvinner?»

Etter tre sekunders stillhet, sa han: «Familien din dør. Dette vet du.»

«Og du – lønnsøkning, eller?» En slags aksept snek seg innpå henne. Støvelsålen gnisset mer på bakken, føttene svømte i svette på innsiden. Denne gangen tok *hun* et skritt forover.

«Heh,» gryntet han.

«Egon Kruz er ikke en man kommer tomhendt tilbake til fra fisketuren, sant?»

«Fisk er garantert med Kruz i ryggen.»

«Man er aldri garantert fisk, Gregor.»

En rykning forplantet seg i munnviken hans og bølget opp til øynene, som flakket mellom noe bak henne. Han fuktet leppene mens fingrene trykket på noen knapper på kameraet.

«Fikk man alltid fisk, Gregor, ville det vel neppe vært helvete på E6 i dette øyeblikk. Eller hva?»

«Å, hold nå kjeft,» buste han ut, vinket henne til seg. «Jobben vår er over her. Kom!»

En tøffing, helt sikkert. Men nå som hun så frykten i det usikre blikket forsvant på en måte effekten.

June rakk ikke å svare før de begge vendte seg i retning helikopterlydene. Fra kveldshimmelen lyste toppetasjene av bygningene rundt dem opp. Brølende, flyvende lyskastere festet til svarte, trolig topp-hemmelige militærhelikoptere passerte over dem. June myste mot dem og trodde hun skimtet svartkledde menn med våpen, skuende utover byen.

De er på jakt. Men hvilken side tilhører de?

Gregors mobil ringte i jakkelommen hans. Nølende plukket han den opp, stirret ned på skjermen. Kviet seg for å ta den.

«Du trenger ikke gjøre dette. Det finnes alltid en alternativ vei.»

«Hold kjeft, sa jeg!» Igjen fuktet han strekleppene. Fortsatte å stirre på det ringende monsteret.

«Det er *han*, er det ikke? Og nå vil han vite om alt går etter planen, siden programmet ble avbrutt.» Paradoksalt nok tok medlidenheten overhånd, og hun gikk helt bort til Gregor. La hånden sin over mobilskjermen. «Men alt går ikke etter planen,» hvisket hun. «Alt er på tverke, og du vet hva du må gjøre, men du vil ikke, vil du vel?»

Armen hans mistet kraften, som om telefonen ble for tung til å holdes oppe. Hånden datt slapt ned. Monsteret ringte til asfalten nå. Gregor møtte blikket hennes. Aggressive mikrouttrykk rykket i overleppa hans, men øynene arvet dem ikke. Svakt vugget han hodet fra side til side. «Hvordan endte jeg opp her?»

Sirener i det fjerne vitnet om krigen som for øyeblikket virket så langt unna, men som i realiteten pustet alle i nakken.

«Vet du hva jeg innså i stad, der inne?» sa hun, pekte på NRK-bygget. «Noe av grunnen til at jeg maktet å lyve for hele forbaskede nasjonen, var at jeg innså nytteløsheten. Hvorvidt lille jeg stritter i mot eller ikke? Totalt nytteløst. Vi er hånddukker. Ja, du også. *Kruz* også, for den sakens skyld.»

En ny rykning bølget over ansiktet hans, uten forsøk på å motsi henne. Til og med mobilen hadde sluttet å ringe.

«Og nå har det altså blitt krig, og det er ingenting vi kan gjøre for å motvirke det. Eneste vi kan håpe på, er at vi får tilbringe så mye tid som mulig med våre kjære.»

Hånden hans hang urørlig over videokameraet. Hun så at han la merke til at hun kikket på gifteringen hans.

«Du forstår meg bedre enn du gir uttrykk for, Gregor,» sa hun. Hvisket: «Og åpenbart forstår *jeg* deg bedre enn du vil være ved.»

«Krig,» sa han, ristet på hodet, skrudde av kameraet. «For jævlig, er det, det her.»

De snudde seg brått da hele havet av journalister og tilsvarende nyhetskåte menneskevesener som hadde vært i studioet nå flommet ut av NRK-byggets hovedinngang. I et virvar av stemmer, fektende armer og galopperende bein forsvant folkestimen til alle kanter – de fleste inn i parkerte biler i området, og spant av gårde i en hastighet som tilsa at sistemann i mål ville miste livets rett. I løpet av ett minutt feide de inn og ut av bybildet, før den foruroligende stillheten kun avbrutt av de evinnelige politisirenene forble i luften.

«Ut i krigen,» sa Gregor.

Mobilen begynte å ringe igjen. Han løftet den, stirret på skjermen, var på nippet til å sveipe tommelen over skjermen for å akseptere samtalen, men sa: «Gå.»

Hun rynket brynene.

«Gå, nå, før jeg ombestemmer meg ... Stikk!» Stemmen ljomet mellom bygningene. Han viftet med armene og sparket etter henne. «*Forsvinn!*»

Uten å tenke en eneste ekstra tanke løp June så fort hun kunne.

Neste bok

KAMP

Biobrikken Bok 3

Leseutdrag

KAMP

1

«Jeg så hva som hendte; hvordan har det gått med deg?» Stemmen til Egon Kruz hørtes oppriktig bekymret ut, noe som sendte et mildt drag over det herjede ansiktet til Rino. Timene siden han sto opp nærmet seg tretti. Klumpen i halsen tok ham på senga. Kremtet ustemt.

«Ikke tenk på meg,» gryntet Rino. «De slapp unna alle sammen, for pokker! Er det ikke lømler i gamle Volvoer, så er det faen meg høyteknologiske droner.» Han slamret knyttneven i dashbordet. Bannet med grumsete stemme. «Hva er det du vil?»

«Ja, hva er det jeg vil,» gjentok Kruz tilgjort ettertenksomt, før han trakk pusten dypt, som om han følte seg like overkjørt som militærsjefen. «Skulle du tatt fri resten av kvelden, kanskje?»

Klumpen este i Rinos hals. Det var da voldsomt til medfølelse fra den kanten, da. Kremtet på nytt. «Uaktuelt. Jeg spør igjen: Hva vil du?»

«Som du vil.» Tonen endret seg umiddelbart tilbake til Kruz' normale, uinteresserte, selvelskende, klysete-

Rino stengte flommen av vemmelige tanker som plutselig vellet opp fra dypet av bevisstheten. Igjen ble han tatt på senga. *Er jeg på nippet til å bikke over?*

«Vi vet nå hvor antibiobrikkesoldatenes hemmelige base befinner seg,» sa Kruz, og fiklet *helt sikkert* med fippskjegget der han *helt sikkert* satt bakoverlent i skinnstolen med de korte stumpene av noen fiskeføtter, som han *helt sikkert* hektet fast helt utpå kanten av det overdimensjonerte kontorbordet. Rino stengte av slusen med sure, mentale oppstøt og lyttet i stedet.

«Det viser seg at de har holdt det gående *under* Tveitasenteret. Kan du tro det? En hel forbannet base under senteret!» Kruz kvekket entusiastisk.

«Og hvor har du dette fra?»

«Rino, da, du vet vel at mine folk er til å stole på?»

«Hmh.»

«Å, kom igjen nå, på en måte er jo selv *du* en av mine folk, Rask!» Mer kvekking.

Bjørnekloen av en menneskehånd knuget jeepens slitte ratt mellom fingrene. Rino kjente halspulsåren banke helt bak i nakken. På mirakuløst vis holdt han munn. Nøyde seg med å grynte.

«Men dét er kun halve historien,» fortsatte Kruz uanfektet, selv om han åpenbart var oppvakt nok til å oppfatte militærsjefens dårlige vibber. «Folkene mine skygget en liten gruppe menn som forsvant derfra i en kassebil. De endte opp nede i bygryta, du vet, ved Hausmannsgate. Det er derimot det siste vi hørte fra dem før kontakten brøt.»

«Du tror det finnes et skjulested, eller muligens ytterligere en base der nede,» sa Rino og gned seg i øynene. LED-lyset til smartklokken sved som en laserstråle mot de slitne netthinnene i det dunkle lyset inne i bilen. «Hva er planen?»

«Vi tar oss av Tveitasenteret, mens du samler en gruppe smartinger som sjekker ut Hausmannsgate. Finn gjerne ut hvem som holder til der, hvem som styrer operasjonen, og hvorfor de tror det er lurt å stikke kjepper i hjulene på den største sammen-smeltningen av mann og maskin noen sinne. Men det aller viktigste, Rino, viktigere enn noe annet − vet du hva det er?»

«Antibiobrikkesoldatene skal legges øde.»

«Legges øde!» gjentok Kruz og lo. Latterbølgen vrengte lyden i høyttaleren. «Ja, de skal virkelig *øde* legges. Jeg regner med at du med ditt krigergemytt gjerne skulle bombet hele Hausmannsgate til den syvende himmel først som sist, bare for å være på den sikre siden, eller hva? Hah!»

Muskelen under det høyre øyet til Rino rykket så vidt. Han forble taus.

«Men helt alvorlig, prøv å la så mye som mulig stå igjen av selve *bygningen* – ja, med mindre det viser seg komplett umulig.»

Rino klarte ikke å tyde om det var spøk eller ikke, men han kjente en sterk trang til å knuse noe. «Ja,» sa han så rolig at det gjorde vondt.

Kruz snakket til noen i andre enden, før han sa: «Du mottar nøyaktige koordinater til forsvinnings-punktet til folkene mine om et par strakser.»

«Mm,» mumlet Rino, drepte samtalen ved å sveipe pekefingeren over smartklokkeskjermen. Hjernen hans rumlet allerede med strategier for hvordan oppdraget best skulle utføres – og, måtte han innrømme for seg selv, en aldri så liten skuffelse over å sendes ut til et sted Kruz ikke engang visste med sikkerhet om det fantes noe av interesse.

Er jeg ikke god nok? Ikke strukturert nok, eller har jeg ikke adekvat gjennomslagskraft blant mine menn?

Åpenbart fantes en annen, mer gyldig grunn. For en gangs skyld løp bare emosjonene løpsk i det ellers så rolige, logiske sinnet hans. Eimen av svidd menneskekjøtt hang fortsatt fast i neseborene, som inngrodd sigarettrøyk i en trang leilighet. Den helvetes dronen hadde overrumplet ham totalt. Hvor kom den fra? Og, ikke minst, *hvem* hadde importert et slikt høyteknologisk militært våpen her i Norge? Eller enda verre: Hvem i landet hadde ressursene og kunnskapen til å *lokalprodusere* noe slikt? Var det flere – i så fall, hvor mange? Og hvem kontrollerte dem?

Smartfonen vibrerte. Koordinatene kom flyvende via nettskyen.

«Åpne,» sa han. Programmet plottet tallene automatisk inn i mobilens karttjeneste, ble synkronisert med en *live*-strøm fra et overvåknings-kamera i Oslogryta. Mobilen lastet ned et bilde av en råtten tre etasjes bygning i Hausmannsgate.

Rino sveipet blikket over tidspunktet øverst på skjermen, og sukket.

Der.

Akkurat der var det nøyaktig tretti timer siden han sto opp.

2

*Silje er død. Jeg er fanga igjen. Hvor blei det av Robin? Herregud, er hun er virkelig borte? Hvordan i helvete kan jeg komme meg vekk herfra? **De** drepte henne − mordere! Backup-en min, hva skjer med den nå? Jeg skjønner ingenting. Hvem **er** disse folka, og hvorfor har de fanga meg? Hvor kjører de? Silje, nydelige, elskede jenta mi, alt skjedde så fort. Er det over nå? Har vi tapt? Aah, jeg biir gæren av dette! FAEN!*

Uttrykkene i ansiktet til Jonas Bittman skiftet i takt med tankene som viklet seg inn i mer komplekse knuter for hver nye vending de tok. Han lå henslengt bak i kidnappernes svarte folkevogn. Uten evnen til å samle nok innvendig *gnist* til å gjøre noe med situasjonen, hadde han foreløpig ikke rørt en muskel. Sidelengs lå han over baksetene med hodet presset inn i hjørnet der setet møtte rygglenet, med oversvømte øyne halvt lukket og den tårevåte ansiktshuden gnikkende mot læret.

Bilen vibrerte jevnt av samspillet mellom motorduren og ristingen fra hjulene mot veien. Kun svisjing fra passerende biler hørtes; de to jævlene foran sa ikke et ord − kun røykte, etter sigarettlukten å dømme, som blandet seg med lukten av lær fra setet; i tillegg hang fortsatt denne motbydelige, svidde eimen igjen etter alle de grillede kroppene på E6.

Læret knirket da han trakk føttene høyere opp, brettet armene rundt knærne, knep øyelokkene sammen. Flere tårer skvistes ut fra øyekrokene, rant over nesebeinet, nedover tinningen og blandet seg til slutt i tåredammen på setet under ansiktet hans. Snørr surklet da han trakk pusten med nesa, dro luften ned til bunnen av lungene, og slapp den ut mellom leppene i en tynn stråle som traff setet og sendte ånden tilbake i ansiktet hans.

Med sammenbitte tenner tvang han hjernen til å gjenta ordene *Hva gjør jeg nå?* som et mantra, helt til setningen overtok fokuset fra tornadoen av andre tanker. Til slutt klarte han å sentrere seg her, i midten av stormen.

*Hva **faen** gjør jeg nå?*

Og akkurat da, da kaoset avtok, letnet den verste sorgen, frykten, maktesløsheten. Noe annet våknet i stedet. Han kjente hvordan de sildrende tårene stoppet. Sperret øynene opp, og blunket til fukten forsvant og skarpheten returnerte til synet. Pustingen gikk fra lav hiksting til en dypere, jevn, kjapp frekvens. En slags prikking spredte seg i kroppen, som vibrerende energibølger. Han slapp taket på knærne, strakk seg til føttene dunket borti passasjerdøren bak ham. Gned de svette håndflatene mot bukselåret, klemte hendene sammen i en stram knyttneve, og strammet musklene i armen. Styrken kom tilbake som i pulserende puljer. Langt inne i kroppen, bak magesekken og foran ryggmargen, kanskje, ulmet noe glohett og steinhardt. Frysninger sveipet over ham idet mengder av adrenalin pumpet ut i blodet. Suget i magen var ikke til å ta feil av.

Pur aggresjon våknet i ham som et iboende morgengrettent, menneskeetende godzilla-lignende monster.

*Nok er **nok**.*

Ikke uten en hes ukvemslyd som følge av påkjenningene kroppen hans hadde gjennomlevd de siste par dagene, snudde Jonas seg i baksetet, mot morderne foran. Med hånden mot læret skjøv han seg opp i sittende stilling. Den største av dem kjørte, mens den minste, dama, førte sigaretten til og fra munnen og askebegeret under radioen ved siden av rattet.

Ingen av dem rikket en millimeter på hodet av at han rørte seg. Stirret kun ut av vinduene, hvor Oslos trafikkerte gater passerte i lav hastighet. Likevel gikk det fort i forhold til i motsatt kjørefelt, der alle som hadde planlagt å dra *ut* av byen satt fast i en solid, ubevegelig kø på grunn av veltede trailere, brennende lik og haugevis av redningsmannskap noen kilometer lenger opp.

Jonas klemte fingrene rundt håndleddene, masserte dem, og oppdaget at ingen tau eller strips bandt hendene fast i hverandre. Ilingene som plutselig kilte ham i mellomgulvet blandet seg med pumpingen i blodårene, og fôret den svarte ilden som sved i ham.

Brødgjøkene tror jeg er utslått; ufarlig som en liten drittunge. Som dere vil.

I sladrespeilet så han øynene til sjåføren. Pupillene beveget seg mekanisk fra side til side, full oppmerksomhet på veien.

Enn så lenge.

Jonas bøyde hode og skjulte blikket med hånden, mens han studerte baksetene og plassen til føttene på gulvet. Ikke mye å bite merke i. Svarte skomatter med lysebrun, størknet leire og jord som forsvant under setene foran. En tom brusflaske, en annen med en liten gul skvett igjen i som skvulpet i takt med bilens rykk og napp. I lommene bak på seteryggene stakk noen krøllete aviser halvveis opp. Han bøyde seg nærmere passasjerdøren og kikket ned i lommen. En svart ledning for lading av mobiler og nettbrett lå kveilet ved siden av en skrutrekker med gulrødt håndtak, og noe som lignet en flere år gammel, blå tobakkspakke opptok mesteparten av plassen i det trange hulrommet.

Jonas hostet overdramatisk flere ganger med full styrke, på randen til å brekke seg. Den raspete lyden rikosjerte i den trange kupeen og smalt mot trommehinnene. Han bøyde seg over knærne, hostet voldsomt og klynket.

«Så det er *litt* liv i deg,» sa dama mellom sigarettpattingen sin.

Jonas svarte med et langt «uuuugh», som om han nettopp hadde spydd. Slapt holdt han hendene ned mellom knærne, mens han flyttet seg til midten av baksetene – ett bein på hver side. Han lente det bøyde hodet delvis fram mot dem, mellom setene deres. Hest og uartikulert gurglet han gjennom slimet i halsen som hostingen forårsaket: «Hvem er dere?»

Dama snudde hodet noen grader i hans retning. Konturene av en knoklete nese og spiss, framtredende hake tegnet seg i kontrasten til gatelyktene som gled forbi utenfor. Hun åpnet en smal sprekk i venstre munnvik og blåste en søyle røyk på skrå bakover som traff ham rett i synet, og sa: «Knoll og Tott.» Vendte blikket tilbake mot veien og kakket sigaretten mot kanten til askebegeret.

«H-hvorfor ... meg?» presset han fram fra det hengende hodet som svingte kraftløst mellom setene i takt med svingene på veien.

«Fordi *derfor*,» svarte hun med intonasjonen til en vrang jente som mener at noe er sånn det er og *dermed basta!*

«Jeg skjønner ik-» begynte han, men hadde tilsynelatende ikke krefter nok til å fullføre setningen. I stedet gled den over i en hostekule som røsket i hals og lunger. Han sank sammen med hodet mellom knærne mens det verste anfallet roet seg.

«Det der høres ikke bra ut. Her,» sa hun og rakte ham en flaske med vann.

Igjen lot han som han ikke maktet å løfte hånden høyt nok til å ta i mot flasken. «Kla- ... klarer ikke,» sa han uten å åpne leppene mer enn at ordene hørtes utydelige ut.

«Nei, vel.» Flasken forsvant. Hun fortsatte å røyke.

Sjåføren økte farten. Mindre trafikk forstoppet veiene her, på vei ut av Oslo. Lysaker på høyre side, og tusen striper av bølgende lys fra byens bygninger reflektertes i det svarte havet på venstre side.

«Hvor kjører vi?» snøvlet Jonas og kremtet for å renske halsen for slim. Han prøvde å klamre seg fast i hodestøtten til setet hennes, men hånden falt bare kraftløst ned i fanget hans igjen. *Litt til* ... All viljestyrke som bodde i ham måtte aktiveres for å holde den gnistrende aggresjonen i sjakk og fortsette skuespillet bare *litt til*, selv om blodet sitret elektrisk under huden. Silje flashet bak øynene hans. Femten år forsvunnet på et blunk. Ringen hun aldri fikk. Bryllupet de aldri hadde. Huset de aldri kjøpte. Barna de aldri skapte. Alt, borte for alltid. Han gnagde fortennene inn i tungespissen bak de stramme leppene i et forsøk på å kontrollere den kommende eksplosjonen.

«Den som lever får se,» svarte hun likegyldig med fingrene stukket inntil leppene med den nå filterrøykte sigaretten – matet munnen ustoppelig med tjære og annet skrap.

«I helvete,» bannet sjåføren, niholdt i rattet med begge hender og bråbremset idet en sølvfarget bil med et lysende, hvitt TAXI-skilt på taket spant forbi. Folk på vei over fotgjengerfeltet kastet seg unna og ramlet over hverandre da den forsvant inn mellom bygningene på høyre side. Både bilene bak og i det motgående kjørefeltet stoppet. Et øyeblikks stillhet med innbakt forvirring fulgte, mens både dama og sjåføren glodde langt etter taxien.

«De forbanna drosjejævlene skulle aldri fått lapp-» Men setningen hans ble kappet av. Stemmelyden vrengte seg i halvkvalt gurgling da Jonas kastet seg fram over hodestøtten til sjåføren, vippet laderledningen rundt halsen hans, dro til og snurpet den fast rundt hodeputen. Sjåføren gapte med tungen kveilende ut av kjeften som en slange som hiver etter pusten. De tykke fingrene krafset og dro i kabelen. Jonas spente fra med hele kroppsvekten, datt tilbake i baksetet og røsket enda hardere i ledningen. Uten å tenke hoppet han fram på ny, og slo i samme slengen høyre albue inn i den forskrekkede damas venstre tinning med et høylytt *smakk*. Hun mistet sigaretten, og den røde gloen løsnet fra filteret da hodet hennes sjanglet mot dashbordet. Lynkjapt surret Jonas resten av ledningens lengde rundt halsen til sjåføren enda en gang. Bilen gynget i takt med den store mannens febrilske, målløse sparking. Han fektet med hendene for å fange Jonas som nå bandt ledningen fast i en hjerterå dobbelknute. Stemmen til Silje i alle dens variasjoner – glad, trist, sur, lykkelig, spent, overrasket – ljomet i det bankende hodet hans, som et skjørt minne fra en forsvinnende drøm.

Pistolmunningen kom fra ingensteds. Den traff ham i pannen, hardt og skarpt som tuppen av en ruglete metallstokk. Treffpunktet sendte sjokk-vibrasjoner gjennom skallen, og han kjente huden revne under trykket. Fingrene mistet grepet rundt ladeledningen.

«Knyt opp knuta,» sa dama og kjørte pistolmunningen inn pannen hans igjen. Med de knoklete fingrene kravlet hun over setet, bakover, mot ham – eller kanskje mot den sprellende sjåføren. *«Knyt opp nå!»*

Ingen ord eksisterte i Jonas; hele verden var vrengt med innsiden ut. Han fantes ikke lenger inne i seg selv, kun levende minner om Silje, mens verden utenfor ... *full av demoner.* Tusenvis av svarte flekker flakset over synsfeltet hans etter slagene, men han følte ingen fysisk smerte, kun et pumpende, rød-glødende hat.

«Knyt opp knuta før Egil blir kvelt!» vibrerte den skingrende damestemmen ørene hans. Bilen gynget videre. Hun hadde snart klatret over midtpartiet og kommet seg bak til ham.

Pistolløpet føk mot ham igjen, men han dukket unna, snappet tak i fronten av pistolen med venstrehånden slik at håndbaken dekket for løpet, og dro i den. Med sin frie hånd slo hun ham og skrek at han skulle slippe våpenet. Jonas parerte de kraftløse slagene hennes ved å heve den høyre skulderen og armen foran hodet som et skjold. Han klemte tak i pistolløpet, kjente kaldt metall mot varm hud, og dro siktet bort fra seg selv med den andre hånden.

Skuddet som gikk av smalt øredøvende.

Glassplinter sprutet fra sidevinduet bak ham. Biler tutet utenfor, noen ropte også, men ørene pep høylytt og han hadde ikke tid til å se hva som skjedde der ute. De lange neglene til dama skrapte seg inn i hodebunnen hans da knokkelfingrene viklet seg fast i hårtjafsene. Hun lugget ham så hardt at hodet ble revet framover og nakken verket.

«Agh!» stønnet han, flekket tenner og brukte grepet om pistolløpet til å hamre håndbaken hennes – som fortsatt holdt våpenet – inn i det ristende bakhodet til sjåføren. Dama skrek, men klamret seg fast både i pistolen og hodet til Jonas, brukte grepene som håndtak til å klatre videre bakover. Tynn, vilter og liten nok til å stå på huk over midtpartiet, rykket hun brått i luggehånden, og styrte ansiktet hans rett inn i det spisse kneet sitt, traff nesa hans med knusende kraft. Slaget utløste en stor, bankende sky av klemmende nummenhet. Noe vått sprayet utover overleppa.

På ny smalt pistolen.

Denne gangen streifet kula ryggen hans – akkurat nær nok til at den splittet topplaget av hudceller, før den drillet seg inn i seteryggen bak ham. Jonas gispet etter luft da panikk blandet seg med det rødglødende raseriet. Reaksjonen truet med å paralysere ham, men de ustanselige minnene av årene med Silje pushet ham videre.

Dama tok sats og bykset *på* ham der han satt i baksetet, klemte det verkende ansiktet hans mellom knærne sine så hardt at kinnene, leppene og øyelokkene ble skvist og skrukket seg sammen. Han slapp taket i hånden som lugget, og snirklet sin egen hånd inn mellom armen og beinet hennes, til han fikk tak i den tynne, lille halsen.

Med fire stive fingre spiddet han henne i det myke området nederst i halsen. Hurtig gjentok han bevegelsen flere ganger, til knærne som moste ansiktet hans løsnet, og luggehånden slapp håret. Jernsmak fra de blødende kuttene bredte seg i munnen hans og sendte brusende hetetokter gjennom ham. Hårene på armene og i nakken strittet. Med et snerr sugde han tak rundt halsen til den jævla kjerringa; kjente den galopperende pulsen hennes pumpe mot fingrene, og hvordan huden bulte innover da han boret fingertuppene inn i det myke kjøttet.

Med alle krefter i spenn reiste han seg fra baksetet, løftet det sprellende kreket opp i luften over midtpartiet. Den lille lampen i taket mellom setene knuste da hun skallet i det, og lange, svarte hårstrå hang igjen i de splintrede taggene da Jonas veltet henne over på ryggen – rett ned på girspaken. Hylene hennes lignet kvalte surklelyder under stålgrepet han hadde rundt halsen. Kanskje ropte hun på sjåføren, som ikke rørte seg lenger. Lå bare slapt ved siden av dem med armene krokete over magen og brystet, hodet holdt oppe av kabelen rundt halsen, ansiktet vendt mot det glinsende havet utenfor.

Jonas presset seg inn mellom setene foran, lente seg over henne. Pistolen må ha vært festet med superlim, for selv etter basketaket holdt hun *fortsatt* i den. Og han holdt også *fortsatt* tak i pistolløpet. Igjen forsøkte han å slå håndbaken hennes hardt nok mot noe til at hun mistet taket – denne gangen mot rattet.

Nytteløst.

«Nei vel,» sa Jonas mellom sammenbitte tenner, «som du vil.» Musklene bulte under den klamme hettegenseren da han tvang pistolløpet nedover; bøyde armen hennes slik at hun nå pekte våpenet mot sin egen tinning.

«*Slipp våpenet,*» peste han, ignorerte kvalmen som stormet i magen. I stedet klemte han bare enda hardere, til de ytterste leddene av fingrene hans ble begravd i halsen hennes. Dyttet også pistolløpet hardere mot tinningen hennes.

«A l d r i!» presset hun ut gjennom det sammenklemte pusterøret.

Så trakk hun av.

Alle kreftene i den lille damekroppen forsvant momentant. Rødt gørr sprayet utover dashbordet, passasjersetet og vinduene. Jonas tumlet storøyd bakover med ulende suselyd i ørene. Kronglete skled han på skrå ned i passasjersetet, ett bein på hver side av midtpartiet foran. Han dirret av anspenthet.

*Herregud, kjerringa **gjorde** det. Crazy fucking bitch.*

Nå lå hun der livløs, hun også. Blikket hans spratt fra det ene liket til det andre, begge urørlige. Likevel vitnet de herjede ansiktene om noen brutale siste minutter.

Dere fikk som fortjent, jævler. Silje var uskyldig fanga i den dritten her, akkurat som meg, akkurat som ... Men hevnens glede ble kortvarig. En nål av usikkerhet stakk ham i brystet; anger, skam kanskje. *... akkurat som **alle** i denne håpløse situasjonen,* fullførte tankerekken av seg selv. Jonas hev etter pusten, men det virket ikke som det fantes oksygen igjen i den tette bilen, full av stikkende svettelukt, dritt, røyk og død.

Magen trakk seg sammen som i akutt smerte da Jonas plutselig hørte tuting og iltre stemmer utenfor – som helt sikkert hadde pågått lenge allerede – og ble oppmerksom på de flakkende menneskesilhuettene som badet i flombelysningen som strømmet inn frontruta. Det hørtes ut som en hel flokk folk der ute.

Han la merke til at han nå var den eneste som holdt våpenet; dama var jo død og kjempet ikke lenger imot. *Hun* hadde presset inn avtrekkeren, men det var *hans* fingre som krampaktig klemte rundt pistolløpet akkurat nå. Et finfordelt, blodflekkete mønster dekket våpenet og krøp oppover den skjelvende venstre-hånden hans.

Jeg har ikke skutt noen.

Les resten i «KAMP»

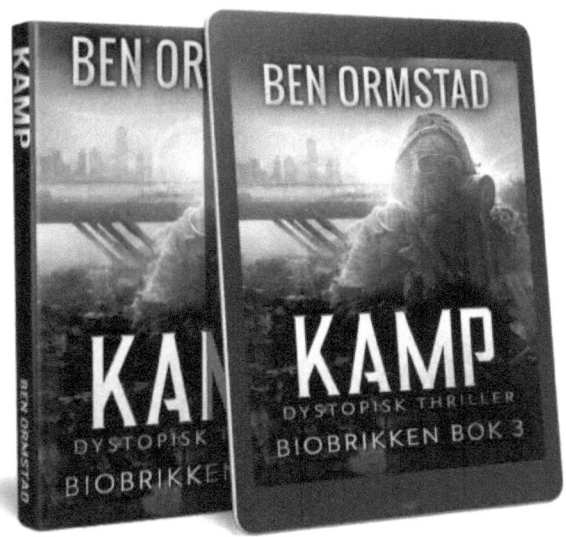

Om forfatteren

Ben Ormstad har en bachelorgrad i psykologi, samt en teknisk grad i 3D spilldesign. I tillegg har han gitt ut syv romaner, skrevet et utall noveller, essays og artikler som er blitt publisert i aviser, blader og på ulike nettsteder. Mye tid går også med til webutvikling, diverse nettbaserte virksomheter, og musikkproduksjon.

Mer informasjon om forfatteren og bøkene finner du her:

forfatterbenormstad.no

Bøker av Ben Ormstad

KAMP – *Biobrikken Bok 3*, 2019, dystopisk thriller
– Tilgjengelig som ebok og paperback.

FANGET – *Biobrikken Bok 2*, 2019, dystopisk thriller
– Tilgjengelig som ebok og paperback.

JAKT – *Biobrikken Bok 1*, 2019, dystopisk thriller
– Tilgjengelig som ebok og paperback.

Selvmordet, 2018, kriminalroman
– Tilgjengelig i de fleste norske nettbokhandlere, og i flere av landets bokhandlere og biblioteker. Både ebok, innbundet og lydbok finnes.

Utskudd, 2015, spenningsroman for unge voksne
– Tilgjengelig som ebok og paperback.

Jævla flytting! *(tidl. «Petter fra Oslo»)*, 2018, ungdomsroman
– Tilgjengelig som ebok.

Petter fra Oslo *(utgått)*, 2013, ungdomsroman
– Kun et fåtall innbundne eksemplarer finnes. Kontakt meg direkte for et signert eksemplar.

Ulvdemonen, 2018, okkult spenningsroman for unge voksne
– Min første roman, skrevet som 16-åring i 2001. Tilgjengelig gratis på Wattpad. *Jeg fraskriver meg alt ansvar, bwahaha!*

Få epost når jeg lanserer nye bøker

G'dag!

Bare tenkte å nevne at hvis du har lyst til å få en epost når det (en sjelden gang) kommer en ny bok fra meg, så fyller du enkelt og greit inn navn og epostadresse under «Nyhetsbrev» på forfatterbenormstad.no.

Da hyler jeg neste gang det skjer noe spennende på bokfronten fra denne kanten!